MAURICE LEBLANC

ARSÈNE LUPIN

LAS OCHO CAMPANADAS DEL RELOJ

MAURICE LEBLANC

ARSÈNE LUPIN

LAS OCHO CAMPANADAS DEL RELOJ

Traducción de Guillem Gómez Sesé

Duomo ediciones

Maquetación y adaptación de cubierta: Emma Camacho

Título original: *Arsène Lupin. Les huit coups de l'horloge*
Autor: Maurice Leblanc
© 2022, de la traducción, Guillem Gómez Sesé

ISBN: 978-84-19004-65-9
Código IBIC: FA
Depósito legal: B 11.105-2022

© de esta edición, 2022 por Antonio Vallardi Editore S.u.r.l., Milán
Primera edición: noviembre de 2022
Duomo ediciones es un sello de Antonio Vallardi Editore S.u.r.l.
www.duomoediciones.com

Gruppo editoriale Mauri Spagnol S.p.A.
www.maurispagnol.it

Impresión: Grafica Veneta S.p.A. di Trebaseleghe (PD)
Impreso en Italia

Estas ocho aventuras me fueron relatadas hace tiempo por Arsène Lupin, quien las atribuía a uno de sus amigos, el príncipe Rénine. A mi parecer, teniendo en cuenta el modo en que se desarrollaron —sus procedimientos, los gestos, el propio carácter del personaje—, me resulta imposible no confundir a ambos amigos el uno con el otro. Arsène Lupin es un fantaseador, tan capaz de renegar de algunas de sus aventuras como de apropiarse de otras cuyo héroe no fue él.

Que el lector sea el juez.

1

EN LO MÁS ALTO
DE LA TORRE

Hortense Daniel entreabrió su ventana y susurró:

—¿Está usted ahí, Rossigny?

—Estoy aquí —dijo una voz que se elevaba de los setos que se amontonaban en la falda del castillo.

Asomándose un poco, podía ver a un hombre bastante grueso que alzaba en su dirección su rostro ancho, colorado, rodeado por una barba oval y exageradamente rubia.

—¿Y bien? —preguntó él.

—Pues bien, anoche tuve una enorme discusión con mi tío y mi tía. Se niegan en rotundo a firmar el borrador de la transacción que mi notario les hizo llegar, así como a devolverme la dote, que mi marido despilfarró antes de ser internado.

—Sin embargo, su tío, que había sido partidario de su matrimonio, tiene la responsabilidad de hacerlo, según los términos del contrato.

—No importa. Como le decía, se niega...

—¡Vaya!

—Y entonces, ¿qué? ¿Todavía está dispuesto a llevarme con usted? —le preguntó ella, riendo.

—Ahora más que nunca.

—Pero sin segundas intenciones, ¡no lo olvide!

—Lo que usted me pida. Bien sabe que estoy loco por usted.

—Solo que, por desgracia, yo no estoy loca por usted.

—Yo no le pido que esté loca por mí, sino sencillamente que me quiera un poco.

—¿Un poco? Usted me viene con demasiadas exigencias.

—Si es así, ¿por qué me eligió a mí?

—Al azar. Me aburría... En mi vida faltaban sobresaltos... Por ese motivo decidí arriesgarme... Tenga, aquí está mi equipaje.

Ella deslizó ventana abajo sus enormes maletas de cuero, que Rossigny recogió en sus brazos.

—La suerte está echada —le murmuró ella—. Espéreme con el coche en el cruce del If. Yo iré a caballo.

—Pero ¡diantre! ¿Cómo quiere que también secuestre a su caballo?

—Volverá él solo.

—¡Perfecto! Ah, por cierto...

—¿Qué sucede?

—¿Quién es ese tal príncipe Rénine, que está ahí desde hace tres días y a quien nadie conoce?

—No lo sé. Mi tío lo conoció durante una cacería, en casa de unos amigos, y lo invitó.

—Usted le gusta mucho a él. Ayer fueron a dar un largo paseo juntos. Ese hombre a mí no me gusta para nada.

—Dentro de dos horas habré abandonado el castillo, acompañada de usted. Será un escándalo que probablemente consiga echar atrás a Serge Rénine. Así pues... ya hemos charlado suficiente. No tenemos tiempo que perder.

Durante varios minutos la joven estuvo observando al robusto Rossigny, quien, encorvado por el peso de las maletas, se alejaba al amparo de un sendero desierto. Luego ella cerró la ventana.

Fuera, en la lejanía del parque, sonaron las cornetas de madrugada. Una jauría de perros se deshacía en furiosos ladridos. Aquella mañana, en el castillo de La Marèze, tenía lugar el inicio de la caza, durante la cual, cada año hacia principios de septiembre, el conde d'Aigleroche —un cazador de los que ya no quedan— y la condesa reunían a varios amigos y al resto de los dueños de los castillos de la región.

Lentamente, Hortense terminó de arreglarse. Se puso una amazona que realzaba su ágil cintura y un sombrero fedora con un ala ancha que daba perfil a su hermoso rostro y cabello pelirrojo. Tomó asiento ante su escritorio, donde escribió a su tío, monsieur d'Aigleroche, una carta de despedida que debían hacerle llegar esa misma noche. Una carta difícil que reescribió varias veces y de la que finalmente desistió.

«Le escribiré más adelante —se dijo ella—, cuando se le haya pasado la ira».

Entonces se dirigió al salón comedor.

En el hogar de la chimenea ardían enormes leños. Un arsenal de fusiles y carabinas decoraba las paredes. Por todos los lados iban concurriendo los invitados y procedían a estrechar la mano del conde d'Aigleroche, uno de aquellos caballeros del campo, de apariencia tosca, de cuello potente, y que se desviven por la caza. Estaba brindando de pie ante la chimenea, sujetando una copa de fino champán.

Hortense le dio un beso distraídamente.

—¡Vaya! Tío, tan sobrio que es usted siempre...

—¡Bah! —exclamó él—. Una vez al año... Puede permitirse uno algún que otro exceso.

—Lo va a regañar mi tía.

—Tu tía está con sus jaquecas y no bajará. Además —añadió con brusquedad—, ¿a ella qué le importa...? Y a ti menos todavía, mi niña.

El príncipe Rénine se acercó a Hortense. Se trataba de un hombre joven, de gran elegancia, con el rostro flaco y un tanto pálido, y cuyos ojos alternaban la expresión más dulce con la más severa, la más amable con la más irónica.

Hizo una reverencia ante la joven, besó su mano y le dijo:

—¿Debo recordarle su promesa, querida señora?

—¿Mi promesa?

—Sí, ambos pactamos retomar nuestro hermoso paseo de ayer, y que trataríamos de visitar aquella antigua vivienda tapiada que nos intrigó con su aspecto... La que denominan, al parecer, los dominios de Halingre.

Ella replicó con cierta frialdad:

—Con mucho pesar, señor, la excursión se alargaría y yo estoy un poco cansada. Voy a dar una vuelta por el parque y regreso.

Se hizo un silencio entre los dos, y Serge Rénine pronunció sonriendo, con sus ojos fijos en los de la joven, y de manera que tan solo era audible para ella:

—Estoy seguro de que mantendrá su palabra y que aceptará que sea su acompañante. Es preferible.

—¿Para quién? ¿Para usted, no es cierto?

—Para usted también, ya se lo puedo asegurar.

Ella se sonrojó ligeramente y respondió:

—No lo entiendo, caballero.

—En ningún caso le estoy planteando un acertijo. El trayecto es encantador, los dominios de Halingre son cautivadores. Ningún otro paseo le va a brindar el mismo placer.

—A usted no le falta presunción, monsieur.

—Ni tampoco perseverancia, madame.

Ella hizo un gesto de irritación, pero rechazó responder.

Una vez le dio la espalda, estrechó varias manos a su alrededor y abandonó la sala.

En la parte inferior de la escalinata, un mozo guardaba sujeto su caballo. Ella tomó las riendas y se dirigió hacia los bosques que se extendían como una continuación del parque.

Hacía un tiempo fresco y sereno. Entre las hojas, que apenas temblaban, asomaba un cielo azul cristalino. Hortense siguió sinuosas alamedas que la condujeron, al cabo de una media hora, a un paraje barrancoso y repleto de pendientes que lindaba con el camino principal.

Se detuvo. Ni un ruido. Rossigny debió haber apagado el motor y también haber escondido el coche entre los matorrales que rodeaban el cruce del If.

A lo sumo, quinientos metros la separaban de aquella rotonda. Después de unos instantes de vacilación, se bajó del caballo y lo amarró con descuido para que se pudiera liberar con el menor esfuerzo y volviera al castillo. Se cubrió el rostro con un largo velo marrón que le flotaba sobre los hombros; luego avanzó.

No había errado. Tras el primer desvío, divisó a Rossigny. Él corrió hacia ella y este la llevó al interior del bosquecillo.

—Deprisa, deprisa. ¡Ay, temía tanto que se atrasara... o, incluso, que hubiera cambiado de idea...! Pero ¡ahí está usted! ¿Es posible?

Ella sonrió.

—¡Qué feliz le veo de hacer algo tan necio!

—¡Mucho! Y usted también lo será, ¡se lo juro!

—Tal vez, pero ¡yo no me andaré con tonterías!

—Usted podrá hacer lo que desee, Hortense. Su vida va a ser un cuento de hadas.

—¡Y usted, el príncipe azul!

—Tendrá todo el lujo, todas las riquezas...

—No quiero lujo ni riquezas.

—¿Qué quiere, entonces?

—La felicidad.

—Yo me aseguraré de que tenga su felicidad.

Ella protestó:

—Tengo mis recelos sobre la clase de felicidad que usted me va a proporcionar.

—Ya lo verá... Ya lo verá...

Estaban llegando al automóvil. Rossigny, balbuceando palabras de alegría, arrancó el motor. Hortense subió y se cubrió con un desmedido abrigo. El coche bordeó sobre la hierba el sendero estrecho que los conducía al cruce, y Rossigny empezó a acelerar, cuando de repente tuvo que frenar.

Habían disparado un tiro en el bosque contiguo, a su derecha. El coche iba de un lado a otro.

—Es un pinchazo, un neumático frontal —profirió Rossigny, que saltó fuera del vehículo.

—¡Para nada! —exclamó Hortense—. Han disparado.

Al instante, sintieron dos ligeros impactos y dos detonaciones retumbaron, una después de la otra, de nuevo en el bosque.

A Rossigny le rechinaron los dientes.

—Los neumáticos de atrás... pinchados... ¡Mecachis en mi suerte! ¿Quién habrá sido el bandido? Si lo agarro...

Rossigny escaló el talud que delimitaba la carretera. Nadie. Las hojas del bosquecillo, para colmo, le dificultaban la vista.

—¡Diantre! —maldijo—. Tenía razón... ¡Han disparado al coche! ¡Uf, se ha quedado envarado! ¡Ya nos veo atrapados dos horas! ¡Tres neumáticos que reparar! Querida, pero ¿qué está haciendo?

La joven también bajó del coche. Corrió hacia él muy agitada.

—Me voy.

—Pero ¿por qué?

—Quiero saber. Nos han disparado. ¿Quién? Lo quiero saber...

—No nos separemos, se lo suplico...

—¿Usted cree que le voy a esperar durante horas?

—Pero ¿y nuestra escapada...? ¿Nuestros proyectos...?

—Mañana... lo hablaremos de nuevo... Vuelva al castillo... Tráigame las maletas...

—Se lo suplico, se lo suplico... Pero si nada de esto es por mi culpa. Parece que me lo esté reprochando.

—No lo hago. Pero... ¡Caramba! Cuando alguien secuestra a una mujer, no se tienen pinchazos, querido. ¡Hasta luego!

Ella partió a toda prisa, tuvo la fortuna de encontrar su caballo, y marchó al galope en dirección opuesta a La Marèze.

A la joven no le cabía duda alguna: los tres disparos habían sido obra del príncipe Rénine.

—Es él —murmuró airada—. Es él... Es el único capaz de actuar de un modo así.

¿Acaso no le había avisado, por lo demás, con su sonriente autoridad?

«Usted va a venir, estoy seguro... La espero».

Ella estaba llorando de rabia y humillación. De haberse encontrado frente al príncipe Rénine en aquel momento, habría utilizado el látigo contra él.

Delante se extendía la áspera y pintoresca comarca que corona, al norte, el departamento del Sarthe y que se conoce como la «pequeña Suiza». Las tremendas pendientes la obligaron a reducir la marcha con frecuencia, especialmente porque le quedaba por recorrer una decena de kilómetros hasta llegar al objetivo que se había propuesto. Aun así, si su ánimo flaqueara, si el esfuerzo físico se fuera calmando lentamente, no persistiría por ello menos en su rebeldía contra el príncipe Rénine. Sentía rencor, no solamente por el acto indecible que había cometido, sino también por su conducta con ella en los últimos tres días, por sus atenciones, por su confianza en sí mismo, por sus aires de excesiva cortesía.

Ya estaba llegando. En el fondo de un valle, el viejo muro de una fortificación, cosido de grietas, cubierto por el musgo y las malas hierbas, permitía ver el campanil de un castillo y algunas ventanas cerradas con los postigos echados. Eran los dominios de Halingre.

Siguió el muro y se dio la vuelta. En el centro del revellín que se arqueaba ante el portal de la entrada, Serge Rénine aguardaba, de pie, junto a su caballo.

Ella desmontó y, mientras él iba avanzando hacia la joven con el sombrero en la mano y le agradecía que hubiera venido, ella exclamó:

—Ante todo, señor, un comentario. Hace un rato tuvo lugar un hecho inexplicable. Alguien disparó tres veces al automóvil en el que yo me encontraba. ¿No habrá sido usted quien disparó?

—Sí.

Ella parecía estupefacta.

—¿Lo confiesa, entonces?

—Usted me hace una pregunta, señora, y yo se la respondo.

—Pero ¿cómo se ha atrevido...? ¿Con qué derecho?

—No he ejercido un derecho, señora, he cumplido con mi deber.

—¡En serio! ¿Y qué deber es ese?

—El deber de protegerla de un hombre que busca aprovecharse de su desasosiego vital.

—Caballero, le prohíbo que me hable de este modo. Soy responsable de mis actos, y tomé mi decisión en absoluta libertad...

—Señora, he escuchado esta mañana la conversación que ha mantenido, desde la ventana, con monsieur Rossigny, y no me ha dado la impresión de que le esté siguiendo de buen grado. Reconozco mi brusquedad y el mal gusto de mi intervención, y pido humildemente sus disculpas, pero he querido, a riesgo de parecer grosero, concederle unas cuantas horas para reflexionar.

—La reflexión ya está hecha, señor. Cuando me decido por algo, no cambio de parecer.

—Claro que sí, madame, a veces, visto que usted se encuentra aquí en lugar de estar allí.

La joven sintió un instante de malestar. Toda su ira había decaído. Observaba a Rénine con aquel asombro que sentimos ante ciertos seres diferentes al resto, más capaces de acciones insólitas, más generosas y desinteresadas. Se daba cuenta perfectamente de que él actuaba sin intenciones solapadas ni interés propio. Simplemente, como él decía, por un deber de galante cortesía hacia una mujer que se ha equivocado en su decisión.

Con delicadeza, le dijo:

—Sé poco acerca de usted, madame. No obstante, conozco lo suficiente para sentir deseos de serle útil. Usted tiene veintiséis años y es huérfana. Hace siete años, se casó con el sobrino político del conde d'Aigleroche. A causa de su carácter inusual, medio loco, se le tuvo que encerrar. De ahí la imposibilidad de que usted se divorcie de él, y el verse obligada, dado que él dilapidó su dote, de vivir bajo la tutela de su tío, a su lado. La atmósfera es triste, puesto que el conde y la condesa no se entienden. Los dos esposos, desamparados, unieron sus destinos por despecho, pero en aquel matrimonio no encontraron más que decepción y rencor. Usted sufre las repercusiones de todo ello. Una vida monótona, de estrecheces, solitaria durante más de once meses al año. Un día conoció a monsieur Rossigny, quien quedó prendado de usted y le propuso escaparse. Usted no lo amaba. Pero el aburrimiento, su juventud que se echa a perder, la necesidad de lo imprevisto, el deseo de aventuras... Finalmente aceptó, con la intención bien clara de rechazar a su pretendiente, pero también con esperanzas algo ingenuas en que el escándalo forzaría a su tío a rendir cuentas con usted y así asegurarle una existencia independiente. Esa es su situación ahora. En estos instantes, toca escoger: ponerse en manos de monsieur Rossigny, o bien confiar en mí.

Ella le dirigió la mirada. ¿Qué quería decir? ¿Qué significaría aquella propuesta que él le planteaba con solemnidad, como un amigo que no hace más que reclamarle que se entregue a él?

Tras un silencio, sujetó ambos caballos por la brida y los amarró. Luego, él examinó el pesado portalón, cuyos batientes estaban reforzados con dos planchas clavadas en forma de cruz. Un cartel electoral de hacía veinte años demostraba que desde aquel tiempo nadie había cruzado el umbral de los dominios.

Rénine arrancó uno de los postes de hierro que sujetaban un enrejado extendido a lo largo del revellín y lo utilizó de palanca. Las planchas podridas cedieron. Una de ellas puso al descubierto la cerradura, y la atacó con la ayuda de un grueso cuchillo equipado con numerosas hojas y herramientas. Un minuto después, la puerta se abría a un campo de helechos que abarcaba hasta una larga nave en ruinas. Entre cuatro pináculos en las esquinas, dominaba una especie de mirador edificado encima de una torreta.

El príncipe se volvió hacia Hortense.

—No se apure —dijo él—. Esta noche usted tomará su decisión y, si monsieur Rossigny consigue convencerla por segunda vez, le juro por mi honor que no me inmiscuiré de nuevo en su camino. Hasta entonces, concédame su presencia. Habíamos decidido visitar este castillo. Visitémoslo, ¿le parece bien? Es una manera como cualquier otra de pasar el rato, y soy de la opinión de que esta no le parecerá falta de interés.

Tenía un modo de hablar que exigía obediencia. Parecía ordenar y suplicar a la vez. La joven no intentó sacudir el adormecimiento en que su voluntad se sumía poco a poco. Fue tras de él hasta una escalinata a medio demoler, en cuya parte superior se divisaba una puerta igualmente reforzada con planchas en forma de cruz.

Rénine procedió del mismo modo. Entraron en un amplio vestíbulo, embaldosado de negro y blanco, amueblado con vitrinas antiguas y estalos de coro de iglesia. Estaba presidido por un escudo de armas de madera, en el que se veían vestigios de signos heráldicos que representaban un águila aferrada a un bloque de piedra. Todo ello bajo capas de telarañas que colgaban sobre una puerta.

—La puerta del salón, indudablemente —afirmó Rénine.

Abrirla fue más difícil, y solo haciéndola tambalear a base de golpes de hombro logró que cediera uno de sus batientes.

Hortense no había mediado una sola palabra. Asistía no exenta de asombro a esta serie de allanamientos, realizados con auténtica maestría. Él le adivinó los pensamientos y, volviéndose hacia ella, le dijo con seriedad:

—Para mí es un juego de niños. Una vez fui cerrajero.

Ella lo agarró del brazo, murmurando:

—Escuche.

—¿Qué? —soltó él.

Ella aumentó la presión sobre su brazo, exigiéndole silencio. Casi de inmediato, él susurró:

—Efectivamente, es extraño.

—Escuche... escuche... —repetía Hortense estupefacta—. ¡Oh! ¿Será posible?

Oyeron, no muy lejos de ellos, un ruido seco, el sonido seco de un pequeño impacto que volvía a intervalos regulares, y con solo un poco de atención reconocieron el tictac de un reloj. En efecto, sí, eso era lo que con cadencia perturbaba el gran silencio del salón oscuro. Era exactamente el tictac muy lento, rítmico como las pulsaciones de un metrónomo, producido por un pesado péndulo de cobre. Eso era. Y nada les parecía más impresionante que el pulso medido de aquel pequeño mecanismo, que había permanecido vivo en medio de la muerte del castillo. ¿Por obra de qué milagro, de qué fenómeno inexplicable?

—A pesar de que... —balbució Hortense, que no se atrevía a subir la voz—. ¿A pesar de que nadie haya entrado...?

—Nadie.

—¿Y es impensable que este reloj siguiera funcionando estos veinte años sin que le dieran cuerda?

—Es impensable.

—¿Y entonces?

Serge Rénine abrió las tres ventanas y forzó sus postigos.

Se encontraban efectivamente en un salón, y aquella estancia no presentaba el menor rastro de desorden. Los asientos estaban en su sitio. No faltaba ningún mueble. Quienes habían sido una vez sus habitantes, y que habían convertido aquella habitación en la más íntima de su morada, partieron sin llevarse nada, ni los libros que leían ni los objetos decorativos colocados sobre mesas y consolas.

Rénine examinó el viejo reloj de pie, encerrado en un alto mueble labrado, que dejaba entrever, a través de un cristal ovalado, el disco del péndulo. Lo abrió: los contrapesos, colgando de cuerdas, se encontraban al final de su curso.

En ese instante, se oyó un chasquido. El reloj sonó ocho veces, con un timbre grave que la joven no sería capaz de olvidar.

—¡Qué prodigio! —murmuró ella.

—Un auténtico prodigio, efectivamente —declaró él—, puesto que el mecanismo, que es muy sencillo, solo permite un movimiento por semana.

—¿Y usted no ve nada particular?

—No, nada... A menos que...

Él se inclinó y, del fondo del mueble del reloj, extrajo un tubo de metal oculto entre los contrapesos, y que volvió hacia la luz.

—Un catalejo —dijo pensativo—. ¿Por qué lo esconderían en un lugar así? Y lo dejaron completamente desplegado... Es extraño... ¿Qué significará?

Una segunda vez, como de costumbre, el reloj se puso a sonar. Ocho campanadas retumbaron.

Rénine volvió a cerrar el mueble y, sin soltar el catalejo, siguió inspeccionando. Un largo ventanal comunicaba el salón con una cámara más pequeña, una especie de sala de fumadores, amueblada también, pero en la que había un armero con los estantes para los fusiles vacíos. Pegado a un panel cercano, un calendario indicaba una fecha: 5 de septiembre.

—¡Ah! —exclamó Hortense confundida—. ¡La misma fecha de hoy! Arrancaron las hojas de este calendario hasta el 5 de septiembre... ¡Y es el aniversario de aquel día! ¡Qué casualidad inaudita!

—Inaudita... —profirió él—. Es el aniversario de su partida... Hoy hace veinte años.

—Reconozca —dijo ella— que todo esto es incomprensible.

—Sí, evidentemente... Pero de todos modos...

—¿Se le ha ocurrido algo?

Respondió al cabo de algunos segundos:

—Lo que me inquieta es este catalejo oculto... Arrojado ahí, en el último momento. ¿De qué debía servir? Desde las ventanas de la planta baja no se ve otra cosa que el jardín... y sin duda ocurre lo mismo en el resto de las ventanas... Nos encontramos en un valle, sin el menor horizonte... Para utilizar este instrumento haría falta subir muy arriba... ¿Quiere que subamos?

No titubeó. El misterio que se desprendía de toda aquella aventura excitaba tan vivazmente su curiosidad que solamente soñaba con seguir a Rénine y asistirlo en sus pesquisas.

Ascendieron, así pues, la escalera principal y alcanzaron el segundo piso, sobre una plataforma donde daba inicio la escalera de caracol que subía al parapeto.

Ahí arriba había una terraza al aire libre, resguardada por un parapeto de más de dos metros de alto.

—En su día el muro estaba formado por almenas, que taparon más tarde —observó el príncipe Rénine—. Hubo un tiempo en que había aspilleras. Las obstruyeron.

—En cualquier caso —dijo ella—, el catalejo también resulta inútil aquí, y no nos queda más que volver abajo.

—No comparto su opinión —la rebatió él—. Lógicamente debía ofrecer algún panorama de la campiña, y lógicamente es aquí donde el catalejo se utilizaba.

Haciendo fuerza con las manos, se encaramó sobre el parapeto, y pudo observar que desde allí se veía todo el valle, el parque, cuyos grandiosos árboles limitaban el horizonte y, bastante a lo lejos, en el claro de una cima arbolada, había otra torre en ruinas, muy baja, envuelta en hiedra, y que tal vez estaba a setecientos u ochocientos metros de distancia.

Rénine retomó su investigación. Se diría que para él todo el enigma se resumía en el empleo del catalejo, y que se resolvería de inmediato si lograba descubrir el modo en que se utilizaba.

Estudió una por una las aspilleras. Una de ellas o, mejor dicho, el emplazamiento de una de ellas, le llamó especialmente la atención. Había, en medio de la cobertura de yeso que debía servir para taponarla, un hueco rellenado con tierra donde había empezado a brotar vegetación.

Arrancó la vegetación y quitó la tierra, liberando el orificio de unos veinte centímetros de diámetro que atravesaba el muro de un extremo al otro. Inclinado sobre él, Rénine constató que aquel agujero, estrecho y profundo, dirigía irremediablemente la mirada, sobre las numerosas copas de los árboles y siguiendo el claro de la colina, hasta la torre de hiedra.

En el fondo de aquel conducto, una especie de ranura que corría como un surco, el catalejo encajó, y con tanta precisión que era imposible moverlo, por poco que fuera, a derecha o a izquierda...

Rénine, que había secado la parte externa de las lentes, cuidándose de no alterar ni un milímetro el punto de mira, situó un ojo en el pequeño extremo del instrumento.

Permaneció atento y en silencio treinta o cuarenta segundos. Luego, se levantó y pronunció con voz alterada:

—Es espantoso... Realmente es espantoso.

—¿Qué es lo que ocurre? —preguntó ella, ansiosa.

—Observe...

Ella se inclinó, pero como la imagen no resultaba nítida, hizo falta poner el instrumento a su vista. Casi al instante ella dijo con un escalofrío:

—Lo que han colocado ahí arriba son dos espantapájaros, ¿verdad? Pero ¿por qué?

—Observe —le repitió él—, observe más detenidamente. Bajo los sombreros... Sus rostros.

—¡Oh! —exclamó ella, desfalleciendo—. ¡Qué horror!

El campo de visión ofrecía, recortado en redonda como una proyección luminosa, el siguiente espectáculo: la plataforma de una torre truncada, cuyo muro, más alto en su parte más alejada, formaba un telón de fondo del que se desplegaban oleadas de hiedra. Delante, en el interior de un revoltijo de arbustos, dos seres, un hombre y una mujer apoyados, derramados contra una multitud de piedras derrumbadas.

Pero ¿se podía llamar hombre o mujer a aquellas dos formas, aquellos dos maniquíes siniestros, que llevaban ropas y vestigios de sombreros, pero que ya no tenían ojos, mejillas, mentón, ni una partícula de carne, y que eran estricta y verdaderamente dos esqueletos?

—Dos esqueletos... —balbució Hortense—. Dos esqueletos vestidos... ¿Quién los habrá colocado ahí?

—Nadie.

—Pero ¿entonces?

—Ese hombre y esa mujer debieron morir en lo alto de aquella torre, hace años y años... Y, bajo sus ropajes, su carne está podrida. Los cuervos la han ido devorando...

—Pero ¡es terrible! ¡Terrible! —repitió Hortense, completamente pálida y con el rostro desencajado por la repulsión.

Media hora más tarde, Hortense Daniel y Serge Rénine abandonaron el castillo de Halingre. Antes de irse, se dirigieron a la torre de hiedra, lo que quedaba de una antigua mazmorra demolida en tres de sus cuartas partes. Su interior estaba vacío. Hasta una época relativamente reciente se debía acceder ahí a través de escaleras y peldaños de madera, cuyos fragmentos yacían en el suelo. La torre estaba pegada al muro que indicaba el extremo del parque.

Algo extraño y que sorprendía a Hortense era que el príncipe Rénine descartase realizar pesquisas más minuciosas, como si el asunto hubiera perdido todo interés para él. Dejó de hablar acerca de ello y, en la hospedería del pueblo más cercano, donde les sirvieron algunas viandas para comer, fue ella quien inquirió al posadero acerca del castillo abandonado. En vano, en cualquier caso, ya que aquel hombre, recientemente llegado a la región, resultó incapaz de proporcionar información alguna. Desconocía incluso el nombre del propietario.

Retomaron la ruta hacia La Marèze. En más de una ocasión, Hortense recordó la inmunda visión que había vislumbrado. Rénine, en cambio, muy alegre, generoso en sus atenciones hacia su compañera, parecía de hecho indiferente a tales cuestiones.

—¡Vamos! —exclamó ella con impaciencia—. No podemos quedarnos así. Hay que encontrar respuestas.

—Efectivamente —dijo él—, hay que encontrar respuestas. Ahora es necesario que monsieur Rossigny sepa a qué atenerse y que usted tome una decisión acerca de él.

Ella se encogió de hombros.

—¿Cómo? Eso, por hoy, no interesa...

—¿Por hoy?

—Hay que saber quiénes son esos dos cadáveres.

—En cualquier caso, Rossigny...

—Rossigny puede esperar. Yo, en cambio, no puedo.

—De acuerdo. Con mucha más razón, ya que no habrá terminado de reparar sus neumáticos. Pero ¿y usted qué le dirá? Eso es lo primordial.

—Lo esencial es lo que vimos. Me he enfrentado a un misterio. Aparte de él nada importa. A ver, ¿qué intenciones tiene usted?

—¿Qué intenciones?

—Sí, tenemos dos cadáveres. ¿Irá a informar a la policía, no es cierto?

—¡Cielo santo! —dijo él entre risas—. ¿Para qué?

—Pero ahí hay un enigma que desentrañar a cualquier precio... Un drama espantoso.

—No necesitamos a nadie para eso.

—¿Cómo? ¿Qué está diciendo? ¿Ha sacado algo en claro?

—Dios mío, lo tengo tan claro, más o menos como si hubiera leído un relato narrado al detalle en un libro acompañado de dibujos. ¡Es de tal sencillez!

Ella lo analizó de reojo, preguntándose si se estaría burlando de ella. Sin embargo, él tenía un aspecto muy serio.

—¿Y bien? —preguntó ella, temblorosa.

El día empezaba a declinar. Habían caminado con rapidez y, mientras se acercaban a La Marèze, los cazadores estaban volviendo.

—Entonces —dijo él— iremos a completar nuestra información junto a las personas que habitan estas tierras... ¿Conoce a alguien calificado para ello?

—Mi tío. Jamás ha salido de esta región.

—Perfecto. Preguntaremos a monsieur d'Aigleroche, y verá con qué lógica y rigor todos los hechos se encadenan sucesivamente. Cuando uno tiene en sus manos el primer eslabón está obligado a ir a por el último, lo quiera o no. No conozco nada más entretenido.

En el castillo se separaron. Hortense encontró su equipaje y una carta furiosa de Rossigny en la que se despedía de ella y le anunciaba su partida.

«Alabado sea —se dijo Hortense—, este ridículo individuo se ha dado cuenta de cuál era su mejor opción».

El flirteo con él, su huida, sus planes juntos... Ya lo había olvidado todo. Rossigny le parecía mucho más un extraño en su vida que aquel desconcertante Rénine, alguien que le había merecido, apenas unas horas antes, tan poca simpatía.

Rénine llamó a su puerta.

—Su tío está en su biblioteca —dijo—. ¿Desea acompañarme? Le he informado de mi visita.

Ella lo siguió.

Este añadió:

—Algo más. Esta mañana, al contrariar sus planes y suplicarle que confíe en mí, he adquirido un compromiso con usted que no quiero demorarme en cumplir. Usted va a disponer de una prueba formal.

—El único compromiso adquirido conmigo —dijo ella riendo— es el de satisfacer mi curiosidad.

—Y será satisfecha —afirmó él con gravedad—, mucho

más de lo que usted podría concebir, si monsieur d'Aigleroche confirma mis deducciones.

Monsieur d'Aigleroche estaba solo. Fumaba su pipa y tomaba jerez. Ofreció una copa a Rénine, que no la aceptó.

—¿Y tú, Hortense? —dijo él, con la voz un tanto pastosa—. Ya sabes que aquí apenas tenemos con qué divertirnos excepto en estos días de septiembre. Disfrútalos. ¿Ha ido bien el paseo con Rénine?

—Precisamente acerca de ese tema quería hablar con usted, estimado señor —interrumpió el príncipe.

—Me tendrá que disculpar, pero en diez minutos debo ir a la estación a recoger a un amigo de mi esposa.

—¡Ah, diez minutos me bastarán!

—El tiempo justo para fumarnos un cigarrillo, ¿le parece?

—Nada más.

Sacó un cigarrillo de la cajetilla que le ofrecía monsieur d'Aigleroche, lo encendió y le dijo:

—Imagínese que en este paseo el azar nos ha conducido hasta una vieja finca que naturalmente usted conoce, los dominios de Halingre.

—Muy cierto. Pero lleva vedado un cuarto de siglo. ¿No me diga que pudieron entrar?

—Sí.

—¡Vaya! ¿Ha sido una visita interesante?

—Extremadamente. Descubrimos cosas de lo más extrañas.

—¿Qué cosas? —preguntó el conde, que vigilaba su reloj de pulsera.

—Habitaciones cerradas a cal y canto, un salón abandonado que conservaba el mismo orden de cuando vivían allí, un reloj de péndulo que, milagrosamente, sonó a nuestra llegada...

—Ínfimos detalles —murmuró monsieur d'Aigleroche.

—Hay detalles mejores, en efecto. Subimos a lo más alto

del mirador y, estando allí, vimos sobre una torre bastante alejada del castillo... Vimos dos cadáveres. Dos esqueletos, mejor dicho. Un hombre y una mujer, cubiertos todavía con las prendas que llevaban cuando fueron asesinados.

—Oh, vaya. ¿Asesinados? Simple suposición...

—Certidumbre, y es por este asunto que hemos venido a importunarlo. Este drama, que precisamente debe remontarse a una veintena de años atrás, ¿no fue famoso entonces?

—¡Desde luego que no! —declaró el conde d'Aigleroche, quien jamás había oído hablar de ningún crimen, de ninguna desaparición.

—Vaya —dijo Rénine, que parecía un poco desconcertado—, esperaba conseguir cierta información...

—Lo siento.

—En ese caso, disculpe.

Con la mirada se puso de acuerdo con Hortense, y se dirigió a la puerta. Pero cambiando entonces de opinión:

—¿No podría usted al menos, estimado señor, ponerme en contacto con personas de su entorno, de su familia... personas que estén al corriente?

—¿De mi familia? ¿Por qué?

—Porque los dominios de Halingre pertenecían, y sin duda pertenecen todavía a los d'Aigleroche. Los escudos heráldicos muestran un águila sobre un bloque de piedra, una roca. Y al instante la conexión se me reveló.[1]

Esta vez, el conde pareció sorprendido. Empujó hacia atrás su botella y su copa, y dijo:

—¿Qué me está explicando? Ignoraba nuestra cercanía.

Rénine sacudió la cabeza, sonriente.

—Más bien sería propenso a creer, estimado señor, que a

---

1. *Aigle* y *roche* son, respectivamente, «águila» y «roca» en francés (*N. del T.*).

usted no le corre prisa admitir que exista un grado de parentesco entre usted... y aquel propietario desconocido.

—¿Se trata de un hombre poco recomendable?

—Es un hombre que mató, sencillamente.

—¿Qué dice usted?

El conde se puso en pie. Hortense, muy exaltada, pronunció:

—¿Está usted realmente seguro de que hubo un crimen y que fue cometido por alguien del castillo?

—Completamente seguro.

—Pero ¿cómo puede tener esa certeza?

—Porque sé quiénes fueron las dos víctimas y la causa del asesinato.

El príncipe Rénine solo procedía a través de afirmaciones, y cualquiera habría creído, al escucharlo, que se basaba en las pruebas más firmes.

Monsieur d'Aigleroche daba vueltas por la habitación con las manos en la espalda. Terminó por decir:

—Siempre tuve la intuición de que algo había ocurrido, pero nunca me había interesado en conocerlo... Así pues, efectivamente, hace veinte años, uno de mis parientes, un primo lejano, vivía en los dominios de Halingre. Esperaba, a causa de mi apellido, que esta historia de la que jamás he tenido conocimiento, se lo repito, pero que había presentido, se mantendría por siempre en la oscuridad.

—Así pues, ¿aquel primo asesinó?

—Sí, se vio forzado a matar.

Rénine movió la cabeza.

—Lamento tener que rectificar esta frase, querido señor. La verdad es que su primo mató, por el contrario, a sangre fría, cobardemente. No conozco ningún crimen cometido con mayor sangre fría y disimulo.

—¿Usted qué sabe?

Había llegado el momento en que Rénine se explicara. Un momento grave, angustiosamente pesado, del que Hortense comprendía su solemnidad, aunque ella todavía no había adivinado apenas el drama al que el príncipe se acercaba paso a paso.

—El asunto es bastante sencillo —explicó él—. Todo nos insta a creer que aquel monsieur d'Aigleroche estaba casado, y que en los alrededores de los dominios de Halingre vivía otra pareja, con la que ambos señores mantenían relación de amistad. ¿Qué sucedió un día? ¿Cuál de esas cuatro personas fue la primera en enturbiar las relaciones de ambos hogares? No podría decirlo. Pero hay una versión que me acude enseguida a la mente, y es que la esposa de su primo, madame d'Aigleroche, se solía encontrar con el otro marido en la torre de hiedra, que disponía de una salida directa al campo. Cuando estuvo al corriente de la intriga, su primo d'Aigleroche decidió vengarse, pero de modo que no provocara escándalo alguno, y que nadie supiera jamás que se había asesinado a los culpables. Sin embargo, constató, algo que yo he podido comprobar, que había un lugar en el castillo, el mirador, desde donde sobre los árboles y las ondulaciones del parque se podía ver la torre, que se encontraba a ochocientos metros de allí, y que solamente desde ese lugar se podía dominar la cima de la torre. Él realizó entonces un agujero a través del parapeto, donde había antiguamente una aspillera tapiada, y desde ahí, gracias a un catalejo que colocaba exactamente hasta el fondo del canal que excavó, asistía a los encuentros de los dos culpables. Y es también desde ahí que, habiendo realizado todas las mediciones y habiendo calculado todas las distancias, que un domingo, 5 de septiembre, estando el castillo vacío, mató a los amantes con dos disparos de fusil.

La verdad se revelaba. La luz del día se enfrentaba a las tinieblas. El conde murmuró:

—Sí... exactamente eso debió suceder. Fue de este modo que mi primo d'Aigleroche...

—El asesino —prosiguió Rénine— obstruyó cuidadosamente la aspillera con tierra. ¿Quién iba a saber que dos cadáveres iban a pudrirse en lo alto de una torre a la que nadie iba jamás, y en la que tuvo la precaución de demoler las escaleras de madera? Le quedaba explicar la desaparición de su mujer y su amigo. Una explicación fácil: los acusó de haber huido juntos.

Hortense se sobresaltó. De golpe, como si esa última frase hubiera sido una completa revelación y, en su caso, completamente imprevista, comprendió adónde Rénine quería llegar.

—¿Cómo dice?

—Digo que monsieur d'Aigleroche acusó a su esposa y a su amigo de haberse dado a la fuga juntos.

—No, no —exclamó ella—, no. Es inadmisible... Se trata de un primo de mi tío... Entonces, ¿por qué mezcla las dos historias?

—¿Por qué mezclar esta historia con otra que sucedió en otra época? —respondió el príncipe—. No las estoy mezclando en absoluto: tan solo hay una historia, y la cuento tal y como sucedió.

Hortense se dirigió a su tío. Estaba en silencio, de brazos cruzados y su cabeza permanecía en la oscuridad que formaba la pantalla de la lámpara. ¿Por qué no habría protestado?

Rénine prosiguió con firmeza:

—Hay una sola historia. La noche del 5 de septiembre a las ocho, monsieur d'Aigleroche, usando como pretexto que se iba en busca de los fugitivos, sin duda, abandonó su castillo después de tapiarlo. Se fue, abandonando las habitaciones tal y como se encontraban, y no se llevó más que los fusiles de la vitrina. En el último minuto, tuvo el presentimiento, justificado hasta el día de hoy, que si se descubría el catalejo que había tenido un gran papel en la preparación de su crimen, podría servir de punto de partida para una investigación, y lo arrojó al interior del mueble del reloj. El azar quiso que interrumpiera el curso del péndulo. Este acto reflejo, que todos los criminales inevitablemente realizan, le traicionaría veinte años después. Los golpes con los que eché abajo la puerta del salón liberaron el péndulo. El reloj retomó su curso, anunció las ocho horas y... conseguí el hilo de Ariadna que me ha guiado por el laberinto.

Hortense balbució:

—¡Pruebas, pruebas!

—¿Pruebas? —replicó en alto Rénine—. Son abundantes y las conoce como yo. ¿Quién podría haber disparado a esa distancia de ochocientos metros, excepto un tirador hábil, amante de la caza? ¿No es verdad, monsieur d'Aigleroche? ¿Pruebas? ¿Por qué no se llevaron nada del castillo, nada, excepto los fusiles, sin los que un amante de la caza no puede vivir? ¿No es cierto, monsieur d'Aigleroche, que son estos fusiles que tenemos aquí, expuestos en la pared? ¿Pruebas? ¿Y el 5 de septiembre, que fue la fecha del crimen, y que dejó en el alma del criminal tal recuerdo del horror que cada año, en esta época solamente, se rodea de distracciones y que cada año, en esta fecha del 5 de septiembre, olvida su sobriedad acostumbrada? Entonces, estamos a 5 de septiembre. ¿Pruebas? ¿Y si no hubiera otras, no le servirían simplemente estas?

Rénine tensó el brazo y apuntó al conde d'Aigleroche, que ante la evocación aterradora del pasado se había desplomado en un sillón y escondía el rostro entre las manos.

Hortense no puso ninguna objeción. Nunca había sentido afecto por su tío, o mejor dicho, el tío de su marido. Ella enseguida aceptó la acusación que levantaban contra él.

Transcurrió un minuto.

Monsieur d'Aigleroche se sirvió jerez y vació dos vasos,

uno detrás del otro. Luego, se puso en pie y se acercó a Rénine.

—Sea esa historia verídica o no, señor, no se puede llamar criminal a un marido que venga su honor y acaba con la esposa infiel.

—No —replicó Rénine—, simplemente he ofrecido mi primera versión de la historia. Hay otra infinitamente más grave, y más verosímil. Otra a la que una investigación más minuciosa llegaría sin duda a buen puerto.

—¿Qué quiere decir?

—Eso mismo. No se trataría tal vez de un marido justiciero, como supuse yo generosamente. Se trata quizás de un hombre arruinado que codicia la fortuna y la esposa de su amigo y que, para conseguir sus fines, para deshacerse de su amigo y de su propia mujer, les prepara una trampa, les propone visitar aquella torre abandonada y, desde lejos, fuera de peligro, los mata a balazos de fusil.

—No, no —protestó el conde—, no. Todo eso es mentira.

—Yo no digo que no. Mi acusación se basa en pruebas, pero también en intuiciones y razonamientos que, hasta este momento, son muy exactos. En cualquier caso, deseo que esta segunda versión sea incorrecta. Pero de ser así, ¿por qué hay remordimiento? No se siente remordimiento cuando se castiga a los culpables.

—Cuando se mata sí se siente. Es una carga abrumadora.

—¿Es para dar más fuerza a su argumento que monsieur d'Aigleroche se casó posteriormente con la viuda de su víctima? Porque ahí está todo, señor. ¿Por qué ese matrimonio? ¿Estaba arruinado monsieur d'Aigleroche? ¿Era rica la mujer con quien se casó en segundas nupcias? O, incluso, ¿se amaban ambos, y fue de mutuo acuerdo con ella que monsieur d'Aigleroche mató a aquella primera esposa y al marido de su segunda esposa? Hay tantos problemas que ignoro, que de momento no poseen interés, pero que la justicia, con todos sus medios, no debería tardar en esclarecer.

Monsieur d'Aigleroche se tambaleó. Tuvo que buscar apoyo en el respaldo de una silla y, lívido, farfulló:

—¿Avisará a la justicia?

—No, no —declaró Rénine—. En primer lugar, los hechos han prescrito. Además de veinte años de remordimiento y de terror, un recuerdo que perseguirá al culpable hasta su hora final, el consiguiente malestar en su hogar, el odio, el infierno de todos los días... y, para terminar, la obligación de volver hasta allí y destruir las huellas del doble crimen, el espantoso castigo de subir a la torre, de tocar esos esqueletos, desnudarlos, enterrarlos... Con eso basta. No pidamos demasiado. No sirvamos en bandeja un escándalo al público que acabaría salpicando a la sobrina de monsieur d'Aigleroche. No. Dejemos todas esas ignominias.

El conde recuperó su compostura ante la mesa, con las manos tensas sobre la frente. Murmuró:

—Entonces, ¿por qué?

—¿El porqué de mi intervención? —dijo Rénine—. Si he hablado es porque tengo algún propósito, ¿no le parece? En efecto. Por mínimo que sea, hace falta un castigo, y a nuestra charla le conviene un desenlace práctico. Pero no tema, monsieur d'Aigleroche, saldrá de esta por un módico precio.

La pugna había terminado. El conde sintió que no sería más que una pequeña formalidad a la que atenerse, un sacrificio que aceptar. Recuperando parte de su seguridad, preguntó con cierta ironía:

—¿Cuánto?

Rénine se echó a reír.

—Perfecto. Entiende la situación. Sin embargo, se equivoca conmigo. Yo no trabajo sino para la gloria.

—Entonces, ¿qué quiere?

—Como mucho, se trata de una restitución.

—¿Una restitución?

Rénine se inclinó sobre el escritorio y dijo:

—En uno de esos cajones hay un acta que requiere su firma. Es una propuesta de transacción entre usted y su sobrina, Hortense Daniel, en lo que a su fortuna se refiere. Fortuna que fue derrochada y de la que usted es el responsable. Firme esa transacción.

A monsieur d'Aigleroche le dio un vuelco el corazón.

—¿Sabe usted cuál es la suma?

—No lo quiero saber.

—¿Y si me niego?

—Pediré entrevistarme con la condesa d'Aigleroche.

Sin más vacilación, el conde abrió el cajón, sacó un documento de papel timbrado y firmó enérgicamente.

—Aquí lo tiene —dijo—, y espero...

—¿Espera como yo que no habrá nada más entre nosotros? De eso estoy convencido. Me marcho esta misma noche. Su sobrina lo hará mañana, sin duda. Adiós, señor.

En el salón, donde los invitados no habían bajado todavía, Rénine devolvió el acta a Hortense. Parecía estupefacta por todo lo que había escuchado, y si algo la confundía aún más que la luz que arrojaron sobre el pasado de su tío, era la clarividencia prodigiosa y la extraordinaria lucidez del hombre que, desde hacía unas horas, ponía orden a los acontecimientos y hacía surgir, ante sus ojos, las estampas de un drama al que nadie había prestado atención.

—¿He logrado complacerla? —le preguntó él.

Ella le tendió ambas manos.

—Me ha salvado de Rossigny. Me ha otorgado la libertad y la independencia. Le doy las gracias de todo corazón.

—Oh, no era eso lo que le preguntaba —precisó él—. Lo que quería, para empezar, era entretenerla. Su vida era monótona y le faltaban sorpresas. ¿Cómo fue el día de hoy?

—¿Cómo puede preguntarme algo así? He vivido momentos de lo más chocantes y extraños.

—Así es la vida —contestó— cuando se sabe observar y escudriñar. Las aventuras están en todas partes, en la choza más miserable, bajo la máscara del más sabio de los hombres. En todas partes, si uno quiere, siempre hay algún pretexto para conmoverse, hacer el bien, salvar una víctima, poner fin a una injusticia.

Ella murmuró, impresionada por lo que había en él de fuerza y autoridad:

—Pero ¿quién es usted?

—Un aventurero, nada más. Un amante de las aventuras. La vida no merece ser vivida excepto en los instantes de aventura, la de otros o la propia. Lo de hoy la ha conmocionado porque le tocaba en lo más profundo de su ser. Pero las de los demás no son menos apasionantes. ¿Quiere ponerlo a prueba?

—¿Cómo?

—Sea mi compañera de aventuras. Si alguien pide socorro, usted lo socorrerá conmigo. Si el azar o mi instinto me sitúa en la pista de un crimen o ante las huellas del dolor, iremos juntos como compañeros. ¿Le gustaría?

—Sí —respondió ella—. Pero...

Sintió dudas. Intentaba averiguar el plan secreto de Rénine.

—Pero —terminó la frase él, sonriendo—, desconfía un poco de mí: «Entonces... ¿este amante de las aventuras me quiere arrastrar con él? Es obvio que le gusto y que un día no tendrá reparos en cobrarse sus honorarios». Tiene usted razón. Necesitamos un contrato preciso.

—Y tan preciso —puntualizó Hortense, que prefería rebajar a tono de broma la conversación—. Soy toda oídos a sus propuestas.

Él caviló un segundo y continuó:

—Bien... vale. Hoy, día de la primera aventura, el reloj de Halingre ha dado ocho campanadas. ¿Quiere que aceptemos la señal y que en siete ocasiones más, en un espacio de tres meses, por ejemplo, persigamos hermosos propósitos juntos? ¿Y, le parece bien que la octava vez, usted deba concederme...?

—¿Qué? —quiso saber ella, un tanto tensa por la expectativa.

Él calló. Observó los hermosos labios que deseaba pedir como recompensa, y tuvo tal certeza de que la joven lo había comprendido, que juzgó inútil hablar con más claridad.

—El propio placer de verla me bastará. No me concierne a mí sino a usted imponer condiciones. ¿Cuáles? ¿Qué me va exigir?

Ella le agradeció su respeto y respondió entre risas:

—¿Qué voy a exigir yo?

—Sí.

—¿Puedo exigir cualquier cosa, por difícil que sea?

—Quien la quiera conquistar encontrará la manera.

—¿Y si mi petición es imposible?

—Tan solo me interesa lo imposible.

Entonces ella dijo:

—Exijo que me consiga un antiquísimo broche de vestido, compuesto de cornalina engarzada en una montura de filigrana. Procedía de mi madre, que la heredó de la suya, y todo el mundo sabía que atraía la felicidad para ellas, y que en mí también lo hacía. Desde que desapareció del joyero donde lo guardaba he sido infeliz. Consígamelo, bondadoso genio.

—¿Cuándo le robaron el broche?

Ella sintió una alegría repentina.

—Hace siete años... ocho tal vez... o nueve, no le sabría decir... Y no sé dónde... No sé cómo... No sé nada.

—Lo encontraré —afirmó Rénine—, y será feliz.

2

LA JARRA DE AGUA

Cuatro días después de instalarse en París, Hortense Daniel aceptó verse con Rénine en el Bois de Boulogne. Era una mañana radiante, y tomaron asiento en la terraza del restaurante Impérial, algo apartado de la gente.

La joven estaba contenta de vivir, jovial, graciosa y seductora. Por miedo a ahuyentarla, Rénine se guardó de hacer referencia al pacto que él le había propuesto. Ella le explicó su partida de La Marèze y afirmó que no había oído hablar más de Rossigny.

—Yo sí —dijo Rénine—, sí he oído hablar de él.

—¡Ah!

—Sí, me ha mandado a sus testigos. Nos batimos en duelo esta mañana. Un pinchazo en la espalda de Rossigny. Asunto liquidado.

—Hablemos de otra cosa.

A Rossigny no se le volvió a mencionar. Entonces Rénine expuso a Hortense su plan para dos expediciones que él tenía en mente y en las que le ofrecía, sin entusiasmo, participar a ella.

—La mejor aventura —dijo él— es aquella que no podemos predecir. Aparece de improviso, sin que nada la haya anunciado y que nadie, excepto los iniciados, reconoce que tiene la ocasión de actuar y esforzarse ante sus narices. Hay que aprovecharla al instante. Un segundo de vacilación, y ya es demasiado tarde. Un sentido especial nos advierte. Un olfato de sabueso que distingue el buen olor entre otros tantos que se entremezclan.

A su alrededor, la terraza empezaba a llenarse de gente. En la mesa más próxima, un joven de perfil insignificante y un gran bigote castaño leía un periódico. Detrás, de una de las ventanas del restaurante procedía un rumor lejano de orquesta. En uno de los salones, varias personas estaban bailando.

Hortense observaba a todas aquellas personas una por una, como si esperara descubrir en ellas alguna diminuta señal que revelara su drama íntimo, un hado de infelicidad o su vocación criminal.

Sin embargo, mientras Rénine abonaba las consumiciones, el joven de gran bigote reprimió un grito, y avisó a uno de los camareros con voz sofocada:

—¿Cuánto les debo? ¿No tienen monedas? Por Dios, dense prisa...

Sin dudar, Rénine agarró su periódico. Tras una rápida ojeada leyó a media voz:

—Monsieur Dourdens, el abogado de Jacques Aubrieux, ha sido recibido en el Elíseo. Creemos que el presidente de la república se ha negado a indultar al condenado y que la ejecución tendrá lugar mañana por la mañana.

Cuando el joven hubo recorrido la terraza, se encontró bajo el porche del jardín ante un caballero y una dama que le impedían el paso, y el señor le dijo:

—Disculpe, monsieur, pero he detectado su emoción. ¿Tiene que ver con Jacques Aubrieux, no es cierto?

—Sí, sí. Jacques Aubrieux —balbució el joven—... Jacques, mi amigo de infancia. Voy corriendo a casa de su mujer. Debe estar enloquecida de dolor...

—¿Le puedo ofrecer mi asistencia? Soy el príncipe Rénine. Tanto a mademoiselle como a mí nos gustaría ver a madame Aubrieux y ponernos a su disposición.

El joven, conmocionado por las noticias que acababa de leer, no parecía comprenderlo. Se presentó con torpeza:

—Dutreuil... Gaston Dutreuil...

Rénine hizo una señal a Clément, su chófer, que estaba aguardando a una cierta distancia, y condujo a Gaston Dutreuil al interior del automóvil, preguntándole:

—¿La dirección? ¿La dirección de madame Aubrieux?

—Es la avenue du Roule, 23 bis...

Cuando Hortense se subió al coche, repitió la dirección al chófer y una vez estuvieron de camino se propuso interrogar a Gaston Dutreuil.

—Apenas conozco este caso —dijo—. Resúmamelo. Jacques Aubrieux asesinó a un pariente cercano, ¿no es así?

—Él es inocente, señor —replicó el joven, que parecía incapaz de ofrecer la menor explicación—. Inocente, se lo juro. Hace veinte años que soy amigo de Jacques. Él es inocente. Eso sería monstruoso.

No le pudieron sonsacar palabra. El trayecto, además, fue rápido. Entraron en Neuilly por la Porte des Sablons y, dos minutos después, se detuvieron frente a un largo y estrecho sendero, delimitado por muros, que les condujo a un pequeño pabellón de un solo piso.

Gaston Dutreuil llamó al timbre.

—Madame está en el salón con su madre —informó el hombre que abrió.

—Voy a ver a las damas —dijo él, guiando a Rénine y a Hortense.

Era un salón bastante espacioso, hermosamente amueblado, que en tiempos normales debía funcionar como despacho. Dos mujeres estaban allí llorando. Una de ellas, bastante mayor y de cabellos grises, se dirigió a Gaston Dutreuil. Este le explicó la presencia del príncipe Rénine y, enseguida, ella gritó entre sollozos:

—El marido de mi hija es inocente, monsieur. ¡Jacques! Si es el mejor de los hombres... ¡Tiene un corazón de oro! ¡Asesinar a su primo, él! ¡Le juro que es inocente, señor! ¿Y cometerán la infamia de matarlo? Ay, monsieur, será la muerte de mi hija.

Rénine comprendió por lo que pasaba aquella gente desde hacía meses, obsesionados con su inocencia, y con la certidumbre de que un inocente no podía ser ajusticiado. Las noticias de su ejecución, inevitable ahora, los enloquecía.

Se acercó a una pobre criatura encorvada en dos, y cuyo rostro, todavía joven, envuelto en una bella cabellera rubia, se convulsionaba bajo la desesperación. Hortense ya se había sentado a su lado y suavemente se la había llevado al hombro. Rénine le dijo:

—Madame, yo no sé qué puedo hacer por usted. Pero puedo afirmar por mi honor que, si hay alguien en el mundo que le pueda ser de utilidad, ese soy yo. Le suplico, pues, que me responda como si la claridad y la nitidez de sus respuestas pudieran cambiar el curso de los acontecimientos, y como si quisiera hacer que compartiera su misma opinión sobre Jacques Aubrieux. Porque él es inocente, ¿no es verdad?

—¡Oh, monsieur! —exclamó ella con todo su ser.

—Entonces... La certeza que usted no ha podido comunicar a la justicia debe imponérmela a mí. No le pido que entre en detalles ni que reviva este espantoso calvario, sino sencillamente que responda a una cierta cantidad de preguntas. ¿Le parece bien?

—Hable, monsieur.

Ella estaba subyugada por él. Con pocas palabras, Rénine consiguió someterla e insuflarle la voluntad de obedecer. Y, una vez más, Hortense se dio cuenta de lo que había en Rénine de fuerza, autoridad y persuasión.

—¿A qué se dedicaba su marido? —le preguntó él, después de haber rogado a su madre y a Gaston Dutreuil para que guardaran absoluto silencio.

—Era corredor de seguros.

—¿Le iban bien los negocios?

—Hasta el año pasado, sí.

—De modo que, desde hacía algunos meses, ¿pasaba por apuros económicos?

—Sí.

—¿Y el crimen fue cometido...?

—El marzo pasado, en domingo.

—¿La víctima?

—Un primo lejano, monsieur Guillaume, que vivía en Suresnes.

—¿La cantidad robada?

—Sesenta billetes de mil francos que este primo había recibido la víspera como pago de una antigua deuda.

—¿Lo sabía su marido?

—Sí. El domingo, su primo se lo contó durante una conversación telefónica, y Jacques le insistió que no guardara tal cantidad de dinero en casa y lo depositara al día siguiente en un banco.

—¿Por la mañana?

—A la una de la tarde. Jacques precisamente tenía que ir a casa de monsieur Guillaume en motocicleta. Pero, como estaba cansado, le comentó que no saldría de la vivienda. Estuvo aquí todo el día.

—¿Solo?

—Sí, solo. Las dos empleadas del hogar libraban aquel día. Yo había quedado para ir a un cine de Les Ternes con mamá y nuestro amigo Dutreuil. Por la noche tuvimos noticia del asesinato de monsieur Guillaume. La mañana siguiente arrestaron a Jacques.

—¿Bajo qué acusación?

La pobre mujer titubeó. Las acusaciones debieron ser abrumadoras. Entonces, respondiendo a un gesto de Rénine, contestó de un tirón:

—El asesino viajó a Saint-Cloud en motocicleta, y las huellas encontradas son las de la motocicleta de mi marido. Hallaron un pañuelo con sus iniciales, y el revólver que utilizó era de su propiedad. Finalmente, un vecino nuestro asegura que a las tres vio a mi marido salir en motocicleta, y otro lo vio de vuelta a las cuatro y media. El crimen, ahora bien, fue cometido a las cuatro.

—¿Y qué dijo Jacques Aubrieux en su defensa?

—Afirma que durmió toda la tarde. Mientras tanto alguien vino, supo abrir el trastero y cogió la motocicleta para dirigirse a Suresnes. En cuanto al pañuelo y el revólver, se encontraban ambos en su maletín. No es una sorpresa que el asesino los utilizara.

—Es una explicación plausible...

—Sí, pero la justicia tiene dos objeciones. De entrada, nadie, absolutamente nadie, sabía que mi marido iba a quedarse en casa todo el día, ya que, al contrario, salía cada domingo por la tarde en motocicleta.

—¿Y luego?

La joven se ruborizó y murmuró:

—En la oficina de monsieur Guillaume, el asesino se bebió media botella de vino. Encontraron en la botella las huellas digitales de mi marido.

Parecía que ella se había entregado en cuerpo y alma y

que, al mismo tiempo, la esperanza inconsciente, que la intervención de Rénine había suscitado en ella, se evaporaba de golpe ante aquel cúmulo de pruebas. Volvió en sí y quedó absorta en una especie de callada ensoñación de la que el cuidado que le proporcionaba Hortense no podía abstraer.

La madre balbució:

—Él es inocente, ¿no es cierto, monsieur? Y no se castiga a los inocentes... No hay derecho. No tienen derecho a matar a mi hija. ¡Oh Dios mío, Dios mío! ¿Qué hemos hecho para que nos persigan así? Mi pequeña Madeleine, la pobre...

—Se suicidará —decía Dutreuil, con una voz aterrada—. Ella nunca podrá soportar la idea de que mandaran a Jacques a la guillotina. Pronto... Esta noche... se matará.

Rénine se paseaba por la habitación.

—No hay nada que pueda hacer por ella, ¿verdad? —inquirió Hortense.

—Son las once y media —replicó él con inquietud—, y tendrá lugar mañana por la mañana.

—¿Cree que él es culpable?

—No lo sé... No lo sé... La convicción de esta infeliz es extraordinaria y no la podemos desatender. Cuando dos seres han vivido uno al lado del otro, raramente pueden estar equivocados sobre la otra persona hasta ese punto. Y, sin embargo...

Él se echó en un sofá y encendió un cigarrillo. Fumó tres seguidos sin que nadie interrumpiera su meditación. A ratos comprobaba su reloj. ¡Cada minuto era tan importante!

Finalmente, volvió junto a Madeleine Aubrieux, tomó sus manos y le dijo delicadamente:

—No debe suicidarse. Hasta el último minuto, nada está perdido, y le prometo que, en lo que a mí respecta, hasta ese último minuto no me voy a desmoralizar. Pero para ello necesito su serenidad y su confianza.

—Estaré serena —respondió ella, lastimera.

—¿Y mantendrá la confianza?

—Mantendré la confianza.

—Bien... Espéreme. Dentro de dos horas habré vuelto. ¿Viene usted con nosotros, monsieur Dutreuil?

Cuando iban a subir al coche, le preguntó al joven:

—¿Conoce usted algún pequeño restaurante, poco frecuentado y que no esté lejos, en París?

—La *brasserie* Lutetia, en los bajos del edificio donde vivo, en Place des Ternes.

—Perfecto. Nos resultará muy cómoda.

De camino apenas hablaron. Rénine, sin embargo, interrogó a Gaston Dutreuil.

—Para que no me olvide, tenemos la numeración de los billetes, ¿verdad?

—Sí, el primo Guillaume inscribió los sesenta números en su registro.

Rénine murmuró, al cabo de un instante:

—He aquí el problema. ¿Dónde están los billetes? Si los tuviéramos a mano, lo resolveríamos.

En la *brasserie* Lutetia el teléfono se encontraba en un comedor privado donde él pidió que le sirvieran el almuerzo. Una vez a solas con Hortense y Dutreuil, descolgó el teléfono con un gesto decidido.

—¿Hola?... Con la comisaría de policía, por favor, señorita. ¿Hola? ¿Hola, comisaría? Querría ponerme en contacto con el servicio de la Sûreté. Un comunicado de la más alta importancia. De parte del príncipe Rénine.

Se volvió hacia Gaston Dutreuil con el auricular en la mano.

—Podría citar a alguien aquí, ¿verdad? ¿Podremos estar tranquilos?

—Sin duda.

Siguió al teléfono.

—¿Es el secretario del jefe de la Sûreté? ¡Ah, muy bien, monsieur secretario! He tenido la oportunidad de contactar con monsieur Dudouis y de proporcionarle datos sobre varios asuntos que le han resultado de bastante utilidad. Sin duda no se debe acordar del príncipe Rénine. Hoy le podría indicar dónde se encuentran los sesenta billetes de mil francos robados a su primo por el asesino Aubrieux. Si mi propuesta le interesa, sea tan amable de mandarme a un inspector a la *brasserie* Lutetia, en la Place des Ternes. Ahí estaré con una dama y con monsieur Dutreuil, el amigo de Aubrieux. Le mando saludos, señor secretario.

Una vez Rénine colgó el teléfono, se fijó en los rostros atónitos de Hortense y Gaston Dutreuil.

Hortense murmuró:

—Entonces, ¿lo sabe? ¿Ya lo ha descubierto?

—Para nada. —Se rio él.

—¿Y ahora qué?

—Voy a actuar como si lo supiera. Es un medio como cualquier otro. Pero almorcemos, ¿no les parece?

El péndulo estaba marcando la una menos cuarto.

—En veinte minutos, a muy tardar —dijo—, el representante de la comisaría estará aquí.

—¿Y si no viene nadie? —objetó Hortense.

—Eso me extrañaría. Ay, si hubiera hecho que le dijeran a monsieur Dudouis «Aubrieux es inocente», habría estropeado el efecto. La víspera de una ejecución, intente convencer a estos señores de la policía o de la justicia que un condenado a muerte es inocente... No, Jacques Aubrieux ya es propiedad de los verdugos. Sin embargo, la premisa de los sesenta billetes... esa sí es una ganga por la que se dejarán con gusto importunar. Piense que, de hecho, ese es el punto débil de la acusación: esos billetes que no han sabido encontrar.

—Pero ya que no sabe nada...

—Mi querida amiga, ¿me permite llamarla así? Querida amiga, cuando no se puede explicar un fenómeno físico, la gente adopta una hipótesis cualquiera a través de la cual todas las manifestaciones de dicho fenómeno encuentran su explicación, y dice que sucede porque sencillamente es así. Eso es lo que hago yo.

—¿Es decir, que supone algo?

Rénine no respondió. No fue hasta un largo rato después, acabando el almuerzo, que continuó:

—Evidentemente, hay algo que supongo. Si dispusiera de varios días, me tomaría la molestia de verificar de entrada mi hipótesis, que se basa tanto en mi intuición como en la observación de hechos dispersos. Pero no tengo más que dos horas, y emprendo una senda desconocida como si tuviera la certeza de que me conduce a la verdad.

—¿Y si está equivocado?

—No tengo elección. Además, ya es demasiado tarde. Están llamando a la puerta. ¡Ah, hay algo más! Diga lo que diga, no me desmientan. Usted tampoco, monsieur Dutreuil.

Él abrió la puerta. Un hombre delgado, de barba pelirroja, entró.

—¿El príncipe Rénine?

—Yo mismo, monsieur. Viene de parte de monsieur Dudouis, ¿verdad?

—Sí.

El recién llegado se presentó.

—Soy el inspector jefe Morisseau.

—Le agradezco su celeridad, monsieur inspector jefe —dijo el príncipe Rénine—, y tanto más contento de que monsieur Dudouis le haya enviado a usted, ya que estoy familiarizado con su trayectoria, y he seguido con admiración varias de sus operaciones.

El inspector inclinó la cabeza, muy halagado.

—De parte de monsieur Dudouis, a su entera disposición, además de dos inspectores que he dejado en la plaza y que se han ocupado de este caso junto a mí desde el inicio.

—No voy a robarle mucho tiempo —declaró Rénine— y ni siquiera le pediré que tome asiento. Necesitamos solucionarlo en unos pocos minutos. ¿Sabe de qué se trata?

—Sesenta billetes de mil francos robados a monsieur Guillaume, cuya numeración tiene aquí.

Rénine examinó el listado y afirmó:

—Exacto. Concuerdan.

El inspector Morisseau parecía muy emocionado.

—Mi jefe reconoce que su descubrimiento tiene una gran importancia. Así pues, ¿podría indicarme...?

Rénine permaneció en silencio un momento y luego declaró:

—Monsieur inspector jefe, mi investigación personal, una investigación rigurosa y al corriente de la cual le tendré de inmediato, revela que el asesino, a su retorno de Suresnes y tras dejar la motocicleta en el trastero de la Avenue du Roule, vino corriendo a la Place des Ternes y entró en este edificio.

—¿En este edificio?

—Sí.

—Pero ¿qué vino a hacer aquí?

—A esconder las ganancias de su robo, los sesenta billetes de mil.

—¿Cómo? ¿Y en qué lugar?

—En un apartamento del que tenía llave, en la quinta planta.

Gaston Dutreuil exclamó estupefacto:

—Pero en la quinta planta solo hay un apartamento, y es donde yo vivo.

—Precisamente, y mientras usted se encontraba en el cine

junto a madame Aubrieux y su madre, aprovecharon su ausencia...

—Es imposible. Solo yo tengo llave.

—Entraron sin llave.

—Pero no he encontrado ni rastro.

Morisseau intervino.

—Vamos a ver, explíquenos. ¿Está diciendo que los billetes bancarios fueron ocultados en casa de monsieur Dutreuil?

—Sí.

—Pero dado que Jacques Aubrieux fue arrestado la mañana siguiente, ¿esos billetes deben seguir todavía ahí?

—Esa es mi opinión.

Gaston Dutreuil no pudo reprimir la risa.

—Pero es absurdo, yo los hubiera encontrado.

—¿Los ha buscado acaso?

—No. Pero me toparía con ellos todo el rato. Mi apartamento tiene el tamaño de una caja de zapatos. ¿Lo quiere ver?

—Por pequeño que sea, es suficiente para contener sesenta hojas de papel.

—Evidentemente —dijo Dutreuil—, evidentemente todo es posible. No obstante, le repito que nadie, en mi opinión, ha entrado en mi casa, y que solo hay una llave, que me encargo yo mismo de la limpieza y que no comprendo exactamente...

Hortense tampoco lo comprendía. Con su mirada, fija en los ojos del príncipe Rénine, trataba de penetrar en lo más profundo de su mente. ¿A qué estaba jugando? ¿Debía estar de su lado en lo que afirmaba? Acabó diciendo:

—Monsieur inspector jefe, ya que el príncipe Rénine presupone que los billetes fueron depositados arriba, ¿ registrar no sería lo más sencillo? Monsieur Dutreuil nos guiará, ¿verdad?

—De inmediato —contestó el joven—. En efecto, es lo más sencillo.

Los cuatro remontaron los cinco pisos del inmueble, y una vez Dutreuil abrió la puerta, penetraron en un exiguo apartamento formado por dos habitaciones y dos despachos, todos ellos meticulosamente ordenados. Se notaba que cada uno de los sillones y cada una de las sillas del cuarto que hacía las veces de salón ocupaban un lugar inamovible. Las pipas tenían asignado su propio estante, las cerillas también. Suspendidos por tres clavos, tres bastones estaban ordenados por tamaño. Sobre un velador, frente a la ventana, una caja de sombreros de cartón, llena de papel de seda, aguardaba el sombrero de fieltro de Dutreuil, que colocó minuciosamente. Al lado, sobre la tapa, dejó tendidos sus guantes. Actuaba metódico y maquinalmente, como un hombre que se complace en ver sus cosas en la posición que les ha designado. De modo parecido, cuando Rénine desplazó un objeto, esbozó una mueca de queja, recogió su sombrero, se lo volvió a poner, abrió la ventana y se apoyó sobre el alféizar, con el torso girado, como si fuera incapaz de aguantar tal sacrílego espectáculo.

—Usted lo afirma, ¿cierto? —preguntó el inspector a Rénine.

—Sí, sí, afirmo que, después del crimen, los sesenta billetes fueron trasladados aquí.

—Busquemos pues.

Era algo fácil, que no tardaron en realizar. Al cabo de media hora, no quedaba una sola esquina que no hubiera sido explorada, ni un cachivache sin examinar.

—Nada —dijo el inspector Morisseau—. ¿Deberíamos seguir?

—No —replicó Rénine—. Los billetes ya no están aquí.

—¿Qué está queriendo decir?

—Lo que digo es que se los han llevado.

—¿Quién? Sea más específico en su acusación.

Rénine no contestó absolutamente nada. Pero Gaston Dutreuil se volvió hacia él. Se asfixiaba.

—Señor inspector, ¿quiere que sea yo quien especifique la acusación, tal y como aparece en las observaciones de este señor? Viene a decir que hay un hombre deshonesto entre nosotros, que los billetes ocultados por el asesino fueron descubiertos, robados por el susodicho hombre deshonesto, y depositados en un lugar más seguro. Esa es su idea, ¿no es cierto, señor? Y es a mí a quien acusa de robar, ¿me equivoco?

Andaba golpeándose el pecho fuertemente.

—¡Yo, yo! ¡Debo ser yo quien encontró los billetes! ¡Y quien se los quedó! Se atreven a suponer...

Rénine seguía sin responder. Dutreuil se enfureció y, atacando al inspector Morisseau, exclamó:

—Señor inspector, protesto enérgicamente en contra de este teatro, y en contra del papel que a usted le hacen representar. Antes de llegar, el príncipe Rénine nos dijo a madame y a mí que él no sabía nada, que en este asunto se abandonaba al azar, y que seguía la primera opción que tuviera a mano, fiándose de su buena suerte. ¿No es eso cierto, monsieur?

Rénine no protestó.

—¡Hable, pues, monsieur! Explíquese, ya que, sin ofrecer prueba alguna, ¡asevera cosas inverosímiles! Es muy cómodo decir que fui yo quien robó los billetes. Pero ¿no faltaría además saber si alguna vez estuvieron aquí? ¿Quién los trajo? ¿Por qué el asesino elegiría mi apartamento para esconderlos? Todo es absurdo, ilógico y estúpido... ¡Pruebas, monsieur! ¡Una prueba siquiera!

El inspector Morisseau estaba perplejo. Interrogó a Rénine con la mirada.

Este pronunció impasible:

—Ya que desea detalles, es la misma madame Aubrieux

quien se los puede ofrecer. Ella tiene el teléfono. Bajemos. En un minuto conoceremos la verdad.

Dutreuil se encogió de hombros.

—Como usted quiera, pero ¡menuda pérdida de tiempo!

Se veía claramente irritado. El largo rato que pasó junto a la ventana, bajo un sol abrasador, lo había dejado bañado en sudor. Entró en su cuarto y salió con una jarra de agua de la que tomó unos cuantos sorbos, y que depositó junto a la ventana.

—Vayámonos —dijo.

El príncipe Rénine se burló:

—Se diría que tiene ganas de abandonar este apartamento.

—De lo que tengo muchas ganas es de desenmascararlo —replicó Dutreuil, cerrando el apartamento de un portazo.

Bajaron y volvieron al comedor privado, donde se encontraba el teléfono. El salón estaba vacío. Rénine preguntó a Gaston Dutreuil por el número de los Aubrieux, descolgó el auricular y el teléfono dio señal.

La empleada del hogar fue quien respondió al aparato. Contestó que madame Aubrieux, tras un episodio de desesperación, se acababa de desmayar, y que en esos momentos se encontraba durmiendo.

—Llame a su madre. De parte del príncipe Rénine. Es urgente.

Le pasó uno de los auriculares a Morisseau. Las voces se escuchaban con tal claridad que Dutreuil y Hortense podían oír al completo el intercambio de palabras entre ambos.

—¿Es usted, madame?

—Sí, el príncipe Rénine, ¿verdad? Ah, monsieur, ¿qué tiene que decirme? ¿Hay esperanzas? —imploró la anciana dama.

—La investigación está dando sus frutos —dijo Rénine—,

y tiene todo el derecho a albergar esperanzas. De momento, le quería preguntar acerca de una cuestión crucial. El día del crimen, ¿vino Gaston Dutreuil a su casa?

—Sí, después del almuerzo, vino a recogernos a mi hija y a mí.

—¿Sabía él en aquel entonces que el primo Guillaume tenía sesenta mil francos en su casa?

—Sí, fui yo quien se lo conté.

—¿Y que Jacques Aubrieux, algo indispuesto, no daría su acostumbrado paseo en motocicleta y se quedaría en cama?

—Sí.

—¿Está segura de ello, madame?

—Absolutamente.

—¿Y ustedes fueron al cine, los tres juntos?

—Sí.

—¿Y se sentaron uno al lado del otro en aquel pase?

—Ah, no, no había butacas libres. Él se instaló algo lejos.

—¿En una localidad desde donde lo pudieran ver?

—No.

—Pero ¿durante el entreacto, se acercó a ustedes?

—No, no nos vimos hasta la salida.

—¿Alguna duda sobre esta cuestión?

—No, ninguna.

—Bien, madame. Dentro de una hora le informaré acerca de mis avances. Sobre todo, sin embargo, no despierte a madame Aubrieux.

—¿Y si se despertase?

—Tranquilícela y dígale que tenga confianza. Todo va cada vez mejor, incluso más de lo que esperaba.

Colgó y se volvió hacia Dutreuil, riendo.

—¡Ey, joven! Esto empieza a tomar otro cariz. ¿Qué me dice usted?

¿Qué significaban aquellas palabras? ¿Y qué conclusiones

había sacado Rénine de su llamada? El silencio era denso e insoportable.

—Monsieur inspector jefe, tiene a sus agentes en la plaza, ¿no es cierto?

—Dos cabos de policía.

—Sería interesante que estuvieran ahí. Haga el favor de rogarle al propietario de la *brasserie* que no nos molesten bajo ningún pretexto.

A la vuelta de Morisseau, Rénine cerró la puerta, se plantó frente a Dutreuil y declamó con buen humor:

—En suma, joven, de tres a cinco aquel domingo, las damas no le vieron. Es un dato bastante curioso.

—Es algo natural —respondió Dutreuil— y que, en cualquier caso, no prueba nada de nada.

—Sí prueba, joven, que tuvo usted a su disposición dos horas enteras.

—Evidentemente, dos horas que pasé en el cine.

—O en otra parte.

Dutreuil lo observaba.

—¿O en otra parte?

—Sí, ya que usted estaba libre, dispuso de todo el tiempo del mundo para ir a pasear donde le vino en gana. Por la zona de Suresnes, por ejemplo.

—¡Ah, ya! —exclamó el joven bromeando a su vez—. Suresnes está bastante lejos.

—¡Bien cerca! ¿No disponía de la motocicleta de su amigo Jacques Aubrieux?

Un nuevo silencio siguió a estas palabras. Dutreuil frunció el ceño como si se esforzara en comprender. Al final, se le oyó susurrar:

—A eso quería llegar. ¡Miserable!

La mano de Rénine cayó sobre su espalda.

—Basta de habladurías. ¡Hechos! Gaston Dutreuil, usted

es la única persona que sabía ese día dos hechos esenciales: uno, que el primo Guillaume tenía sesenta mil francos en su casa; dos, que Jacques Aubrieux no iba a salir. De repente, le vino el golpe a la mente. La motocicleta estaba a su disposición. Usted se escabulló durante el pase de la película. Fue a Suresnes. Mató al primo Guillaume. Cogió los sesenta billetes y se los llevó a su casa. Y, a las cinco, se reencontró con las señoras.

Dutreuil iba escuchando con guasa y a la vez estupefacción, mirando de vez en cuando al inspector Morisseau como si lo tomara por testigo.

—Está loco, no hace falta indignarse con él.

Cuando Rénine terminó, se puso a reír.

—Muy gracioso... Menuda farsa. Entonces, ¿fue a mí a quien vieron los vecinos ir y volver en motocicleta?

—Sí, a usted, llevando la ropa de Jacques Aubrieux.

—¿Y son mis huellas dactilares las que se encontraron en la botella del despacho del primo Guillaume?

—Aquella botella la abrió Jacques Aubrieux durante el almuerzo, en su casa, y usted la llevó allí como elemento probatorio.

—Cada vez tiene más gracia —exclamó Dutreuil, que parecía pasárselo francamente bien—. ¿De modo que yo habría manipulado todo este asunto para que acusaran del crimen a Jacques Aubrieux?

—Era el modo más seguro de que no lo acusaran a usted.

—Sí, pero Jacques es mi amigo desde la infancia.

—Está enamorado de su mujer.

El joven dio un brinco, furioso de repente.

—¿Cómo se atreve? ¿Cómo, una infamia parecida?

—Tengo la prueba.

—Mentira, siempre he sentido respeto, veneración por madame Aubrieux...

—En apariencia. Lo que está es enamorado. La desea. No diga que no. Tengo todas las pruebas.

—¡Mentira! Hace bien poco que me conoce.

—¿Cómo sabe que no llevo días acechándolo en la oscuridad, esperando echarme encima?

Agarró al hombre por los hombros y lo sacudió.

—Vamos, Dutreuil, confiese. Tengo todas las pruebas. Hay testigos que encontraremos al instante ante el jefe de la Sûreté. ¡Confiese! Aunque usted no lo aparente, le atormenta el remordimiento. ¡Acuérdese de su acceso de terror, en el restaurante, leyendo el periódico, eh! Jacques Aubrieux condenado a muerte... ¡Usted no habría pedido tanto! Trabajos forzados, con eso le bastaría. Pero el cadalso... A Jacques Aubrieux lo ejecutan mañana, ¡a él, que es inocente! Confiese, pues, para salvar su pellejo. ¡Confiese!

Arqueado hacia él, con todas sus fuerzas, intentaba arrancarle una confesión. Pero el otro se enderezó y, con frialdad, con cierto desdén, sentenció:

—Está loco, monsieur. Ni una sola palabra de lo que ha estado diciendo responde al sentido común. Todas sus acusaciones son falsas. Y los billetes, ¿acaso los ha encontrado en mi casa, donde afirma que están?

Exasperado, Rénine le desafió con el puño.

—¡Canalla! ¡Acércate, que te mato!

Se agarró al inspector.

—Y usted, ¿qué dice a todo esto? Un consumado granuja, ¿verdad?

El inspector meneó la cabeza.

—Tal vez. Pero al mismo tiempo... hasta ahora... no ha habido ninguna acusación de verdad.

—Espere, monsieur Morisseau —dijo Rénine—. Espere a que hablemos con monsieur Dudouis. Porque veremos en comisaría a monsieur Dudouis, ¿no es cierto?

—Sí, estará allí a las tres.

—¿Entonces? ¡Se va a convencer, monsieur inspector jefe! Le avanzo que se convencerá.

Rénine se reía con el tono burlón de quien conoce lo que sucederá a continuación. Hortense, a su lado, y que se podía dirigir a él sin que lo advirtieran los demás, le dijo en voz baja:

—Lo tiene, ¿verdad?

—¿Que si lo tengo? En realidad, no he avanzado una sola casilla desde el primer minuto.

—Pero ¡eso es horrible! ¿Y las pruebas?

—No hay ni asomo de ninguna prueba... Esperaba que se desarmara. El muy sinvergüenza se ha recuperado.

—Aun así, ¿tiene usted la certeza de que fue él?

—No pudo ser otra persona. He tenido la intuición desde el principio y desde ese instante no le he quitado los ojos de encima. He visto cómo aumentaba su inquietud, a medida que mi investigación parecía ir centrándose en él y que nos íbamos acercando. Ahora, lo sé.

—¿Y será que está enamorado de madame Aubrieux?

—Lógicamente, sí. Pero todo eso no son más que suposiciones, o bien certezas personales. Con ellas no podemos frenar la guillotina. ¡Ah! Si encontráramos los billetes, monsieur Dudouis se iría. De lo contrario, se va a reír en mi cara.

—¿Entonces? —murmuró Hortense, con el corazón en un puño por la angustia.

No contestó. Dio zancadas de un lado a otro de la estancia, simulando júbilo y frotándose las manos. ¡Todo iba de maravilla! Qué agradable es realmente ocuparse de asuntos que se arreglan solos, por decirlo de algún modo.

—¿Y si vamos a comisaría, monsieur Morisseau? El jefe ya debe estar allí. Y, en la situación en que nos encontramos, mejor que acabemos cuanto antes. Monsieur Dutreuil, ¿nos acompañaría?

—¿Por qué no? —dijo él con arrogancia.

Pero en el mismo instante en que Rénine abrió la puerta, se oyó un ruido en el pasillo y el tabernero corrió hacia ellos, haciendo aspavientos.

—¿Sigue ahí monsieur Dutreuil? Monsieur Dutreuil, ¡su apartamento está en llamas! Nos ha avisado un transeúnte.... Lo ha visto desde la plaza.

Al joven le centellearon los ojos. Medio segundo tal vez, sus labios esbozaron una sonrisa que Rénine advirtió.

—¡Bandido! —exclamó—. ¡Te acabas de delatar! Eres tú quien ha iniciado el incendio arriba, y ahora están ardiendo los billetes.

Este le impidió el paso.

—Déjeme ya —gritó Dutreuil—. Hay un incendio y nadie puede entrar, ¡nadie tiene la llave! Tenga, cójala... ¡Déjeme pasar, pardiez!

Rénine cogió la llave de un zarpazo y, agarrándole por el cuello, lo amenazó:

—Ni se mueva, hombrecillo. He ganado la partida, sinvergüenza. Monsieur Morisseau, ¿puede dar la orden al cabo de no perderlo de vista y volarle la cabeza si se intenta esfumar? ¿De acuerdo, cabo, contamos con usted? Una bala en el cerebro...

Subió a trompicones la escalera, seguido por Hortense y el inspector jefe que, de pésimo humor, se quejaba:

—A ver, dígame, ¿cómo puede haber iniciado el incendio él, si no nos ha dejado ni un solo momento?

—¿Eh? ¡Recórcholis! *Lo habrá provocado antes.*

—Pero ¿cómo? Se lo repito. ¿Cómo?

—¡Es lo que sé! Pero ¡un incendio no se declara así, irracionalmente, en el instante que a alguien le conviene quemar papeles comprometedores!

Se escuchaba un ruido procedente de arriba. Eran los muchachos de la *brasserie* que intentaban tirar abajo la puerta. Un olor acre llenaba el hueco de la escalera.

Rénine alcanzó el último piso.

—¡Amigos, abran paso! Tengo la llave.

La introdujo en la cerradura y abrió.

Una ola de humo le golpeó, tan violentamente que uno hubiera creído que el piso entero ardía. Pero Rénine vio enseguida que el incendio se apagaba solo, al no tener alimento, y que ya no había más llamas.

—Monsieur Morisseau, que nadie entre tras nosotros, ¿de acuerdo? La menor impertinencia podría entorpecernos. Eche el cerrojo a la puerta, será mejor.

Se dirigió a la habitación de enfrente, donde era visible que el fuego había tenido su fuente principal. Los muebles, las paredes y el techo, ennegrecidos por el humo, no habían sido consumidos. En realidad, todo se reducía a una llamarada de papeles que seguían ardiendo en medio de la sala, ante la ventana.

Rénine se golpeó las sienes.

—¡Triple imbécil! ¿Cómo puedo haber sido tan tonto?

—¿Qué? —dijo el inspector.

—La caja de sombreros que había sobre el velador. Es ahí donde escondió los papeles. Es ahí donde estaban todavía durante nuestra inspección.

—¡Imposible!

—¡Y, sí, nunca se tiene en cuenta aquel escondrijo que está más a la vista, sin ni siquiera ocultarlo! ¿Cómo pensar que un ladrón dejaría sesenta mil francos dentro de una caja abierta, donde coloca su sombrero al entrar? Nadie buscaría ahí dentro... ¡Bien jugado, monsieur Dutreuil!

El inspector, que permanecía incrédulo, repitió:

—No, no, imposible. Estábamos con él, y un incendio no se produce solo.

—Todo estaba preparado de entrada, en la hipótesis que

hubiera una alerta... La caja... El papel de seda... Los billetes, todo debía estar impregnado de algún recubrimiento inflamable. Habrá arrojado, en el momento de salir, alguna cerilla, una sustancia, ¡qué sé yo!

—Pero lo habríamos visto, ¡recórcholis! Además, ¿sería comprensible que un hombre que ha matado para apropiarse de sesenta mil francos luego los borre del mapa de esta manera? Si tan buen escondite tenía, y así fue ya que no lo descubrimos, ¿por qué esta inútil destrucción?

—Tiene miedo, monsieur Morisseau. No olvidemos que se juega la cabeza. Todo antes que la guillotina, y estos billetes eran la única prueba que podíamos tener contra él. ¿Cómo podría haberla mantenido?

Morisseau estaba asombrado.

—¡Cómo! ¿La única prueba?

—¡Obviamente!

—¿Y sus testimonios, sus acusaciones? ¿Todo lo que debía contarle usted al jefe de policía?

—Fue un farol.

—Humm... En fin, cierto —refunfuñó el inspector, pasmado—. ¡Menuda desfachatez tiene usted!

—¿Habría usted venido si no lo hubiera hecho?

—No.

—Entonces, ¿de qué se está quejando?

Rénine se agachó para remover las cenizas. Ya no quedaba nada, excepto restos de papeles retorcidos que conservaban todavía la forma de lo que habían sido.

—Nada —dijo él—. ¡De todos modos, tiene gracia! ¿Cómo diablos lo habrá conseguido para prender el fuego?

Se enderezó y se puso a reflexionar, con la mirada atenta. Hortense intuyó que él estaba realizando un máximo esfuerzo, y que después de este último combate en la espesa oscuridad, bien tendría un plan victorioso, o admitiría su derrota.

De capa caída, le preguntó con ansiedad:

—¿Está todo perdido, verdad?

—No, no... —respondió él, pensativo—. No está todo perdido. Tan solo hace unos segundos, todo estaba perdido. Pero ha surgido una chispa que me da esperanza.

—Dios mío, si pudiera ser verdad...

—No vayamos tan deprisa —dijo él—. No es más que una tentativa... una muy buena tentativa... y que puede salir bien.

Calló un instante, y luego sonrió divertido y comentó, chascando la lengua:

—Increíblemente astuto, nuestro Dutreuil. Esta manera de quemar los billetes... ¡Menuda inventiva! ¡Y qué sangre fría! Me ha dado un verdadero quebradero de cabeza, el muy animal. ¡Es un maestro!

Buscó una escoba y con ella barrió parte de las cenizas hasta la sala contigua. De aquella habitación, sacó una caja de sombreros del mismo tamaño y de la misma apariencia que la que había quemado, la dejó sobre el velador después de haber quitado el papel de seda con el que estaba forrada, y con una cerilla lo encendió.

Brotaron llamas, que sofocó una vez consumida la mitad del cartón y la casi totalidad del papel. De un bolsillo interior de su chaleco, sacó un fajo de billetes, extrajo seis que quemó prácticamente del todo, y de los que desmenuzó los restos y escondió los otros en el fondo del cartón de la caja entre las cenizas y los papeles ennegrecidos.

—Monsieur Morisseau —pronunció finalmente—, le pido por última vez que participe. Vaya a buscar a Dutreuil. Dígale simplemente estas palabras: «Le he desenmascarado, los billetes no ardieron. Sígame», y tráigalo aquí.

A pesar de sus reservas y el miedo de fallar en la misión que le había asignado el jefe de la Sûreté, el inspector no se pudo evitar la influencia que Rénine ejercía en él. Salió.

Rénine se volvió hacia la joven.

—¿Está entendiendo mi plan de batalla?

—Sí —contestó ella—, aunque es peligroso. ¿Cree que Dutreuil va a caer en la trampa?

—Todo depende de su estado nervioso y del nivel al que se haya desmoralizado: un ataque repentino puede hacer que se venga abajo perfectamente.

—Sin embargo, ¿y si reconoce, por el indicio que sea, el cambiazo de la caja de cartón?

—Ah, muy cierto, todas las probabilidades no están en su contra. El tipejo es más astuto de lo que creía, y totalmente capaz de salirse con la suya. Pero, por otro lado, ¡qué inquieto debe sentirse! ¡Cómo le debe zumbar la sangre en los oídos y arderle en los ojos! No, no, no creo que aguante este golpe... Va a flaquear...

No intercambiaron más palabras. Rénine permanecía inmóvil. Hortense seguía alterada hasta lo más íntimo de su ser. Se trataba de la vida de un hombre inocente. Un error táctico, un poco de mala suerte y, doce horas después, Jacques Aubrieux sería ejecutado. Y, a la vez que una angustia terrible, la sensación de una curiosidad ardiente. ¿Qué sería lo que iba a hacer el príncipe Rénine? ¿Qué sucedería con el experimento que intentaban? ¿Cómo resistiría Gaston Dutreuil? Ella estaba viviendo uno de aquellos momentos de tensión sobrehumana en los que la vida parece exacerbarse y adquiere todo su valor.

Se oían pasos en la escalera. Eran los pasos de hombres que iban con prisa. El ruido se acercaba. Llegaron al último piso.

Hortense contempló a su compañero. Se había puesto en pie. Escuchaba, con el rostro transfigurado a causa de la acción. En el pasillo, retumbaban los pasos. Entonces, repentinamente, se distendió como un resorte, corrió hacia la puerta y gritó:

—¡Deprisa, acabemos con esto!

Varios inspectores y dos muchachos de la *brasserie* entraron. Entre el grupo de inspectores agarró a Dutreuil y le tiró del hombro diciéndole, alegremente:

—¡Bravo, compadre! La jugada del velador y la jarra, ¡admirable! ¡Una obra maestra! Solo ha fallado una sola cosa.

—¿Qué...? ¿Qué sucede? —musitó el joven, tambaleándose.

—Dios mío, es cierto, el fuego no ha consumido más que la mitad del papel de seda y el cartón, y si bien hubo billetes quemados, como el papel de seda... el resto está ahí, en el fondo... ¿Lo entiendes? Los famosos billetes, la gran prueba del crimen... están ahí, donde los escondiste. Por casualidad, no llegaron a quemarse. Mira: aquí está la numeración, los puedes reconocer. Ah, estás perdido, listillo.

El joven se puso tenso. Sus ojos centelleaban. No quería mirar, a lo que le había incitado Rénine, y no examinó el cartón ni los billetes. A la primera, sin perder tiempo a reflexionar, y sin que su instinto lo advirtiera, se lo creyó y, drásticamente, se hundió en una silla entre lágrimas.

El brusco ataque, como lo llamaba Rénine, surtió efecto. Viendo todos sus planes desbaratados y a su enemigo dueño de todos sus secretos, el desgraciado perdió toda fuerza y perspicacia con las que defenderse. Abandonó la partida.

Rénine no le dejaba ni respirar.

—¡En buena hora! Has salvado el cuello, lisa y llanamente, muchacho. Escribe tu confesión, y te librarás. Toma, coge esta pluma. ¡Vaya, no has tenido suerte, lo reconozco! No obstante, tu truco de última hora estuvo tremendamente bien planeado, ¿no crees? ¿Alguien tiene unos billetes que les resultan molestos, y de los que se quiere librar? Nada más fácil. Se pone una gran jarra de vientre redondo con agua junto a la ventana. El cristal formará una lente y trasladará los rayos de sol hacia el cartón y los paños convenientemente preparados. Diez minutos más tarde, todo arde. ¡Qué maravilloso invento! Y, al igual que el resto de grandes descubrimientos, fue fruto del azar, ¿no es así? La manzana de Newton... Un día, el sol, al atravesar el agua de esta jarra, debió hacer que ardieran hebras de musgo o el azufre de una cerilla y, teniendo el sol a tu disposición en ese momento, te habrás dicho: «Vamos» y has colocado la jarra en su lugar. Mi enhorabuena, Gaston. Toma, ahí tienes una hoja de papel. Escribe: «Yo soy el asesino de monsieur Guillaume». ¡Que escribas, pardiez!

Inclinado sobre el joven, con toda su implacable voluntad, le obligaba a escribir, le dirigía la mano. Al límite de sus fuerzas, agotado, Dutreuil escribía.

—Monsieur inspector jefe, aquí tenemos la confesión —dijo Rénine—. Querrá sin duda llevarla a monsieur Dudouis. Estos señores, seguramente —se dirigió a los muchachos de la *brasserie*—, aceptarán servir como testigos.

Como Dutreuil, abrumado, no se movía, lo sacudió.

—Ey, ¡compañero! Toca estirar las piernas. Ya que has sido lo bastante tonto para confesar, acaba lo que te toca hacer, idiota.

El otro lo observaba, de pie ante él.

—Evidentemente —continuó Rénine—. No eres más que un zoquete. El cartón bien ardió del todo, y los billetes también. Ese cartón no es sino otro, amigo, y los billetes de ahí son míos. He llegado a quemar seis para conseguir que te lo tragaras. Y no has visto más que fuego. Mira que llegas a ser bobo. En el último instante, me has dado una prueba. ¡Cuando yo no tenía ni una! ¡Y vaya prueba! ¡Tu confesión por escrito! ¡Tu confesión, escrita en presencia de testigos! Oye, hombrecillo, si te cortan la cabeza, como espero que hagan, te lo habrás buscado. ¡Adiós, Dutreuil...!

En la calle, el príncipe Rénine suplicó a Hortense Daniel

que fuera ella en automóvil a casa de Madeleine Aubrieux y que la pusiera al corriente de todo.

—¿Y usted? —preguntó Hortense.

—Yo tengo mucho que hacer... Citas urgentes...

—¿Cómo? ¿Se priva de la alegría de anunciar la noticia...?

—Es una alegría de la que uno acaba por cansarse. La única alegría que se renueva cada vez es la del combate. No hay nada más de interés.

Ella le estrechó la mano y la retuvo entre las suyas un instante. Hubiera querido expresar su admiración a aquel extraño hombre que parecía hacer el bien como si de un deporte se tratase, y que lo practicaba con algo parecido al genio. Pero era incapaz de hablar. Tantos acontecimientos la trastornaban. La emoción le oprimía la garganta y le humedecía los ojos.

Él hizo una reverencia mientras decía:

—Le doy las gracias. Tengo mi recompensa.

3

THÉRÈSE Y GERMAINE

El final de otoño de aquel año era tan suave que, el 2 de octubre por la mañana, varias familias que seguían en sus villas de Étretat todavía bajaban a la oriila del mar. Este parecía, entre los acantilados y las nubes al horizonte, más bien un lago de montaña aletargado en el vacío entre las rocas que lo aprisionaban, de no ser por la liviandad que habitaba en el aire, y en el cielo de colores claros, tiernos e indefinidos, que otorgaban a ciertos días en aquella región un encanto tan particular.

—Es delicioso —murmuró Hortense.

Y añadió, tras un instante:

—Sin embargo, no hemos venido para gozar de los espectáculos de la naturaleza, ni para preguntarnos si aquella gran aguja de piedra que se levanta a nuestra izquierda fue realmente la morada de Arsène Lupin.

—No —declaró el príncipe Rénine—, y debo reconocer, en efecto, que ha llegado el momento de satisfacer su legítima curiosidad... o al menos satisfacerla en parte, ya que en dos días de observaciones y pesquisas no me han enseñado todavía nada de lo que esperaba encontrar así.

—Soy toda oídos.

—No llevará mucho tiempo. Sin embargo, a modo de preámbulo... Entenderá, querida amiga, que, si quiero esforzarme en servir a mis semejantes, me veo en la obligación de disponer, a diestro y siniestro, amigos que me tienen al corriente de casos en que conviene actuar. A menudo, esos avisos me parecen frívolos o poco interesantes, y los descarto. No obstante, la semana pasada me avisaron sobre una llamada telefónica detectada por uno de mis corresponsales. Entenderá su importancia. Desde su apartamento de París, una dama contactaba con un señor de paso en un hotel de una gran ciudad en la cercanía. El nombre de la ciudad, como el nombre de aquel señor, son un misterio. La dama y el caballero conversaban en español, pero valiéndose de aquella jerga que nosotros conocemos como «javanés», y, encima, eliminando muchísimas sílabas.[2] A pesar de las dificultades acumuladas, si bien no se pudo entender toda su conversación, lograron captar lo fundamental de las cosas muy graves que se decían, ¡y que ellos tomaban tantas molestias en ocultar! Se pueden resumir en tres puntos. Primero: aquel señor y aquella dama, hermano y hermana, estaban a la espera de un encuentro con una tercera persona, casada, y «deseosa de recuperar al precio que fuera su libertad». Segundo: el mencionado encuentro, destinado a llegar a un acuerdo y establecido en principio para el 2 de octubre, debía confirmarse a través de un anuncio discreto en un periódico. Tercero: a la cita del 2 de octubre le seguiría, al final de la jornada, un paseo por los desfiladeros,

---

2. El *javanais*, o javanés, es un juego léxico que evolucionó en argot, y que consiste en intercalar sílabas en medio de las palabras, bien a modo de diversión o para dificultar la comprensión (*N. del T.*).

donde la tercera persona traería a aquel o aquella de quien intentaban desembarazarse. Esa era la base del asunto. No puedo llegar a explicarle con qué atención vigilé e hice vigilar los anuncios de la prensa parisina. Sin embargo, anteayer por la mañana, leí en una de ellas la siguiente línea: «Enc.tro, 2 oct. med, 3-Mathildes».

»Ya que de un desfiladero se trataba, deduje que el crimen se cometería junto al mar, y como conozco, en Étretat, un lugar llamado Les Trois-Mathildes, que no es una denominación habitual, el mismo día partimos para impedir los planes de estos desagradables personajes.

—¿Qué planes? —preguntó Hortense—. Me está hablando de un crimen. ¿Debe ser simplemente una suposición, sin duda?

—En absoluto. La conversación que fue escuchada aludía a una pareja casada, del hermano o de la hermana, algo que implica la posibilidad de un crimen, es decir, en la circunstancia que la víctima escogida, la esposa o el marido de esa tercera persona, sea arrojada desde lo alto del desfiladero. Todo ello es perfectamente lógico, y no deja lugar a dudas.

Estaban sentados en la terraza del casino, frente a la escalera que desciende a la playa. De ahí se veían también casetas de propietarios instaladas en la arena, frente a las cuales cuatro señores jugaban al *bridge*, mientras un grupo de damas conversaban mientras se dedicaban a bordar.

Más a lo lejos, y más cercana al mar, había otra caseta, aislada y cerrada. Media docena de niños, con las piernas desnudas, jugaban en el agua.

—Bueno —dijo Hortense—, toda esta calma y encanto otoñales no me acaban de entrar. Le doy tanto crédito a sus suposiciones, que no me sé abstraer del temible problema que me plantea, a pesar de todo.

—Temible, querida amiga, esa es la expresión exacta. Y

puede creerme que, desde anteayer, lo he estudiado en todas sus facetas. En vano, por desgracia.

—En vano —repitió ella—. Entonces, ¿qué va a suceder?

Y, casi para sus adentros, prosiguió:

—¿Quién, entre todos ellos, está amenazado? La muerte ha elegido ya su víctima. ¿Cuál? ¿Será esa joven rubia que se columpia mientras ríe? ¿El caballero que fuma? ¿Y quién será que guarda en su interior la idea del crimen? Todas estas personas están tranquilas y se divierten. No obstante, la muerte acecha a su alrededor.

—Ya tocaba —intervino Rénine— que también se impregnara de esa pasión. Se lo dije, ¿eh? Todo es aventura, y solo cuenta la aventura. A la expectativa de lo que pueda suceder, la veo estremecerse. Usted es partícipe de todos los dramas que palpitan a su alrededor, y el sentido del misterio se despierta en el interior de su cabeza. ¡Con qué mirada aguda observa a ese matrimonio que llega! ¿Lo sabemos alguna vez? ¿Tal vez sea este señor el que quiere acabar con su esposa? ¿O esta dama que sueña con hacer desaparecer a su marido?

—¿Los d'Imbreval? Nunca jamás, ¡hacen una pareja estupenda! Ayer, en el hotel, estuve hablando largo y tendido con la mujer, y usted mismo...

—¡Oh! Y yo estuve jugando al golf con Jacques d'Imbreval, que se las da un poco de atleta, y jugué a muñecas con sus dos hijas pequeñas, que son adorables.

Los d'Imbreval se acercaron, e intercambiaron algunas palabras. Madame d'Imbreval explicó que sus dos hijas volvieron a París por la mañana con su institutriz. Su marido, un hombre fornido de barba rubia, que llevaba en el brazo su chaqueta de franela y cuyo pecho se abombaba tras una camisa de punto, se quejaba del calor.

—Thérèse, ¿tienes la llave de la caseta? —le preguntó a su

esposa, al despedirse de Rénine y Hortense, y detenerse a diez pasos de distancia.

—Aquí la tienes —contestó la mujer—. ¿Vas a leer los periódicos?

—Sí. A menos que quieras que demos una vuelta juntos...

—Mejor esta tarde, ¿te parece? Esta mañana tengo diez cartas por escribir.

—Vale. Subiremos a los acantilados.

Hortense y Rénine se miraron mutuamente sorprendidos. ¿Era fortuito el anuncio de aquel paseo? ¿O quizás se encontrarían, contra sus expectativas, con aquella misma pareja que buscaban?

Hortense intentó reír.

—Me late el corazón con violencia—murmuró—. Sin embargo, me niego a creer algo tan inverosímil. «Mi marido y yo nunca hemos tenido una sola discusión», me confesó ella. No, está claro que son personas que se llevan de maravilla.

—Lo veremos llegada la hora, en Les Trois-Mathildes, si uno de ellos acaba encontrando al hermano y a la hermana.

Monsieur d'Imbreval había bajado la escalera, mientras que su mujer seguía apoyada contra la barandilla de la terraza. Tenía una hermosa silueta, fina y ágil. Su perfil destacaba claramente, acentuado por una barbilla un tanto pronunciada. En reposo, cuando no sonreía, su rostro producía impresión de tristeza y sufrimiento.

—Jacques, ¿has perdido algo? —le gritó a su marido, que había bajado a la playa de guijarros.

—Sí, la llave —respondió—, se me ha resbalado de las manos...

Ella lo alcanzó y se puso a buscar también. Durante dos o tres minutos, girando a la derecha y siguiendo más abajo del talud, desaparecieron de la vista de Hortense y Rénine. El rumor de una discusión más lejos, entre los jugadores de *bridge*, no dejaba oír sus voces.

Se enderezaron casi al mismo tiempo. Madame d'Imbreval subió lentamente algunos peldaños de la escalera y se detuvo, vuelta hacia el mar. Él se había echado la chaqueta al hombro y se dirigía a la caseta solitaria. De camino, empero, los jugadores de *bridge* lo quisieron tomar como testigo mostrándole las cartas desplegadas sobre la mesa. Con un gesto se negó a dar su opinión, y luego se alejó, recorrió los cuarenta pasos que le separaban de su caseta y entró en ella.

Thérèse d'Imbreval volvió a la terraza y permaneció diez minutos sentada en un banco. Luego, se fue del casino. Asomándose, Hortense la vio entrar en uno de los chalets que formaban el anexo del hotel Hauville, y la volvió a ver un instante después en el balcón del chalet.

—Once horas —dijo Rénine—. Sea ella o él, o uno de los jugadores, o cualquiera de las acompañantes de los jugadores, no pasará mucho tiempo antes de que alguno de ellos se dirija a la cita.

Transcurrieron entretanto veinte minutos, veinticinco, pero nadie fue a ninguna parte.

—Madame d'Imbreval tal vez sí haya ido —insinuó Hortense, que se estaba poniendo nerviosa—. Ya no está en su balcón.

—Si ella está en Les Trois-Mathildes —dijo Rénine—, la sorprenderemos.

Este se levantaba, cuando una nueva disputa volvió a encender los ánimos de los jugadores, y uno de ellos gritó:

—Consultémoslo con d'Imbreval.

—De acuerdo —dijo otro—. Acepto... Si finalmente tiene a bien hacer de árbitro. Estaba de mal humor hace un rato.

Lo buscaban:

—¡D'Imbreval! ¡D'Imbreval!

Entonces repararon en que d'Imbreval debió haber cerrado hacia dentro la puerta, ya que se encontraba en la penumbra, ya que ese tipo de casetas carecía de ventanas.

—Duerme —gritaron—. Vamos a despertarlo.

—¡D'Imbreval! ¡D'Imbreval!

Los cuatro se dirigieron allí, comenzaron a llamarlo y, al no recibir contestación, golpearon a la puerta.

—Pero ¡oiga! Imbreval, ¿está durmiendo?

En la terraza, Serge Rénine se levantó repentinamente con tal inquietud que sorprendió a Hortense. Musitó:

—¡Ojalá que no sea demasiado tarde!

Hortense le iba a preguntar de qué hablaba cuando se lanzó escaleras abajo y arrancó a correr hasta la caseta. Llegó justo cuando los jugadores trataban de forzar la puerta.

—¡Deténganse! —ordenó él—. Hay que hacer las cosas de la manera habitual.

—¿Qué cosas? —le preguntaron.

Examinó las persianas que recubrían los batientes y, reparando en que una de las láminas superiores estaba medio quebrada, se montó lo mejor que pudo sobre el techo de la caseta y echó un vistazo a su interior.

Le hicieron preguntas enérgicamente.

—¿Qué hay? ¿Puede ver algo?

Rénine se volvió y dijo a los cuatro señores:

—Me imaginé que, si monsieur d'Imbreval no respondía, sería porque algo grave se lo estaría impidiendo.

—¿Algo grave?

—Sí, existen motivos para pensar que monsieur d'Imbreval está herido... o muerto.

—Pero ¿cómo? ¿Muerto? —exclamaron—. Se fue por su lado hace muy poco.

Rénine sacó su cuchillo, lo encajó en la cerradura y abrió ambos batientes.

Hubo gritos de terror. Monsieur d'Imbreval yacía sobre el suelo, boca abajo, sus manos apretando su chaqueta y el periódico. Brotaba sangre de su espalda, que manchaba de rojo su camisa.

—¡Oh! —alguien dijo—. ¡Se ha matado!

—¿Cómo puede haberse matado? —dudó Rénine—. La herida está justo en medio de la espalda, en una zona que la mano no alcanzaría. Y, no solo eso, no hay ningún arma en la caseta.

Los jugadores protestaron:

—¿Un asesinato, entonces? Pero si es imposible. Nadie ha venido. Lo habríamos visto perfectamente... Nadie ha podido pasar por aquí sin ser visto...

El resto de señores, todas las damas y los niños que jugaban en la orilla acudieron. Rénine guardaba la entrada de la caseta. Allí había un doctor: solamente él entró. Nada más pudo determinar el fallecimiento de monsieur d'Imbreval: muerte a causa de una puñalada.

Llegaron en ese momento el alcalde y el guarda rural, junto a personas de la región. Las diligencias oficiales se realizaron y se llevaron el cadáver.

Algunos ya se habían ido con el fin de notificárselo a Thérèse d'Imbreval, que habían visto de nuevo en el balcón.

El drama se había llevado a cabo sin que ninguna indicación permitiera comprender cómo un hombre, encerrado en una caseta, protegido por una puerta cerrada y cuya cerradura estaba intacta, había podido ser asesinado en el espacio de unos pocos minutos y en la presencia de veinte testigos, o mejor dicho, veinte espectadores. Nadie había entrado en la caseta. Nadie había salido de ella. En cuanto al puñal con que monsieur d'Imbreval había sido atacado por la espalda, tampoco se logró encontrar. Todo ello podría recordar a un truco de magia realizado por un hábil prestidigitador, si no se tratara de un crimen espantoso, ejecutado en las más misteriosas condiciones.

Hortense fue incapaz de seguir, como quería Rénine, al pequeño grupo que se dirigía hasta madame d'Imbreval. Estaba paralizada de la impresión. Era la primera vez que sus aventuras con Rénine la llevaban al mismísimo centro de la acción, y en lugar de atisbar las consecuencias de un crimen, o de estar envueltos en la persecución de los culpables, se encontraba cara a cara con el propio crimen.

Permanecía temblorosa y tartamudeó:

—¡Qué horror! Pobre hombre. ¡Ah, Rénine, a este no le ha podido salvar! Y eso me trastorna por encima de todo, que no fuéramos capaces de... que deberíamos haberlo salvado, ya que conocíamos la confabulación...

Rénine le dio a inhalar un frasco de sales, y cuando ella hubo recuperado la cordura, le dijo, observándola con atención:

—¿Cree usted, entonces, que existe correlato entre este crimen y la confabulación que queríamos destapar?

—Así es —respondió ella, atónita por aquella pregunta.

—En ese caso, ya que la conspiración fue urdida por un marido contra su esposa o por una mujer contra su marido, y teniendo en cuenta que es el marido a quien han asesinado, ¿admite que madame d'Imbreval...?

—¡Oh, no, imposible! —exclamó ella—. De entrada, madame d'Imbreval no salió de su apartamento... y, en segundo lugar, jamás creería que esa hermosa mujer fuera capaz de... No... no... Hay algo más, claramente...

—¿Qué más puede haber?

—No lo sé... Tal vez comprendimos mal lo que se dijo entre el hermano y la hermana... Puede usted comprobar que este crimen ha sido cometido en condiciones muy dispares... a una hora distinta, en otro lugar...

—Y, por consiguiente —la interrumpió Rénine—, ¿los dos casos no guardan relación?

—¡Ah! —se lamentó ella—. No se entiende nada. ¡Todo es tan extraño!

Rénine añadió un poco de ironía:

—Mi discípula hoy no me está haciendo justicia.

—¿En qué?

—¡Cómo! He aquí una historia bien simple, que ha transcurrido delante de sus narices, y que ha visto desarrollarse como si fuera la escena de una película, ¡y aun así todo le resulta tan oscuro como si le estuvieran hablando de algún asunto acaecido en una cueva, a treinta leguas de aquí!

—Pero ¿qué es lo que está diciendo? ¿Qué? ¿Lo ha descifrado? ¿A partir de qué indicios? —dijo Hortense, confusa.

Él echó un vistazo a su reloj.

—No lo he descifrado *todo* —contestó él—. El crimen propiamente, en su brutalidad, sí. Pero lo esencial, es decir, la psicología de este crimen, ningún indicio al respecto. Solamente, es mediodía. El hermano y la hermana, viendo que nadie acude a la cita en Les Trois-Mathildes, bajaron a la playa. ¿No cree que entonces estaríamos enterados del cómplice que, según mi acusación, tienen, y de la relación que existe entre ambos casos?

Llegaron a la explanada con que delimitan los chalets Hauville, donde los pescadores remolcan sus barcas con ayuda de cabrestantes. Había muchos curiosos ante la puerta de uno de esos chalets. Dos aduaneros en turno de guardia protegían la entrada.

El alcalde se abrió paso entre la muchedumbre. Venía de la oficina de correos, donde había llamado por teléfono a Le Havre. Del ministerio fiscal le habían dicho que el procurador de la República y un juez de instrucción se dirigirían a Étretat en el transcurso de la tarde.

—Esto nos da bastante margen para almorzar —dijo Rénine—. La tragedia no tendrá lugar hasta dentro de dos o tres horas. Y tengo la impresión de que será algo sórdido.

Se apresuraron pese a tener tiempo. Hortense, sobreexcitada por el cansancio y el deseo de saber, no dejaba de interrogar a Rénine, quien respondía con evasivas, observando la explanada que veían tras los cristales del comedor.

—¿Es a ellos a quienes está espiando? —le preguntó ella.

—Sí, al hermano y a la hermana.

—¿Seguro que se van a arriesgar?

—¡Ojo! Aquí están.

Rápidamente él salió.

Al final de la calle principal, un caballero y una dama avanzaban con paso indeciso, como si no conocieran el lugar en absoluto. El hermano era un enclenque, de piel cetrina, y llevaba una gorra de automovilista. La hermana, también pequeña, bastante fuerte, vestía un enorme abrigo, les pareció una mujer de cierta edad, aunque todavía hermosa, bajo el ligero velo que le cubría el rostro.

Vieron los grupos que aparcaban y se acercaban. Su modo de caminar revelaba su inquietud e inseguridad.

La hermana se acercó a un marinero. Al inicio de la conversación, sin duda al serle anunciada la muerte de d'Imbreval, dio un chillido e intentó abrirse camino. El hermano, a su vez, tras averiguarlo, se abrió paso a codazos y profirió al dirigirse a los aduaneros:

—Soy amigo de d'Imbreval, he aquí mi identificación: Frédéric Astaing... ¡Mi hermana, Germaine Astaing, es íntima de madame d'Imbreval! Nos estaban esperando, ¡debíamos encontrarnos...!

Los dejaron pasar. Sin mediar palabra, Rénine, que se había colado detrás de ellos, los siguió, acompañado de Hortense.

En la segunda planta, los d'Imbreval disponían de cuatro dormitorios y un salón. La hermana se apresuró hacia uno de los dormitorios y cayó de rodillas ante la cama en la que habían tendido el cadáver. Thérèse d'Imbreval se hallaba en el salón y sollozaba rodeada de varias personas en silencio. El hermano se sentó a su lado, le aferró las manos ardientemente y pronunció, con una voz temblorosa:

—Mi pobre amiga... Mi pobre amiga...

Rénine y Hortense examinaron largo rato a la pareja que formaban y Hortense susurró:

—¿Y lo mataría por un tipejo así? ¡Imposible!

—De todos modos —recalcó Rénine—, ellos se conocían y sabemos que Frédéric Astaing y su hermana conocían a una tercera persona que era su cómplice. De modo que...

—¡Imposible! —repitió Hortense.

A pesar de todas las sospechas, ella sentía tal simpatía por la joven que, una vez se levantó Frédéric Astaing, fue a sentarse al lado de madame d'Imbreval y la consoló en voz baja. Las lágrimas de la infortunada la perturbaban profundamente.

Rénine, por su parte, se centró en vigilar al hermano y a la hermana, como si hubiera tenido importancia, y no apartó los ojos de Frédéric Astaing. Este, con aparente indiferencia, había empezado a inspeccionar minuciosamente el apartamento, visitó el salón, entró en todos los dormitorios, se mezcló con todos los presentes y les hizo preguntas acerca de cómo había tenido lugar aquel crimen. En dos ocasiones, la hermana fue a decirle algo. Luego, volvió junto a madame d'Imbreval y se sentó de nuevo a su lado, todo él compasión y solicitud. Finalmente, fue con su hermana, en la antecámara: tuvo lugar una larga murmuración tras la cual se separaron, como personas que se han puesto de acuerdo en todos los aspectos. Frédéric se marchó. El tejemaneje duró unos buenos treinta o cuarenta minutos.

En ese momento, frente a los chalets, aparcó el coche que transportaba al juez de instrucción y al procurador. Rénine, que esperaba que llegaran más tarde, le dijo a Hortense:

—Debemos darnos prisa. No pierda de vista a madame d'Imbreval.

Avisaron a aquellas personas cuyo testimonio podía ser de utilidad de que debían reunirse en la playa, donde el juez de instrucción iba a iniciar una investigación preliminar. A continuación, se reuniría con madame d'Imbreval. Así pues, todos los presentes salieron.

No quedaba nadie excepto los dos guardas y Germaine Astaing.

Esta se arrodilló una vez más junto al muerto, y encorvada ante él, la cabeza entre sus manos, rezó largo y tendido. Más tarde, se puso en pie y abrió la puerta que daba a la escalera, cuando Rénine avanzó hacia ella.

—Me gustaría intercambiar algunas palabras con usted, madame.

Ella pareció sorprendida y replicó:

—Dígame, monsieur. Lo escucho.

—Aquí no.

—¿Dónde, pues, monsieur?

—Al lado, en el salón.

—No —contestó ella enérgicamente.

—¿Por qué? Aunque no le haya estrechado la mano, ¿supongo que madame d'Imbreval es su amiga?

No le dejó tiempo para reaccionar, y la arrastró a la otra habitación, donde cerró la puerta, y precipitándose sobre madame d'Imbreval, que quería salir y volver a su cuarto, él le dijo:

—No, madame, escúcheme, se lo ruego. La presencia de madame Astaing no os debe alejar. Hay que hablar de cosas muy graves, y no tenemos un minuto que perder.

Una junto a la otra, ambas mujeres se miraron con idéntica expresión de odio implacable, y en las dos se adivinaba la misma dislocación en todo su ser, y la misma rabia contenida. Hortense, que las había creído amigas, que incluso las habría creído cómplices hasta cierto punto, se asustó del choque que predecía y que fatalmente iba a ocurrir. Ella obligó a Thérèse d'Imbreval a tomar asiento de nuevo, mientras que Rénine se situaba en el centro de la habitación y declamaba con voz firme:

—El azar, al ponerme al corriente de la verdad, me permitirá salvar a las dos, si me ayudan facilitándome una explicación sincera que me ofrezca la información que me hace falta. Ambas saben cuál es el riesgo que corren, puesto que ambas conocen en lo más profundo de su ser el mal del que cada una es responsable. El odio, empero, os envenena y soy yo quien debe ver las cosas con claridad y actuar. Dentro de media hora, el juez de instrucción estará aquí. Entonces, será necesario haber llegado a un acuerdo.

Las dos se sobresaltaron, como ofendidas al oír esas palabras.

—Sí, un acuerdo —repitió él de forma más imperiosa—. Voluntariamente o no, así será. Ustedes no son las únicas afectadas. Están sus hijas, madame d'Imbreval. Puesto que las circunstancias me han interpuesto en su camino, es por su defensa y su salud que yo intervengo. Un error, una palabra de más, y las habrá perdido. Eso no ocurrirá.

Al evocar a sus hijas, madame d'Imbreval se sintió abatida y sollozó. Germaine Astaing se encogió de hombros e hizo ademán de dirigirse hacia la puerta, movimiento que Rénine le volvió a impedir.

—¿Adónde va?

—Me ha citado el juez de instrucción.

—No.

—Sí, del mismo modo que el resto que va a prestar declaración.

—Usted no estaba ahí. No sabe nada de lo que sucedió. Nadie sabe nada de ese crimen.

—Yo sé quién lo cometió.

—¡Imposible!

—Fue Thérèse d'Imbreval.

Arrojó la acusación en pleno arrebato de cólera, y con un gesto de amenaza furibunda.

—¡Miserable! —exclamó madame d'Imbreval, echándose encima de la otra—. ¡Largo de aquí! ¡Vete! ¡Ah, menuda miserable está hecha esta mujer!

Hortense trató de contenerla, pero Rénine le dijo en voz baja:

—Déjelas, es lo que buscaba... enfrentar la una con la otra y provocar así que lo esclarezcan todo.

Al recibir aquel insulto, madame Astaing se esforzó por responder, retorciendo los labios, y se burló:

—¿Miserable? ¿Por qué? ¿Porque te acuso?

—¡Por todo! ¡Por todo! ¡Eres una miserable! ¡Me oyes, Germaine, una miserable!

Thérèse d'Imbreval repitió el agravio, como si con ello pudiera sentir algún consuelo. Su cólera se aplacó. Tal vez, en realidad, no tuviera bastantes fuerzas para soportar la lucha, y fue madame Astaing quien retomó el ataque, extendiendo los puños, el rostro descompuesto y envejeciendo veinte años.

—¡Tú! Te atreves a injuriarme, ¡tú! ¡Tú, después de tu crimen! ¡Osas alzar la cabeza cuando el hombre que has matado está ahí, en su lecho de muerte! ¡Ah, si una de nosotras es una miserable, tú sabes que esa eres tú, Thérèse! ¡Has matado a tu marido, has matado a tu marido!

Ella se abalanzó, excitada por las espantosas palabras que

le había dirigido y sus uñas ya casi alcanzaban el rostro de su amiga.

—¡Ah, no digas que no lo mataste! —clamó ella—. No lo digas, te lo prohíbo. ¡No lo digas! Llevas el puñal en el bolso. Mi hermano lo tocó mientras hablaba contigo y al sacar la mano estaba manchada de sangre. La sangre de tu marido, Thérèse. E incluso si no hubiera descubierto nada, ¿tú crees que no lo adiviné desde el primer minuto? Al instante, Thérèse, supe la verdad. Cuando un marinero en voz baja me ha dicho: «¿Monsieur d'Imbreval? Ha sido asesinado», de inmediato pensé: «Ha sido ella, ha sido Thérèse, ella lo ha matado».

Thérèse no respondía. No hizo ningún ademán de protesta. Hortense, observándola angustiada, creyó ver en ella el abatimiento de aquellos que se saben condenados. La carne del rostro se le hundía y su cara tenía tal gesto de desesperación, que Hortense, compungida, le suplicó que se defendiera:

—Explíquese, se lo ruego. Cuando se cometió el crimen, usted estaba aquí, en el balcón... Entonces, ¿ese puñal? ¿Cómo ha podido...? ¿Cómo se explica?

—¿Dar explicaciones? —Se rio Germaine Astaing con sorna—. ¿Será posible que dé explicaciones? ¿Qué importan las apariencias del crimen? ¿Qué importa lo que pudo ser visto o lo que no? Lo esencial es la prueba... Es el hecho de que el puñal está ahí, en tu bolso, Thérèse. Sí, sí, ¡fuiste tú! ¡Tú lo mataste! ¡Al final lo mataste! Cuántas veces le habré dicho a mi hermano: «¡Ella lo va a matar!». Frédéric intentó defenderte, siempre ha sentido debilidad por ti. Pero, en el fondo, sabía que sucedería... ¡Y finalmente el acto atroz fue cometido! Una puñalada por la espalda. ¡Cobarde! ¡Cobarde! ¿Y no iba a decir nada? Pues yo no lo he dudado ni un segundo... ¡Ni tampoco Frédéric! De inmediato, hemos buscado pruebas.... Y es con todo mi uso de razón y toda mi voluntad que te voy a denunciar. Y se acabó, Thérèse. Estás acabada. Nada te puede salvar ya. El puñal está en ese bolso que sujetas entre los dedos. El juez entrará, y cuando te encuentre, mancillada de la sangre de tu marido... Y encontrará también su cartera. Ahí están. Los encontrarán...

La exasperaba tal furia que no pudo continuar, y quedó con el brazo tendido y el mentón agitado entre convulsiones nerviosas.

Rénine iba a asir despacio el bolso de Thérèse d'Imbreval. La joven se aferró a él. El hombre, sin embargo, insistió, y le dijo:

—Permítame, madame. Su amiga Germaine tiene razón. El juez de instrucción vendrá, y el hecho de tener el puñal entre sus manos causará su inmediato arresto. No hace falta que esto ocurra. Déjemelo a mí.

Su voz insinuante ablandó la resistencia de Thérèse. Uno por uno, sus dedos se aflojaron. Él se hizo con el bolso, lo abrió, y sacó un pequeño puñal con mango de ébano y una cartera de marroquinería gris. Pacíficamente, introdujo ambos objetos en el bolsillo interior de su chaqueta.

Germaine Astaing lo observaba con estupefacción:

—¿Está usted loco, monsieur? ¿Con qué derecho?

—Hay objetos que no se pueden dejar tirados por ahí. Tal y como está ahora, me siento más tranquilo. El juez no los buscará en mi bolsillo.

—¡Lo denunciaré, monsieur! —se indignó ella—. Se lo notificaré a la justicia.

—Claro que no, no —dijo él riendo—, ¡usted no va a decir nada! La justicia no tiene nada que ver aquí. El conflicto que las divide deben arreglarlo ustedes dos. ¡Qué manía con implicar a la justicia en todo lo que pasa en la vida!

Madame Astaing se sofocaba.

—¿A santo de qué se cree que puede hablarme así, monsieur? ¿Quién es usted? ¿Un amigo de esta mujer?

—Desde que usted la empezó a atacar, así es.

—Si yo la ataco, es porque es culpable. Porque eso usted no lo puede negar... Ha matado a su marido...

—No lo estoy negando —declaró Rénine con aspecto sosegado—. Todos estamos de acuerdo en este punto particular. Jacques d'Imbreval ha sido asesinado por su mujer. Pero, se lo repito, la justicia no debe conocer la verdad.

—Yo haré que la conozca, monsieur. Se lo juro. Esta mujer debe ser castigada. Ha matado.

Rénine se acercó a ella, tocándole el hombro.

—Usted me ha espetado hace nada que a santo de qué estaba interviniendo yo. ¿Y usted, madame?

—Yo era la amiga de Jacques d'Imbreval.

—¿Solamente su amiga?

Ella se mostró algo desconcertada, pero se enderezó de nuevo y continuó:

—Era su amiga, y mi deber es vengarlo.

—Usted va a guardar silencio, no obstante, igual que él.

—Él no lo supo, antes de morir.

—Se equivoca. Podría haber acusado a su esposa. Tuvo todo el tiempo del mundo para acusarla, y no dijo nada.

—¿Por qué?

—Por sus hijas.

No se había desarmado a madame Astaing, y su actitud seguía marcada por la misma voluntad de venganza y la misma abominación. Pese a todo, iba cayendo bajo el influjo de Rénine. En la pequeña habitación cerrada donde tanto odio se había esparcido, poco a poco él se iba convirtiendo en quien dominaba la situación, y Germaine Astaing comprendió que madame d'Imbreval encontraba verdadero solaz en aquel apoyo inesperado y que había aparecido al borde del abismo.

—Le doy las gracias, monsieur —dijo Thérèse—, ya que ha sabido ver con claridad en este asunto. Usted sabe también que es por mis hijas que no me he entregado a la justicia. Por otro lado, siento tal hartazgo...

De este modo mudaba la escena y todo tomaba un cariz muy diferente. Mediante unas cuantas palabras introducidas en la discusión, la culpable pudo mantener alta la cabeza y serenarse, mientras que la acusadora titubeaba y exhibía inquietud. Y aconteció que esta última no se atrevía ya a hablar más, mientras que la primera se adentraba en aquel instante en el que una persona experimenta la necesidad de romper el silencio para pronunciar, con naturalidad, palabras de confesión y de consuelo.

—Ahora —le dijo Rénine con idéntica amabilidad—, creo que puede, y debe, dar explicaciones.

De nuevo lloraba, postrada en un sillón, mostrando un rostro envejecido y asolado por el dolor. Y, muy bajo, sin cólera, en forma de frases entrecortadas, proclamó:

—Hace cuatro años que ella viene siendo su amante... Lo que he sufrido... Fue ella misma quien me reveló su relación, por pura maldad. Ella me odiaba a mí incluso más de lo que amaba a Jacques... y, cada día, se abrían nuevas heridas... Llamadas telefónicas en las que ella me hablaba de sus encuentros... A base de hacerme sufrir, ella esperaba que me quitara la vida... Pensé en hacerlo varias veces, pero lo soporté por mis hijas... Jacques, en cambio, se quebrantaba. Ella le exigía el divorcio... y él se dejaba, poco a poco... dominar por ella y por su hermano, que es más escurridizo que ella, pero igualmente peligroso. Sentía todo aquello. Jacques se volvió duro conmigo. No podía reunir el coraje para irse, pero yo le resultaba un estorbo y estaba resentido conmigo. ¡Dios mío, qué tormento!

—Se le tendría que haber dado la libertad —exclamó Germaine Astaing—. No se mata a un hombre porque se quiere divorciar.

Thérèse negó con la cabeza y respondió:

—No lo maté porque se quisiera divorciar. Si lo hubiera querido de verdad, se habría ido, ¿y qué podría hacer yo? Pero tus planes cambiaron, Germaine, no tenías bastante con el divorcio, y lo que querías es otra cosa que hubieras obtenido de él. Otra cosa mucho más grave, que exigías tú y tu hermano... Y a la que él accedió... por cobarde... muy a su pesar.

—¿Qué intentas decir? —balbució Germaine—. ¿Qué otra cosa?

—Mi muerte.

—¡Mientes! —gritó madame Astaing.

Thérèse no levantó la voz. No hizo ningún ademán de desprecio ni de indignación, y repitió, sencillamente:

—Mi muerte, Germaine. Leí tus últimas cartas, seis cartas tuyas que él tuvo la insensatez de dejar en su cartera. Seis cartas en las que la terrible palabra no aparece, pero en las que cada una de las líneas la deja entrever. Leí todo aquello temblando. ¿Cómo permitió Jacques llegar a ese punto? Sin embargo, ni así tuve un solo segundo la idea de golpearle. Una mujer como yo, Germaine, no mata porque quiere... Si he perdido la cabeza... Es demasiado tarde... Por tu culpa...

Volvió la cabeza hacia Rénine, como preguntándole si no existía riesgo de que ella hablara y divulgara la verdad.

—No tenga miedo —dijo él—, yo me encargo de todo.

Ella se recorrió la frente con su mano. La horrible escena había revivido en ella y la atormentaba... Germaine Astaing estaba inmóvil, de brazos cruzados, los ojos empañados, mientras que Hortense Daniel estaba perdidamente a la expectativa de la confesión del crimen, y la explicación del impenetrable misterio.

—Es demasiado tarde —continuó—, y por tu culpa, Germaine. Volví a dejar la cartera en el cajón donde estaba escondida y, aquella mañana, no dije nada a Jacques. No quería revelarle que lo sabía. Era demasiado horrible. Sin embargo, debía darme prisa... Tus cartas anunciaban tu llegada en secreto el día de hoy... Al principio pensé en huir, subirme a un tren... Instintivamente, me llevé aquel puñal para defenderme... Pero cuando Jacques y yo nos dirigimos a la playa, sentí resignación. Sí, aceptaba morir... Que muera yo, pensaba, ¡y que esta pesadilla termine! Solamente, por mis hijas, deseaba que mi muerte pareciera un accidente y que no pudieran acusar a Jacques. Es por eso que tu plan de pasear por los desfiladeros me resultaba conveniente... Una caída desde lo alto de un acantilado parece absolutamente natural. Jacques me abandonó para retirarse a su caseta, y luego debía reunirse allí con nosotros en Les Trois-Mathildes. De camino, bajo la terraza, dejó caer la llave de la caseta. Yo bajé y me puse a buscar con él. Y fue entonces, por tu culpa, Germaine, sí, por tu culpa... La cartera de Jacques resbaló del bolsillo de su chaqueta sin que él reparara en ello. Y, a la vez que la cartera, una fotografía que reconocí al instante. Una fotografía de este año y en la que aparezco con mis hijas. La recogí... y te vi... Sabes perfectamente que te vi, Germaine. A mi lado, sobre la impresión, estabas tú... Me habías borrado y sustituido por ti, ¡Germaine! Era tu cara. Uno de tus brazos rodeaba el cuello de mi hija mayor y el otro reposaba sobre tus rodillas. Eras tú, Germaine, la mujer de mi marido... tú, la futura madre de mis hijas... tú, que ibas a criarlas. ¡Tú, tú…! Entonces, perdí la cabeza. Tenía el puñal... Jacques estaba agachado... Ataqué...

No había una sola palabra de su confesión que no fuera rigurosamente cierta. Quienes la escuchaban sentían esa profunda impresión, y para Hortense y Rénine, nada podía resultar más trágico ni desgarrador.

Volvió a sentarse, al límite de sus fuerzas. No obstante, continuó pronunciando palabras ininteligibles, y solo lentamente, acercándose a ella, la oyeron decir:

—Creía que alguien a nuestro alrededor gritaría y me detendría... Nada. Así se produjo y en tales condiciones que nadie acertó a ver nada. Además, Jacques se reincorporó a la vez que yo lo hacía y ¡no cayó al suelo! No, ¡no cayó! Él, a quien había atacado, ¡permanecía en pie! Desde la terraza donde volví a subir, le podía ver. Se colocó la chaqueta sobre los hombros, evidentemente para ocultar su herida, y se alejaba sin balancearse... o tan poco que yo misma no podía darme cuenta. Incluso estuvo charlando con sus amigos que jugaban a los naipes, y luego se dirigió a la caseta y desapareció. Me llegué a convencer que no era más que un mal sueño... que yo no lo había matado... o que por lo menos la herida había sido leve. Jacques saldría. Estaba segura de ello. Desde mi balcón iba vigilando. Si hubiera podido creer por un segundo que él necesitaba que lo socorrieran, habría bajado corriendo... Pero, en verdad, no lo supe... No lo supe intuir... A veces se habla de presentimientos: es falso. Estaba absolutamente serena, como se está precisamente tras una pesadilla de la que se desvanece todo recuerdo. No, se lo juro, no lo supe, hasta el instante...

Ella tuvo que interrumpirse. Las lágrimas la asfixiaban.

Rénine concluyó:

—Hasta el instante en que se lo explicaron, ¿no es cierto?

Thérèse balbució:

—Sí, fue solamente entonces que fui consciente de mi acto... y sentí que me volvería loca y que iba a gritar a toda esa gente: «Pero ¡fui yo! No busquen más, aquí está el puñal... Soy yo la culpable». Sí, iba a confesarlo en voz alta, pero cuando de repente lo vi, a él, a mi pobre Jacques... Lo llevaban hacia aquí... Vi un rostro en paz... tan gentil... Y, ante él, comprendí mi deber... como él había comprendido el suyo... Por las niñas, guardó silencio. Yo también lo haría. Culpables los dos del asesinato del que había sido la víctima, uno y otra lo hicimos todo para que el crimen no recayera en ellas. En su agonía, tuvo una clara visión de todo esto... Tuvo el coraje inaudito de caminar, de responder, a todos los que le hacían preguntas, y de encerrarse a morir. Lo hizo borrando de golpe todas sus culpas y, con ello, me otorgaba el perdón, ya que no me denunciaba... y me ordenaba callar... y defenderme, de todos, de ti, sobre todo, Germaine.

Ella pronunció estas últimas palabras con creciente determinación. Conmocionada al principio por el acto inconsciente que había cometido matando a su marido, encontraba algo de fuerzas pensando en lo que él había hecho, armándose ella misma de semejante energía. Frente a aquella intrigante, cuyo odio los llevó a ambos hasta la muerte y el crimen, ella apretaba los puños, dispuesta a luchar, temblorosa con su voluntad.

Germaine Astaing ni pestañeaba. Había estado escuchando sin mediar palabra, con un rostro implacable cuya expresión se tornaba más severa a medida que las declaraciones de Thérèse iban ganando precisión. Ninguna emoción parecía enternecerla y ningún arrepentimiento penetraba en ella. A lo sumo, hacia el final, sus labios finos esbozaron una leve sonrisa, como si celebrara el giro que los acontecimientos habían tomado. No soltaba a su presa.

Poco a poco, con los ojos vueltos hacia un espejo, se colocó bien su tocado y se aplicó polvo de arroz. Luego anduvo hasta la puerta. Thérèse se precipitó hacia ella.

—¿Adónde vas?

—Donde me da la gana.

—¿A ver al juez de instrucción?

—Puede ser.

—¡No te dejaré pasar!

—De acuerdo. Lo esperaré aquí.

—Y le dirás, ¿qué?

—¡Pardiez! Todo lo que has dicho, todo lo que has tenido

la ingenuidad de decirme. ¿Qué dudas puede tener? Me has regalado todas las explicaciones.

Thérèse la agarró por los hombros.

—Sí, pero yo le explicaré otras cosas, Germaine, y que tratan de ti. Si yo estoy perdida, tú también lo estarás.

—Nada puedes hacer en mi contra.

—Te puedo denunciar, mostrarles tus cartas.

—¿Qué cartas?

—Aquellas en las que se decide mi muerte.

—¡Mentiras! Thérèse, sabes bien que este infame complot contra ti no existe más que en tu imaginación. Ni Jacques ni yo deseábamos tu muerte.

—Tú sí la ansiabas. Tus cartas te condenan.

—Mentiras. Eran cartas de parte de una amiga a un amigo.

—Cartas de su amante y cómplice.

—Demuéstralo.

—Ahí están, en la cartera de Jacques.

—No.

—¿Cómo dices?

—Lo que digo es que esas cartas me pertenecen a mí. Las he recuperado, o mejor dicho, fue mi hermano quien las recuperó.

—¡Las has robado, miserable! Y me las vas a devolver —gritó Thérèse empujándola.

—Ya no las tengo. Mi hermano las guarda. Se las llevó.

—Me las dará.

—Se ha ido ya.

—Lo volveré a encontrar.

—Sin duda que sí, pero las cartas no. Esa es la clase de cartas que la gente destruye.

Thérèse trastabilló y extendió las manos hacia Rénine con un ademán desesperado.

Rénine declaró:

—Lo que ella ha dicho es la verdad. He seguido las maniobras del hermano de ella, mientras hurgaba en su bolso. Se ha llevado su cartera, lo ha paseado frente a la hermana, ha regresado para devolverlo a su sitio y se ha marchado con las cartas.

Rénine hizo una pausa antes de añadir:

—O, en todo caso, con cinco de ellas.

Pronunció aquella frase de manera distraída, pero todos adivinaron las considerables repercusiones. Las dos mujeres se acercaron a él. ¿Qué quería decir con eso? Si Frédéric Astaing no se había llevado más que cinco cartas, ¿dónde se encontraba la sexta?

—Imagino —dijo Rénine— que, cuando la cartera le resbaló a monsieur d'Imbreval entre los guijarros, se le escaparía esa carta junto con la fotografía, y que él debió recogerla del suelo.

—¿Y qué sabe usted acerca de eso? ¿Qué sabe usted acerca de eso? —inquirió madame Astaing de manera atropellada.

—La encontré en el bolsillo de su chaqueta de franela, que colgaba cerca de la cama. Aquí está. Está firmada por Germaine Astaing, y sirve sobradamente para esclarecer las intenciones de su autora, y los consejos para el asesinato que ella da a su amante. Incluso me choca que una imprudencia tan grande haya podido ser cometida por una mujer de tanta astucia.

Madame Astaing estaba pálida y tan descompuesta que ni siquiera intentó defenderse. Rénine continuó, dirigiéndose a ella:

—En mi opinión, madame, usted es responsable de todo lo que ha sucedido. Arruinada, no hay duda, sin ya más recursos, se decidió a aprovecharse de la pasión que inspiraba en monsieur d'Imbreval y casarse con él pese a todo impedimento, para hacerse con su fortuna. De este espíritu de lucro, de este abominable cálculo, tengo aquí la prueba y la podría facilitar. Varios minutos después de que yo lo hiciera, usted también hurgó en el bolsillo de la chaqueta de franela. Yo me había llevado ya la sexta carta, pero dejé un trozo de papel, que usted buscaba ardientemente, y que también debió haberse caído de la cartera. Era un cheque al portador de cien mil francos, firmado por monsieur d'Imbreval a favor de su hermano... Un mero regalo de boda... lo que se suele llamar un alfiler de corbata. De acuerdo a sus instrucciones, su hermano se largó a Le Havre y, sin duda alguna, se habrá presentado antes de las cuatro en el banco donde aquella suma se encuentra depositada. Le puedo anunciar, a propósito, que no llegará a tocar aquella suma, ya que he mandado llamar por teléfono al banco para anunciarles el asesinato de monsieur d'Imbreval, con la consiguiente suspensión de todo movimiento. La conclusión a todo ello es que la justicia tendrá en sus manos, si sigue obcecada con vengarse, todas las pruebas necesarias contra usted y su hermano. Podría relatar, a modo de edificante testimonio, la conversación telefónica entre usted y su hermano que interceptamos la semana pasada, en la que usted habla en español mezclado con jerga javanesa. Estoy seguro, sin embargo, que usted no me obligará a estos extremos, y que nos pondremos de acuerdo, ¿no es cierto?

Rénine se expresaba con una serenidad impresionante, y la desenvoltura de un caballero que sabe que nadie pondrá la más mínima objeción a sus palabras. Parecía realmente incapaz de errar. Evocó los acontecimientos tal y como tuvieron lugar y extrajo las conclusiones inevitables a las que abocaban por lógica. Tan solo quedaba obedecer.

Madame Astaing lo comprendió. Naturalezas como la de ella, violentas, encarnizadas mientras exista posibilidad de combate o una mínima esperanza, se dejan dominar fácilmente en la derrota. Germaine era demasiado inteligente para no sentir que el menor intento de rebelarse sería detenido con un adversario como él. Ella estaba en sus manos. En tales casos, queda solo ceder.

Ella no siguió con la comedia, y no se libró a ninguna demostración, amenaza, explosión de ira, crisis nerviosa, ni nada parecido. Cedió.

—Lleguemos a un acuerdo —dijo Germaine Astaing—. ¿Qué exige de mí?

—Que se vaya.

—¿Y si algún día lo convocan a usted para testificar?

—Eso no pasará.

—Y si...

—Responda que usted no sabe nada.

Ella se marchó. En el umbral, vaciló y masculló entre dientes:

—¿El cheque? —dijo.

Rénine se quedó mirando a madame d'Imbreval, que declaró:

—Que se lo quede ella. Yo no quiero ese dinero.

Después de que Rénine entregara a Thérèse d'Imbreval las instrucciones precisas sobre cómo debía actuar y responder a las preguntas que le iban a hacer, abandonó el chalet, acompañado de Hortense Daniel.

Allá en la playa, el juez y el procurador proseguían con su investigación, tomaban medidas, interrogaban a los testigos, coordinándose entre sí.

—Cuando pienso —dijo Hortense— que lleva usted consigo el puñal y la cartera de monsieur d'Imbreval...

—¿Y eso le parece ínfimamente peligroso? —preguntó él, riéndose—. A mí eso me parece infinitamente cómico.

—¿No tiene miedo?

—¿A qué?

—A que alguien albergue dudas sobre algo...

—¡Por Dios, Señor! ¡Nadie dudará acerca de nada! Explicaremos a esa buena gente lo que vimos, un testimonio que no hará más que ponerles en ridículo, ya que no hemos visto nada en absoluto. Por precaución, nos quedaremos un día o dos aquí, hasta que esto se calme. Pero el asunto está cerrado. No se darán cuenta de nada.

—No obstante, usted dio en el clavo, y desde el primer minuto. ¿Por qué?

—Porque en lugar de investigar entre mediodía y las cuatro, como uno haría en general, planteo la pregunta del modo correcto que debería formularse, y la solución viene entonces con absoluta naturalidad. Un caballero entra en su caseta, en la que se encierra. Lo encuentran muerto, media hora más tarde. Nadie ha entrado. ¿Qué ha ocurrido? Para mí, la respuesta es inmediata. Ni siquiera hace falta reflexionar. Ya que el crimen no fue cometido en la caseta, sino con anterioridad, y aquel caballero, al entrar ahí, se encontraba ya herido de muerte. Y de repente, en este caso, la verdad se me ha aparecido. Madame d'Imbreval, que iba a ser asesinada al atardecer, se les adelantó, y cuando su marido estaba de cuclillas, en un momento de extravío, lo mató. No hacía falta más que encontrar los motivos de su acto. Cuando los conocí, me ocupé a fondo para defenderla. He aquí toda la historia.

La noche comenzaba a caer. El azul del cielo se tornaba más oscuro, el mar más apacible todavía.

—¿En qué está pensando? —preguntó Rénine al cabo de un instante.

—Estoy pensando —dijo ella— que, si yo fuera, a mi vez, víctima de alguna maquinación, depositaría mi confianza en usted, no importa lo que pase, aunque sea la única que confíe en usted. Sé, como sé que existo, que me salvaría, fueran cuales fueran los obstáculos. No hay límite para su voluntad.

Él afirmó, en voz muy baja:

—No existe límite a mi deseo de complacerla.

4

LA PELÍCULA REVELADORA

Fíjese bien en el hombre que interpreta al mayordomo...
—dijo Serge Rénine.

—¿Qué tiene de particular? —le preguntó Hortense.

Se encontraban en un cine de los bulevares, en la primera sesión, a la que la joven había arrastrado a Rénine para ver a una actriz estrechamente relacionada con ella. Rose-Andrée, que el cartel destacaba en el centro de las miradas, era su hermanastra, ya que su padre se había casado en dos ocasiones. Desde hacía unos años, enojadas la una con la otra, ni siquiera se escribían ya. Una hermosa criatura de gestos ágiles y cara sonriente, Rose-Andrée, tras pasar por el teatro sin demasiado éxito, se había revelado como una actriz de brillante porvenir en el cine. Ella, con su poderío y belleza ardiente, insuflaba vida a una película en sí misma más bien mediocre: *La princesa feliz.*

Sin responder directamente, Rénine continuó, durante una pausa de la proyección:

—Del mal cine me consuela observar a los personajes secundarios. Esos pobres diablos, a quienes toca repetir diez o veinte veces algunas escenas, cuando llegan a la «toma definitiva», ¿cómo no van a estar pensando a menudo en algo distinto a lo que interpretan? Son esas pequeñas distracciones, en las que se presiente algo de su alma o de su instinto, las que me divierten observar. Así pues, mire a este mayordomo...

La pantalla mostraba ahora una mesa lujosamente servida, presidida por la princesa feliz, rodeada de todos sus enamorados. Una media docena de criados iban y venían, dirigidos por el mayordomo, un grandullón de enormes labios y rostro vulgar, cuyas pobladas cejas parecían unirse en una sola línea.

—Tiene cara de bruto —dijo Hortense—. ¿Qué ve en él de especial?

—Examine la manera en que está mirando a su hermana, y si no la está mirando más de la cuenta...

—Qué va, hasta el momento no me lo ha parecido... —fue la objeción de Hortense.

—Claro que sí —afirmó el príncipe Rénine—, es evidente que en su vida real siente por Rose-Andrée algo personal, que no guarda relación alguna con su rol de criado anónimo. Nadie lo sospecha, tal vez, en la realidad, pero en la pantalla, cuando no vigila en lo que hace, o cuando cree que sus compañeros de ensayo no lo ven, su secreto se le escapa. ¡Mire!

El hombre ya no se movía. Era el final del almuerzo. La princesa tomaba una copa de champán, y él la contemplaba con sus ojos relucientes, medio cubiertos tras sus pesados párpados.

Dos veces más, avistaron en él expresiones singulares a las que Rénine atribuía un significado pasional y que Hortense ponía en duda.

—Es la manera que este hombre tiene de mirar —decía ella.

El episodio terminó. Había uno más. El texto del programa anunciaba que «un año había pasado y que la princesa feliz ahora vivía en una hermosa cabaña de Normandía, engalanada de enredaderas, con el músico poco afortunado que ella había elegido como esposo».

Además de siempre feliz, por cierto, como se podía comprobar en la pantalla, la princesa se mostraba siempre igualmente seductora, e invariablemente bajo el asedio de sus muy dispares pretendientes. Burgueses y nobles, financieros y campesinos; todos los hombres caían rendidos ante su presencia y, el que más, una especie de rústico solitario, un leñador velludo y asilvestrado que se le aparecía en cada paseo que daba. Armado con un hacha, temible y malicioso, rondaba la cabaña y se sentía con horror que un peligro amenazaba a la princesa feliz.

—¡Vaya, vaya! —cuchicheó Rénine—. ¿Sabe quién es el hombre de los bosques?

—No.

—El mayordomo, simplemente. Han usado al mismo intérprete para ambos papeles.

De hecho, a pesar de la deformación de su silueta, tras sus andares pesados, bajo los encorvados hombros del leñador, se podían reencontrar las actitudes y los gestos del mayordomo, del mismo modo que bajo la incivilizada barba y su larga y tupida cabellera se reconocía el rostro rasurado al instante: aquel hocico de bruto y la línea frondosa de su entrecejo.

A lo lejos, la princesa salía de su cabaña. El hombre se ocultó tras un arbusto. Cada cierto rato, la pantalla mostraba, en magnitud desmedida, sus ojos feroces y sus manos de asesino, con pulgares descomunales.

—Me da miedo —dijo Hortense—; es aterrador de verdad.

—Eso es porque actúa por su propia cuenta —respondió Rénine—. Se entiende que en el intervalo de los tres o cuatro meses que parecen separar el rodaje de ambos episodios, su amor por ella ha progresado y, para él, no es la princesa a quien ve, sino a Rose-Andrée.

El hombre se agachó. La víctima se acercaba, alegre y confiada. Al pasar, oyó un ruido, se detuvo y observó con aire risueño, luego atento, y más tarde inquieto, progresivamente ansioso. El leñador separó las ramas y atravesó el arbusto.

Se encontraron, así pues, el uno frente a la otra.

Extendió sus brazos como para agarrarla. Ella quiso gritar, pedir socorro, pero se sofocaba, y los brazos se cernieron sobre ella sin que pudiera oponer ninguna resistencia. Entonces la agarró sobre sus hombros y se puso a galopar.

—¿Ya se ha convencido? —murmuró Rénine—. ¿Cree que este actor de serie Z tendría esta garra y energía si se tratase de una mujer que no fuera Rose-Andrée?

El leñador, entretanto, llegó a la orilla de un río caudaloso, cerca de una vieja barca encallada en el fango. Tumbó en ella el cuerpo inerte de Rose-Andrée, desamarró la soga y empezó a remontar las aguas a lo largo de la orilla.

Más tarde le vemos atracar para luego cruzar la linde de un bosque y adentrarse en medio de grandes árboles y de cúmulos rocosos. Habiendo soltado a la princesa, despejó la entrada de una caverna, donde la luz del día se colaba por una grieta oblicua.

Una serie de planos mostraba el pánico del marido, su búsqueda, el hallazgo de una serie de ramas que la princesa feliz había ido partiendo, y que revelaban el trayecto recorrido.

Llegó entonces el desenlace, la lucha espantosa entre el hombre y la mujer. En el momento en que la mujer, vencida, al límite de sus fuerzas, se desploma, la súbita irrupción que hace el marido y su disparo, abatiendo a la bestia salvaje.

Eran las cuatro cuando salieron del cine. Rénine, que tenía su automóvil esperando, hizo un gesto a su chófer para que fuera tras él. Caminaron un buen rato por los bulevares y la rue de la Paix. Rénine, después de un largo silencio en que la joven parecía inquieta a su pesar, le preguntó:

—Y usted y su hermana, ¿se quieren?

—Sí, mucho.

—¿Aunque estén enfadadas?

—Estaba enfadada mientras estuve casada con mi marido. Rose es una mujer bastante coqueta con los hombres. Sentía celos, y sin motivo, en realidad. Pero ¿por qué me lo pregunta?

—No lo sé... No me quito la película de la cabeza, ¡y la expresión de ese hombre era tan extraña!

Ella le agarró el brazo y enérgicamente le dijo:

—Ya, ¡dígame, hable! ¿Qué presupone?

—¿Qué presupongo yo? Todo y nada. Pero no puedo impedirlo. Creo que su hermana estuvo en peligro.

—Una mera hipótesis.

—Sí, si bien una hipótesis basada en hechos que me impresionan. En mi opinión, la escena del rapto no se corresponde tanto a la agresión del hombre de los bosques contra la princesa feliz, sino con un ataque violento y trastornado de un actor contra la mujer a quien codicia. Es cierto que ha transcurrido dentro de los límites impuestos por el papel, y que nadie ha presentado nada, excepto quizás Rose-Andrée. Yo, en cambio, he avistado destellos de pasión que no permiten duda alguna, miradas en las que habitaba la envidia, e incluso voluntad de asesinar, manos contraídas, ya listas para estrangular... Veinte detalles que me demuestran en aquel momento que el instinto de ese hombre lo empujaba a matar a aquella mujer a la que no podía poseer.

—De acuerdo, puede ser, en aquel momento —dijo Hortense—. Pero la amenaza ya es historia ahora que han pasado varios meses.

—Evidente, evidente..., aunque de todos modos, me gustaría asegurarme...

—¿De parte de quién?

—Acudiré a la Société Mondiale, la que ha rodado esta película. Mire, estas son las oficinas de la Société. ¿Quiere subir a mi automóvil y esperarme unos minutos?

Llamó a Clément, su chófer, y se alejó.

En el fondo, Hortense se mantenía escéptica. Todas aquellas manifestaciones de amor, de las que no negaba el ardor ni el carácter salvaje, le habían parecido el juego racional de un buen intérprete. Ella no había visto ni pizca del terrible drama que Rénine pretendía haber averiguado, y se preguntaba si él no pecaba de exceso de imaginación.

—Bueno, ¿cómo estamos? —le preguntó ella, no sin ironía, cuando volvió—. ¿Ha habido misterio? ¿Algún giro argumental?

—Lo suficiente —respondió él, que parecía inquieto.

Ella se sintió igualmente turbada.

—¿Qué quiere usted decir?

—Ese hombre se llama Dalbrèque. Es un personaje más bien incómodo, retraído y taciturno, que siempre se mantiene al margen de sus colegas de profesión. En verdad, nadie se dio cuenta de que se mostró particularmente solícito con su hermana. Sin embargo, su interpretación, hacia el final del segundo episodio, les pareció tan excepcional que lo contrataron para una nueva película. La rodaron, así pues, hace poco, en los alrededores de París. Estaban contentos con él, pero de repente, se produjo un insólito suceso. El viernes 18 de septiembre, por la mañana, forzó el garaje de la Société Mondiale y se dio a la fuga con una magnífica limusina, después de haber arrasado con la suma de veinticinco mil francos. Lo denunciaron a la policía, y la limusina apareció aquel domingo, en las cercanías de Dreux.

Hortense, que escuchaba, un poco pálida, insinuó:

—Hasta aquí... No tiene que ver...

—De hecho, sí. Pregunté qué ha sido de Rose-Andrée. Su hermana hizo un viaje el verano pasado, y luego estuvo quince días en el departamento de Eure donde tiene una propiedad, precisamente la cabaña en la que rodaron *La princesa feliz*. Reclamada en los Estados Unidos por un compromiso laboral, volvió a París, registró su equipaje en la estación de Saint-Lazare y se fue *el viernes 18 de septiembre* con la intención de pasar la noche en Le Havre y viajar en el barco del sábado.

—El viernes 18... —balbució Hortense—. El mismo día en que aquel hombre... La debe haber secuestrado.

—Vamos a averiguarlo —dijo Rénine—. ¡Clément, a la Compañía Transatlántica!

Esta vez, Hortense lo acompañó a las oficinas y se informó ella misma de la dirección.

Sus pesquisas rápidamente dieron fruto.

Un camarote había sido reservado a nombre de Rose-Andrée en el crucero transatlántico *La Provence*. Pero el transatlántico salió del puerto sin que la pasajera se presentase. Al día siguiente recibieron en Le Havre un telegrama, firmado por Rose-Andrée, anunciando que iba con retraso y solicitando que le guardaran el equipaje en la consigna. El telegrama procedía de Dreux.

Hortense salió tambaleándose. No parecía posible explicar tales coincidencias a menos que hubieran atentado contra Rose-Andrée. Los acontecimientos se amontonaban en la profunda intuición de Rénine.

Postrada en el automóvil, ella escuchó que se dirigían a la comisaría de policía. Atravesaron el centro de París. Se quedó sola durante un rato aparcada en el Quai des Orfèvres.

—Venga conmigo —le dijo Rénine, abriendo la puerta.

—¿Otra vez? ¿Lo han recibido? —preguntó ella, ansiosa.

—No era mi intención que me recibieran. Quería, sencillamente, ponerme en contacto con el inspector Morisseau, a quien me mandaron el otro día en el caso de Dutreuil. Si se enteran de algo, lo averiguaremos a través de él.

—¿Y bien?

—Ahora mismo se encuentra en aquel pequeño café, el de la plaza.

Ambos entraron en el café y se sentaron en una mesa apartada, donde el inspector jefe leía su periódico. Los reconoció al instante. Rénine le estrechó la mano y, sin más preámbulo, le dijo:

—Agente, le traigo un caso interesante y que le puede dar a usted protagonismo. ¿Tal vez ya esté enterado...?

—¿Qué caso?

—Dalbrèque.

Morisseau pareció sorprenderse. Vaciló y, con tono prudente, se explayó:

—Sí, lo conozco... Los periódicos lo han mencionado... El robo de un automóvil, veinticinco mil francos birlados... Mañana, los periódicos también hablarán de un descubrimiento que acabamos de realizar en la Sûreté: a saber, que Dalbrèque es el presunto autor de un asesinato que causó un gran revuelo el año pasado, el del joyero Bourguet.

—Se trata de otra cosa —afirmó Rénine.

—¿De qué, entonces?

—De un secuestro que cometió durante el sábado 19 de septiembre.

—Ah, ¿está al corriente?

—Lo estoy.

—Si es así —declaró el inspector, que se decidió—, vamos.

El sábado 19 de septiembre, efectivamente, en plena calle y a plena luz del día, una señora que estaba de compras fue secuestrada por tres bandidos, que se la llevaron en su coche a gran velocidad. La prensa informó del incidente, pero no mencionó el nombre de la víctima ni de los agresores, y tal vez por el lógico motivo de que no sabían nada. Hasta ayer, cuando me enviaron a Le Havre con varios de mis hombres, donde logré identificar a uno de los bandidos. El robo de los veinticinco mil francos, el robo del coche, el secuestro de la joven; un mismo origen. Un solo culpable: Dalbrèque. En cuanto a la joven, no dispongo de datos. Toda nuestra investigación ha sido en vano.

Hortense no había interrumpido al inspector en su relato. Estaba trastornada. Cuando terminó, ella suspiró.

—Es espantoso... La desventurada está perdida... No hay esperanza.

Dirigiéndose a Morisseau, Rénine le contó:

—La víctima es su hermana o, más exactamente, la hermanastra de madame... Es una actriz de cine muy famosa, Rose-Andrée...

Y, brevemente, relató las sospechas que el visionado de la película *La princesa feliz* le había inducido, así como las pesquisas que él conducía a título personal.

Se hizo un largo silencio alrededor de la mesita. El inspector jefe, una vez más, perplejo ante el ingenio de Rénine, estaba atento a sus palabras. Hortense imploró con la mirada, como si pudiera introducirse en el corazón del misterio al primer intento.

Le preguntó a Morisseau:

—¿Fueron entonces tres hombres quienes estaban a bordo del coche?

—Sí.

—¿Y también tres en Dreux?

—No. En Dreux tan solo se han encontrado pistas de dos hombres.

—¿Incluyendo pistas de Dalbrèque?

—No lo creo. Ningún dato se corresponde con los de él.

Reflexionó un instante y, luego, desplegó encima de la mesa un mapa de carreteras.

Se hizo de nuevo el silencio, después del cual, Rénine le dijo al inspector:

—¿Dejó a sus compañeros en Le Havre?

—Sí, a dos inspectores.

—¿Podría llamarlos por teléfono esta noche?

—Sí.

—¿Y pedir dos inspectores más a la Sûreté?

—Sí.

—Entonces, nos encontramos mañana al mediodía.

—¿Dónde?

—Aquí.

Con el dedo, apuntó sobre un lugar del mapa, que estaba marcado: *Le chène à la cuve*. «El roble de la cuba», y que se encontraba en pleno bosque de Brotonne, en el departamento de Eure.

—Aquí —repitió—. Es en este lugar donde, la noche del secuestro, Dalbrèque buscó refugio. Hasta mañana, monsieur Morisseau, sea puntual. Cinco hombres no le sobrarán para capturar a una bestia de su tamaño.

El inspector ni se inmutó. Aquel demonio de individuo lo asombraba. Pagó su consumición, se levantó de su asiento, hizo mecánicamente el saludo militar y salió, mascullando:

—Ahí estaremos, monsieur.

Al día siguiente, a las ocho, Hortense y Rénine abandonaron París en una inmensa limusina que conducía Clément. El viaje transcurrió en silencio. Hortense, a pesar de su fe en los extraordinarios poderes de Rénine, había pasado una mala noche y pensaba con angustia en el final de la aventura.

Se acercaban ya. Hortense le dijo:

—¿Qué prueba tiene usted de que él la haya conducido hasta ese bosque?

De nuevo, desplegó el mapa sobre sus rodillas y le hizo ver a Hortense cómo, si se trazaba una línea desde Le Havre, o mejor dicho, desde Quillebeuf (donde se cruza el río Sena), esta línea toca las lindes occidentales del bosque de Brotonne.

—Con todo —añadió—, es en el interior del bosque de Brotonne, según me dijeron en la Société Mondiale, que rodaron *La princesa feliz*. Y la cuestión que se plantea es la siguiente: Dalbrèque, con Rose-Andrée en su poder, y pasando el sábado cerca del bosque, ¿no habrá tenido la idea de esconder ahí a su presa, mientras que sus dos cómplices seguían hasta Dreux y regresaban a París? La gruta se encuentra ahí, muy cerca. ¿Cómo no acudir? ¿No fue en ese lugar, unos meses antes, corriendo hacia la gruta, donde la había sostenido entre los brazos, contra su cuerpo, al alcance de sus labios, a la mujer que él amaba y que acababa de conquistar? Para él, como es lógico, inevitablemente, la aventura vuelve a comenzar. El bosque es inmenso y desierto. Aquella noche, o una de las noches posteriores, solo hacía falta que Rose-Andrée se abandonara...

Hortense se estremeció.

—... O que muriera. ¡Ay, Rénine, llegamos demasiado tarde!

—¿Por qué?

—Piénselo bien... Tres semanas. ¿No supondrá que la habrá mantenido encerrada durante tanto tiempo?

—Ciertamente no. El lugar que me han indicado se encuentra en un cruce de caminos y la huida no es muy segura. Pero sin duda descubriremos ahí algún indicio.

Almorzaron durante el camino, un poco antes del mediodía, y penetraron en los altos bosques de Brotonne, una floresta antigua e inmensa, llena de vestigios de la presencia romana y de la época medieval. Rénine, que la había recorrido muchas veces, dirigió el coche hasta un famoso roble cuyas ramas se ensanchaban, formando una gran vasija. El automóvil se detuvo en el recodo inmediatamente anterior, y de ahí caminaron hasta el árbol. Morisseau los esperaba en compañía de cuatro tipos robustos.

—Vengan —dijo Rénine—, la gruta está aquí al lado, entre la maleza.

La encontraron con facilidad. Enormes rocas guardaban una entrada baja donde había que deslizarse por un estrecho sendero en medio de los matorrales.

Rénine entró y con su linterna eléctrica indagó por los rincones de una pequeña caverna con las paredes abarrotadas de firmas y dibujos.

—Aquí dentro no hay nada —dijo a Hortense y a Morisseau—, si bien tenemos la prueba que estaba buscando. Si el recuerdo de la película verdaderamente ha llevado a Dalbrèque hasta la gruta de *La princesa feliz*, deberíamos creer que algo parecido ocurriría con Rose-Andrée. Pero, en la película, la princesa estuvo partiendo la punta de las ramas durante todo el trayecto. Y he aquí, precisamente, a la derecha de este orificio, ramas recientemente rotas.

—De acuerdo —dijo Hortense—, le concedo que esta es una prueba posible de su paso por aquí, pero esto tuvo lugar hace tres semanas. Desde entonces...

—Desde entonces, su hermana está encerrada en otro hoyo más inaccesible.

—O bien muerta y sepultada entre la hojarasca.

—No, no —negó Rénine, golpeando con el pie—, no es creíble que aquel hombre haya hecho todo eso para luego acabar con un estúpido asesinato. Habrá esperado. Quiere que su víctima se rinda a él por las amenazas, por el hambre...

—¿Entonces?

—Busquemos.

—¿Y cómo?

—Para salir de este laberinto, necesitamos un hilo conductor, que es la propia intriga de *La princesa feliz*. Sigámoslo, reculando progresivamente, hasta el principio. En el drama, el hombre de los bosques, para poder llevarse a la mujer hasta aquí, atravesó este paraje después de haber remado río arriba. El Sena está a un kilómetro de distancia. Bajemos, pues, hacia el Sena.

Partió de nuevo. Avanzaba sin vacilar, el ojo al acecho, como buen sabueso cuyo olfato lo guía con seguridad. Seguidos a lo lejos por el coche, llegaron hasta un grupo de casas, junto a la orilla del río. Rénine fue directamente a la casa del barquero y le hizo algunas preguntas.

Un diálogo rápido. Tres semanas antes, un lunes por la mañana, ese hombre constató que una de sus barcas había desaparecido. Encontraría de nuevo su barca en el barro, media legua más abajo.

—¿Cerca de una cabaña donde hicieron una película, durante el verano? —preguntó Rénine.

—Sí.

—¿Y es el lugar en el que estamos donde desembarcó una mujer secuestrada?

—Sí, la princesa feliz, o mejor dicho, madame Rose-Andrée, la propietaria de la cabaña que llamamos Clos-Joli.

—¿Está abierta la casa en estos momentos?

—No, la dama se fue, hace un mes, después de cerrar bien.

—¿No hay ningún guarda?

—Nadie.

Rénine, de vuelta, le dijo a Hortense:

—No hay duda. Es la cárcel que ha elegido para ella.

La caza dio comienzo de nuevo. Siguieron el camino de sirga a lo largo del Sena. Caminaron sin ruido sobre la hierba de los arcenes. El camino volvió a unirse a la vía principal, donde había bosquecillos. Al dejarlos atrás, pudieron ver en lo alto de una colina el Clos-Joli, rodeado de hayas. Hortense y Rénine reconocieron la cabaña de la princesa feliz. Las ventanas estaban bien cerradas con postigos y los senderos, tapizados de hierbas.

Permanecieron en aquel lugar más de una hora, acurrucados entre la maleza. El agente se impacientó; la joven perdió toda certeza y ya no creía que su hermana estuviera cautiva en el Clos-Joli. Rénine, sin embargo, estaba obcecado en ello.

—Está ahí, se lo aseguro. Es matemático. Es imposible que Dalbrèque no haya elegido este lugar para retenerla en cautividad. De este modo, en un contexto que le es familiar, espera hacerla más dócil.

Finalmente, enfrente de ellos, se pudo oír un paso, lento y amortiguado, del otro extremo del Clos. Una silueta llegó al camino. A esa distancia, no se podía ver su rostro. Pero su andar pesado como su porte eran del hombre que Rénine y Hortense había visto en la película.

Así pues, en veinticuatro horas, siguiendo las vagas indicaciones que puede dar la actitud de un intérprete, Serge Rénine alcanzó, por simple razonamiento psicológico, el meollo del asunto. Aquello que la película había sugerido, la película se lo impuso a Dalbrèque, quien había actuado en la vida real como en el imaginario del cine, y Rénine, volviendo sobre los pasos que el propio Dalbrèque había dado bajo la influencia de la película, llegaba al mismo lugar donde el hombre del bosque tenía prisionera a la princesa feliz.

Dalbrèque parecía vestir ropa de vagabundo, con remiendos y andrajos. Llevaba un zurrón de donde sobresalía el cuello de una botella y el extremo de una barra de pan. Sobre el hombro, un hacha de leñador.

Encontró abierta la cerradura de la valla. Penetró en el jardín y pronto se vio oculto por una fila de arbustos que conducían a la otra fachada de la casa.

Rénine agarró a Morisseau por el brazo, que ya estaba a punto de precipitarse.

—Pero ¿por qué? —preguntó Hortense—. No debemos dejar entrar a ese bandido... De lo contrario...

—¿Y si tiene cómplices? ¿Y si lo alertan?

—Da igual. Antes que nada, salvemos a mi hermana.

—¿Y si cuando llegamos es tarde para defenderla? Encolerizado, podría matarla de un hachazo.

Esperaron. Dejaron pasar una hora más. La inactividad los irritaba. Hortense lloraba por momentos, pero Rénine insistía y nadie osaba a desoírlo.

Cayó la noche. Las primeras sombras del crepúsculo ya abarcaban los manzanos, cuando, de repente, se abrió la puerta de la fachada que tenían a la vista. De ahí surgían gritos de horror y regocijo, y salió de un brinco una pareja entrelazándose, de la que se llegaban a discernir las piernas del hombre y el torso de la mujer, que él llevaba entre sus brazos, rodeándole el pecho.

—¡Es él! ¡Él y Rose...! —titubeó Hortense, alterada—. ¡Rénine, sálvela!

Dalbrèque se puso a correr entre los árboles, como un loco, riendo y gritando. Daba, incluso con el peso que llevaba, saltos enormes, consiguiendo un aire de animal fantástico, borracho de alegría y de sangre. Una de sus manos, liberada, blandió el hacha, cuyo destello resplandeció. Rose chillaba de terror. Atravesó el jardín en todos los sentidos, galopó a lo largo de la valla. Finalmente, se detuvo en seco frente a un pozo y, contrayendo los brazos, su torso ladeado, parecía querer arrojarla al abismo.

Aquel minuto fue espantoso. ¿Se decidiría a llevar a cabo aquel acto espeluznante? No era, sin embargo, más que una amenaza, para inducirle a obedecer por terror, ya que súbitamente se fue de nuevo, volvió en línea recta hacia la puerta principal y se metió en el vestíbulo. Un ruido de cerrojo, y una puerta se cerró.

Había algo inexplicable. Rénine apenas se movió. Con ambos brazos, cerraba el paso a los inspectores, mientras que Hortense, agarrándose a su ropa, le suplicaba:

—Sálvela... Es un loco... La va a matar... Se lo suplico.

Pero en aquel momento hubo una nueva ofensiva del hombre contra su víctima. Apareció en un tragaluz que se abría entre las alas de paja dispuestas sobre el tejado, y volvió a comenzar su atroz maniobra, suspendiendo a Rose-Andrée en el vacío y columpiándola como a una presa a punto de ser desechada.

¿Era incapaz de decidirse? ¿O no era más que una amenaza en realidad? ¿Juzgaba a Rose-Andrée lo bastante mansa? Volvió al interior.

Esta vez, Hortense se salió con la suya. Sus manos heladas apretaban la mano de Rénine y este sintió como ella temblaba desesperadamente.

—¡Oh, se lo ruego...! Se lo ruego... ¿A qué espera?

Él cedió.

—Sí —dijo—, vamos allá. Pero basta de prisas. Hay que pensar.

—¿Pensar? Pero a Rose... A Rose la va a matar... ¿Ha visto el hacha? Está loco... La va a matar.

—Tenemos tiempo —afirmó él—, yo me encargo de todo.

Hortense tenía que apoyarse en él, caminar le costaba demasiado esfuerzo. Anduvieron así colina abajo, y eligieron un lugar que disimulaba el follaje de los árboles. Rénine ayudó a la joven a cruzar el valle. La incipiente oscuridad no les permitía ser vistos.

Sin mediar palabra, él dio la vuelta al jardín, y llegaron a la parte trasera de la casa. Por ahí había entrado Dalbrèque la primera vez. En efecto, vieron una puertecilla de servicio que debía dar a la cocina.

—Un golpe de hombro —le dijo a los inspectores— y podrán introducirse en la casa cuando llegue la hora.

—Ha llegado la hora —refunfuñó Morisseau, lamentando tantos retrasos.

—Todavía no. De entrada, quiero ver claramente qué sucede en la otra fachada. A mi silbido, tiren abajo con fuerza las planchas, y abajo ese hombre, revólver en mano. Pero antes no, ¿de acuerdo? Si no, nos arriesgamos a grandes...

—¿Y si forcejea? Es un bruto fuera de sí.

—Dispárenle a las piernas. Sobre todo hay que arrestarlo con vida. ¡Ustedes son cinco! ¿Qué demonios?

Rénine se llevó a Hortense y la reanimó con palabras:

—¡Rápido! No hay tiempo. ¡Tenga plena confianza en mí!

Ella suspiró.

—No lo entiendo... No lo entiendo...

—Yo tampoco —dijo Rénine—. En este asunto hay algo que me desconcierta. Pero comprendo lo suficiente como para temer lo irreparable.

—Lo irreparable —contestó ella— es el asesinato de Rose.

—No —señaló él—, es la acción de la justicia. Y por ello quiero adelantarme.

Dieron la vuelta a la casa, topándose con los numerosos arbustos.

Entonces, Rénine se detuvo ante una de las ventanas de la planta baja...

—Escuche —dijo—, están hablando... Viene de la habitación de al lado.

El sonido de las voces hacía suponer que debía haber alguna luz que dejaría ver a la persona o personas que hablaban. Él buscó, apartó las plantas y su vegetación tardía que ocultaba los postigos cerrados de las ventanas, y contempló que una luz se filtraba entre dos de los postigos, que estaban mal colocados.

Supo pasar el filo de su navaja, que deslizó lentamente, subiendo un pestillo interior. Los postigos se abrieron. Contra la ventana se apilaban pesadas cortinas de paño, que sin embargo se separaban en lo alto.

—¿Va a subirse al alféizar? —susurró Hortense.

—Sí, y abriré un corte en el panel de vidrio. Si se da una urgencia, apuntaré con mi revólver a ese individuo, y usted silbará para que el ataque se acometa por ahí. Tenga, el silbato.

Se encaramó con mucha precaución y se puso en pie poco a poco contra la ventana en el lugar exacto donde las cortinas estaban separadas. En una mano se colocó el revólver dentro del cuello del chaleco. En la otra, sujetaba una punta de diamante.

—¿La puede ver? —susurró Hortense.

Él pegó la frente contra el cristal y, al instante, exclamó en voz baja:

—¡Ah! ¿Será posible?

—¡Dispare! ¡Dispare! —exigió Hortense.

—No...

—¿Silbo yo entonces?

—No, no... de lo contrario...

Temblorosa, colocó una rodilla sobre el alféizar. Rénine la ayudó a encaramarse y se hizo a un lado para que ella también pudiera ver.

—Mire.

Ella apoyó el rostro contra el cristal.

—¡Ah! —dijo ella, con pavor.

—¿Qué me dice de esto, eh? ¡Algo me temía, pero nada de lo que acabo de ver!

Dos lámparas sin pantalla y veinte velas, tal vez, iluminaban un salón lujoso, rodeado de divanes y adornado con tapices orientales. En uno de aquellos divanes, Rose-Andrée estaba medio acostada, vestida con la tela de metal que llevaba en la película *La princesa feliz*, sus hermosos hombros al desnudo, su cabellera cubierta de joyas y perlas.

Dalbrèque estaba a sus pies, arrodillado sobre un cojín. Llevaba pantalones de caza y un jersey, y la contemplaba extasiado. Rose sonreía, feliz, y acariciaba el cabello del hombre. Dos veces ella se inclinó hacia él y lo besó en la frente primero, y luego largo rato en los labios, mientras que sus ojos, perturbados de deseo, palpitaban.

¡Una escena de pasión! Unidos por la mirada, por los labios, por sus manos temblorosas, por su joven deseo, ambos seres se amaban evidentemente de un modo exclusivo y violento. Se sentía que, en la soledad y la paz de aquella cabaña, nada contaba más para ellos que sus besos y sus caricias.

Hortense no podía quitar los ojos de aquel espectáculo imprevisto. ¿Eran aquel hombre y aquella mujer los mismos que, apenas unos minutos antes, se habían llevado el uno a la otra en una danza macabra que parecía girar en torno a la muerte? ¿Realmente era ella su hermana? Era incapaz de reconocerla. Veía a otra mujer, animada por una belleza nueva y transfigurada por un sentimiento que Hortense percibía, temblorosa, en toda su fuerza y todo su ardor.

—¡Dios mío! —murmuró—. ¡Cómo lo ama! Y a un sujeto así, ¿cómo es posible?

—Debemos advertirla —dijo Rénine—, y coordinarnos con ella.

—Sí, sí —corroboró Hortense—, al precio que haga falta para que ella no se vea envuelta en el escándalo, detenida... ¡Que se vaya! Que este asunto no llegue a conocerse...

Para su desgracia, Hortense se hallaba en tal estado de

exaltación que actuó con demasiada premura. En lugar de tocar con cuidado el cristal, dio contra la ventana al golpear la madera con el puño. Asustados, los amantes se levantaron, con la mirada fija y aguzando el oído. En aquel instante, Rénine quiso romper un panel de vidrio para entrar y darles una explicación. Pero no tuvo tiempo. Rose-Andrée, que indudablemente sabía que su amante estaba en peligro y era buscado por la policía, lo empujó hacia la puerta, en un esfuerzo desesperado.

Dalbrèque obedeció. La intención de Rose era claramente la de obligarlo a huir utilizando la salida de la cocina. Desaparecieron.

Rénine vio con claridad lo que iba a suceder. El fugitivo caería en la emboscada que él mismo, Rénine, había preparado. Habría enfrentamiento, muerte, quizás...

Saltó al suelo y dio la vuelta a la casa corriendo. El trayecto era largo, el camino oscuro y abarrotado de vegetación. Por otro lado, los acontecimientos se siguieron con más velocidad de la que había imaginado. A punto de alcanzar la otra fachada, repercutió un disparo, seguido de un grito de dolor.

En el umbral de la cocina, a la luz de dos linternas, Rénine encontró a Dalbrèque tendido, preso por tres policías, y gimiendo. Se había roto la pierna.

En la sala, Rose-Andrée, titubeando, las manos hacia delante, el rostro convulso, profería palabras que nadie entendía. Hortense se acercó a ella y le musitó al oído:

—Soy yo... Tu hermana... Quería salvarte. ¿Me reconoces?

Rose parecía no entenderla. Sus ojos estaban enloquecidos.

Ella caminó, a trompicones, hacia los inspectores y les dijo:

—Es abominable... El hombre que hay aquí no ha hecho...

Rénine no vaciló. Actuando con ella como se haría con una enferma desprovista de razón, la estrechó entre sus brazos y, seguido de Hortense, que cerró las puertas de nuevo, la llevó hasta el salón.

Ella se estaba debatiendo furiosamente y protestaba entre jadeos:

—Es un crimen... No tienen derecho... ¿Por qué lo apresan? Sí, lo he leído... el asesinato de Bourguet, el joyero... Esta mañana lo he leído en el periódico, pero es mentira. Lo puede demostrar.

Rénine la tumbó sobre el diván y con firmeza pronunció estas palabras:

—Le pido que se mantenga en calma. No diga nada que pueda comprometerla a usted. ¿Qué quiere? Este hombre ha robado también... el automóvil... y luego los veinticinco mil francos.

—Mi viaje a América lo enloqueció. Pero el coche ha sido encontrado. El dinero será devuelto... No lo ha tocado. No, no, no hay derecho... Estoy aquí por mi propia voluntad. Lo amo... Lo amo más que nada. Como no se ama más que una vez en la vida... Lo amo... Lo amo...

Una hora más tarde, tendido sobre la cama de una habitación, Dalbrèque, con los puños totalmente cerrados, ponía los ojos en blanco de un modo feroz. Un médico de los alrededores, acercado por el coche de Rénine, le vendó la pierna y prescribió reposo absoluto hasta el día siguiente. Morisseau y sus hombres montaban guardia.

En lo que respecta a Rénine, se paseaba por la habitación con las manos a la espalda. Se veía bastante satisfecho y, de vez en cuando, contemplaba a las dos hermanas sonriendo, como si visto con sus ojos de artista el cuadro que escenificaban le pareciera encantador.

—¿Y qué ocurre, entonces? —le preguntó Hortense al darse cuenta de su alegría insólita, medio girándose hacia él.

Rénine se frotó las manos y dijo:

—Es curioso.

—¿Se puede saber qué le parece tan curioso? —preguntó Hortense con reproche.

—Dios mío, esta situación. Rose-Andrée libre, locamente enamorada y, ¿de quién, Dios mío? Del hombre del bosque, un hombre del bosque domesticado, acicalado, embutido en un jersey y a quien se come a besos hasta la saciedad... mientras nosotros andábamos indagando el fondo de cavernas y sepulcros.

»¡Ah, cierto! Ha sentido el sabor amargo de la cautividad y yo afirmo que, la primera noche, la arrojó medio muerta en la caverna. Solo que, no obstante, todo, ¡al siguiente vivía! Solamente le hizo falta una noche para domarla y que Dalbrèque le pareciera tan bello como un príncipe azul. ¡Una noche, no más! Y ambos tienen una impresión tan límpida de que están hechos el uno para el otro que deciden no abandonarse jamás y, de común acuerdo, buscan un refugio a salvo del mundo. ¿Dónde? Aquí, ¡pardiez! ¿Quién más llevaría a Rose-Andrée al Clos-Joli? Pero con eso no bastaba. Hacía falta, además, que los dos estuvieran enamorados. ¿Una luna de miel de varias semanas? ¡Adelante! Se consagran los dos la vida entera. ¿Cómo? Siguiendo el camino encantador y pintoresco que ya tomaron una vez; es decir, ¡creando un nuevo «rodaje»! Si Dalbrèque no lo había logrado durante *La princesa feliz*, más allá de toda esperanza, ¡ahora tiene el futuro para ello! ¡Los Ángeles! Estados Unidos, fortuna y libertad... No hay un minuto que perder. Manos a la obra, de inmediato. Y fue así como nosotros, aterrados espectadores, los hemos sorprendido en pleno ensayo, interpretando un drama de locura y asesinato. Le confesaría, sinceramente, que en ese momento he tenido algunas sospechas acerca de la verdad. «Episodio de cine», me he dicho a mí mismo. Pero en cuanto a adivinar la intriga amorosa del Clos-Joli, ¡ay! De ello estaba todavía bien lejos. Y, ¿qué espera? En la gran pantalla, como en el teatro, las princesas felices resisten o se matan. ¿Cómo suponer que ella habría preferido el deshonor a la muerte?

Sin duda, aquella aventura divertía a Rénine, y continuó:

—No, no, ¡pardiez! ¡No es así como suceden estas cosas en el cine! Y es por ello que me he equivocado. Desde el principio, desmontaba *La princesa feliz*, y marchaba tras las huellas ya marcadas por sus pasos. Así había actuado la princesa feliz. El hombre de los bosques se había comportado así. Por lo tanto, como todo vuelve a empezar, ¡sigámoslos! Pero, en fin, nada que ver. Contrariamente a todo, Rose-Andrée sigue el mal camino y en el transcurso de unas pocas horas, la víctima se convierte en la más enamorada de las princesas. ¡Ah, maldito Dalbrèque! Lograste enredarnos. Porque cuando nos muestran en el cine a un bruto así, una especie de salvaje con el pelo largo y rostro de gorila, se nos da el derecho a imaginar que es un bruto formidable también en la vida real. ¡Venga ya, es un donjuán! ¡El muy farsante!

De nuevo Rénine se estaba frotando las manos. Pero no continuó porque cayó en la cuenta de que Hortense ya no lo escuchaba. Rose se estaba despertando de su letargo. La joven la rodeó entre sus brazos y murmuró:

—Rose... Rose... Soy yo... No tengas miedo.

Se puso a hablar en voz baja con ella mientras la mecía con ternura. Rose, poco a poco, escuchando a su hermana, iba recuperando su expresión de sufrimiento y permanecía impasible y lejana, sentada en el diván, con el busto rígido y apretando los labios.

Él se acercó y le dijo a ella:

—Yo la apoyo, madame. Su deber, pase lo que pase, es defender a quien usted ama y demostrar su inocencia. Pero no hay prisa, y yo calculo que por su bien sea mejor dejarlo pasar varias horas y hacerle creer todavía que usted es su víctima.

Mañana por la mañana, si usted no ha cambiado de parecer, yo mismo la aconsejaré que actúe. Entretanto, suba a su cuarto con su hermana, y prepárese para la partida, arregle sus papeles para que en la investigación nada se revele en su contra. Créame... Con confianza.

Rénine siguió insistiendo en ello y consiguió persuadir a la joven. Ella prometió esperar.

Se instalaron, pues, aquella noche en el Clos-Joli. Disponían de suficientes provisiones. Uno de los inspectores preparó la cena.

Ya tarde, Hortense compartió cuarto con Rose. Rénine, Morisseau y dos de los inspectores se tumbaron en los divanes del salón, mientras que los dos inspectores restantes montaban guardia con el herido.

La noche pasó sin ningún incidente.

Por la mañana, los gendarmes, avisados por Clément durante la víspera, llegaron a primera hora. Decidieron que Dalbrèque fuese trasladado a la enfermería de la prisión del departamento. Rénine ofreció su automóvil, que Clément condujo hasta la cabaña.

Las dos hermanas, al tanto de las idas y venidas, fueron a la planta baja. Rose-Andrée tenía la expresión dura de quienes desean reaccionar a tiempo. Hortense la contemplaba con ansiedad y observaba el aspecto plácido de Rénine.

Con todo listo, solamente quedaba despertar a Dalbrèque y a sus guardas.

Morisseau se dirigió allí al instante. Pero descubrió que ambos guardas estaban profundamente dormidos y que no había nadie en la cama. Dalbrèque se había fugado.

Su golpe de efecto no había provocado, de momento, gran consternación entre los policías y gendarmes. Tenían la certeza de que el fugitivo, con la pierna rota, sería atrapado sin demora. El enigma de aquella fuga, efectuada sin que los guardas oyeran el menor ruido, no intrigó a nadie. Dalbrèque, sin duda, se ocultaba en el jardín.

De inmediato organizaron la búsqueda. Y su resultado inducía a tan pocas dudas que Rose-Andrée, nuevamente convulsa, se dirigió al inspector jefe.

—Cállese —le murmuró Serge Rénine, que la vigilaba.

Ella siguió divagando:

—Lo encontrarán... Le dispararán con el revólver.

—No lo encontrarán —afirmó Rénine.

—¿Y usted qué sabe?

—Fui yo, con la ayuda de mi chófer, quien lo ayudó a escaparse esta noche. Unos cuantos polvos en el café de los inspectores, y ellos no oyeron nada.

Ella, estupefácta, objetó:

—Pero está herido, debe agonizar en algún rincón.

—No.

Hortense escuchaba, sin comprender nada, pero tranquila y confiando en Rénine.

Él continuó, en voz baja:

—Júreme, madame, que, dentro de dos meses, cuando él haya sanado y usted haya rendido cuentas con la justicia en su lugar, júreme que partirá hacia América con él.

—Se lo juro.

—¿Y que se casará con él?

—Se lo juro.

—Entonces, venga, y no diga nada, ni un gesto de asombro. Un segundo de descuido y lo puede perder todo.

Llamó a Morisseau, que empezaba a desesperarse, y le dijo:

—Monsieur inspector jefe, debemos llevar a madame a París y ofrecerle los cuidados necesarios. En cualquier caso, fuera cual fuere el resultado de su investigación, y no dudo que llegarán a buen puerto, tenga la certeza de que no tendremos más de qué preocuparnos sobre este caso. Esta misma noche iré a la comisaría, donde dispongo de buenos contactos.

Le ofreció el brazo a Rose-Andrée y la condujo a su coche. De camino, sintió que ella titubeaba y que se aferraba a él.

—Ah, Dios mío... se ha salvado. Lo veo —murmuró ella.

Sentado en el asiento de Clément, muy digno con su uniforme de chófer, la visera baja, sus ojos disimulados detrás de unas grandes gafas, reconoció a su amante.

—Suba —le dijo Rénine.

Ella se sentó junto a Dalbrèque. Rénine y Hortense tomaron asiento al fondo. El inspector jefe, con el sombrero en la mano, se mostraba atento junto al coche.

Se marcharon. Dos kilómetros más allá, sin embargo, en pleno bosque, tuvieron que detenerse. Dalbrèque perdió el conocimiento, habiendo pagado el precio de su esfuerzo y habiendo soportado el dolor. Lo tumbaron dentro del coche. Rénine se situó al volante, Hortense a su lado. Antes de llegar a Louviers, pararon de nuevo: de camino recogieron al chofer Clément, vistiendo los andrajos de Dalbrèque.

Pasaron dos horas en silencio. El coche avanzaba rápidamente. Hortense no decía nada y no tenía intención de preguntar a Rénine acerca de lo sucedido la noche anterior. ¿Qué importaban los detalles de su expedición y la manera exacta que había conseguido encubrir a Dalbrèque? Eso no intrigaba a Hortense. No pensaba más que en su hermana, y en que la removieran tanto amor y ardor de pasión.

Rénine dijo, simplemente, una vez cerca de París:

—Anoche hablé con Dalbrèque. Sin duda es inocente del asesinato del joyero. Es un hombre valiente y honesto, muy distinto de lo que parecía: tierno, devoto, y que está dispuesto a todo por Rose-Andrée.

Y Rénine añadió:

—Él tiene razón. Hay que hacerlo todo por aquella a quien

uno ama. Sacrificarse, ofrecerle todo lo que hay de bello en el mundo, la felicidad, la alegría... y si ella se aburre, hermosas aventuras que la distraigan, que la conmuevan y que la hagan sonreír... o incluso llorar.

Hortense se estremeció, con los ojos un poco húmedos. Por primera vez, hizo alusión a la aventura sentimental que los unía a través de un vínculo, frágil hasta el momento, pero que al que cada uno de los proyectos que perseguían juntos en la angustia y la fiebre dotaban de más fuerza y resistencia. Junto a aquel hombre extraordinario, que sometía los acontecimientos a su voluntad y que parecía jugar con el destino de aquellos a quienes combatía o protegía, se sentía frágil e inquieta. Le producía miedo a la vez que atracción. Pensaba en él como su dueño, al mismo tiempo que como un enemigo de quien debía defenderse, pero más a menudo como un amigo inquietante, lleno de encanto y seducción...

5

EL CASO
DE JEAN-LOUIS

odo ello ocurrió como en la más banal de las crónicas de sucesos, y con tal rapidez que la confusión no abandonó a Hortense. Cruzando el Sena juntos, de paseo, una silueta femenina traspasó la barandilla del puente y se precipitó al vacío. A ambos lados, griterío, clamor y, de repente, Hortense le sujetaba el brazo a Rénine.

—¿Qué? ¿Iba a usted a arrojarse al agua? Se lo prohíbo...

La chaqueta de su compañero quedó en sus manos. Rénine se había tirado de un salto y luego... luego ya no se pudo ver nada más. Tres minutos más tarde, arrastrada por la multitud que corría, ya se encontraba en la propia orilla del río. Rénine subía los escalones, con una joven en sus brazos. Su cabello negro se adhería a un rostro lívido.

—No está muerta —afirmó él—. Rápido, vayamos al farmacéutico. Deben realizarle una tracción de lengua... y debe temerse por su vida.[3]

---

3. La llamada «tracción rítmica de la lengua» es un método del siglo XIX, actual

Entregó a la mujer a dos agentes, se escabulló entre los mirones y los supuestos periodistas que preguntaban por su nombre, y llevó a Hortense, conmocionada, a un taxi.

—¡Uf! —exclamó él, al cabo de un momento—. ¡Otro chapuzón! ¿Y qué pretende, querida amiga? Es superior a mí. Cuando veo a uno de mis semejantes metiéndose en el agua, tengo que meterme también en ella. Sin duda tengo un perro labrador entre mis ancestros.

Entró en su casa y se desvistió. Hortense lo esperaba en el coche. Luego le ordenó al chófer:

—Rue de Tilsitt.

—¿Adónde vamos? —preguntó Hortense.

—A ponernos al día sobre aquella joven.

—Entonces, ¿tiene su dirección?

—Sí, he tenido tiempo de leerla en su brazalete, así como su nombre. Geneviève Aymard. ¡Ahí vamos! Y no para recibir la recompensa debida al labrador. No, simple curiosidad. Por otro lado, una curiosidad absurda. He salvado de ahogarse a una docena de jóvenes. Siempre el mismo motivo: mal de amores, y cada vez más vulgares los amores. Ya verá, querida amiga.

Cuando llegaron a la casa de la rue de Tilsitt, el doctor estaba saliendo del apartamento donde mademoiselle Aymard vivía con su padre. La joven, como le dijo el criado, se comportaba tan bien como podía y descansaba. Rénine se presentó como el salvador de Geneviève Aymard y le pasó una tarjeta a su padre, quien acudió con los brazos tendidos y los ojos llenos de lágrimas.

Era un hombre mayor, de aspecto frágil, y que repentina-

mente en desuso, para reanimar a ahogados, o víctimas de otras circunstancias, inventado por Jean-Baptiste Vincent Leborde, y que se aplicaba incluso a personas aparentemente fallecidas (*N. del T.*).

mente, sin esperar a que le hicieran preguntas, se dispuso a hablar con tono desamparado:

—¡Es la segunda vez, monsieur! La semana pasada, trató de envenenarse, ¡pobre desdichada! Yo, que daría mi vida por ella. «¡Ya no quiero vivir, ya no quiero vivir!». Eso es todo lo que sabe responderme. Me aterra que vuelva a empezar. ¡Qué horror! Ella, mi pobre Geneviève, suicidarse... ¿Y por qué, Dios mío?

—Sí, ¿por qué? —insinuó Rénine—. ¿Un matrimonio destrozado, sin duda alguna?

—¡Efectivamente, un matrimonio destrozado! La pobre es tan sensible...

Rénine lo interrumpió. Desde el momento en que el pobre hombre abrió la senda de las confidencias, no se podía perder más tiempo en palabras inútiles. Y, con toda su autoridad, exigió:

—Procedamos con método, monsieur, ¿le parece? ¿Estaba prometida mademoiselle Geneviève?

Monsieur Aymard no se escabulló y respondió:

—Sí.

—¿Desde hace cuánto tiempo?

—Desde la primavera. Conocimos a Jean-Louis d'Ormival en Niza, donde pasábamos las vacaciones de Pascua. Cuando volvimos a París, este joven, que normalmente vive en el campo con su madre y su tía, se instaló en nuestro barrio, y los dos prometidos se estuvieron viendo a diario. Por mi parte, tengo que confesarlo, Jean-Louis Vaubois no me resultaba demasiado simpático.

—Disculpe —le recalcó Rénine—, hace un segundo le ha llamado Jean-Louis d'Ormival.

—Es también su nombre.

—¿Tiene dos, entonces?

—No lo sé. Se trata de un enigma.

—¿Con qué nombre se presentó?

—Jean-Louis d'Ormival.

—¿Y, por qué, luego, Jean-Louis Vaubois?

—Es el nombre con el que fue presentado a mi hija por un señor que lo conocía. Vaubois o d'Ormival, en cualquier caso, poco importa. Mi hija lo adoraba, y él parecía amarla apasionadamente. El verano pasado, a la orilla del mar, no la dejó sola un segundo. Y resulta que el mes pasado, cuando Jean-Louis había vuelto a casa de su madre y su tía, mi hija recibió esta nota:

Geneviève, demasiados obstáculos se oponen a nuestra felicidad. Renuncio con loca desesperación. La amo más que nunca. ¡Adiós! Perdóneme.

»Unos días más tarde, mi hija intentó por primera vez suicidarse.

—¿Y por qué esta ruptura? ¿Otro amorío? ¿Una antigua relación?

—No, monsieur. No lo creo. Pero en la vida de monsieur Jean-Louis, esa es la convicción profunda de Geneviève, hay un misterio, o mejor dicho una serie de misterios que lo menoscaban y lo persiguen. Su rostro es el más atormentado que he visto jamás, y, desde la primera vez, he sentido en él una aflicción y una tristeza perseverantes, incluso cuando se abandonaba a su amor con la mayor seguridad.

—Su impresión, por lo menos, ¿se ha visto confirmada en ciertos detalles, aspectos cuya anomalía, precisamente, le haya llamado la atención? Por ejemplo, aquel doble nombre... ¿No le preguntó al respecto?

—Sí, dos veces. La primera, me respondió que era su tía quien se llamaba Vaubois, y su madre d'Ormival.

—¿Y la segunda?

—Lo contrario. Habló de su madre Vaubois y su tía d'Ormival. Le hice algún comentario. Se sonrojó. No insistí más.

—¿Vive lejos de París?

—En la Bretaña profunda... El señorío de Elseven, a ocho kilómetros de Carhaix.

Rénine meditó algunos minutos. Luego, decidiéndose, dijo al anciano:

—No quisiera molestar a mademoiselle Geneviève, pero repítale esto exactamente: «Geneviève, el señor que te ha salvado se compromete por su honor a traerte a tu prometido en tres días. Escribe a Jean-Louis una nota que este señor se la hará llegar».

El anciano parecía estupefacto. Balbució:

—¿Usted podría? ¿Mi pobre hija sorteará la muerte? ¿Será feliz?

Y añadió, con una voz apenas perceptible, y con una actitud que contenía algo de vergüenza:

—Oh, monsieur... dese prisa, porque la conducta de mi hija me hace suponer que ha olvidado todos sus deberes, y que no quiere sobrevivir a una deshonra... que pronto será hecha pública.

—Silencio, monsieur —ordenó Rénine—. Hay palabras que no se deben pronunciar.

Aquel mismo día, Rénine subía con Hortense al tren de Bretaña. A las diez de la mañana, llegaban a Carhaix y, a las doce y media, después de su almuerzo, montaban en un automóvil alquilado a una personalidad del lugar.

—Está un poco pálida, querida amiga —dijo Rénine, riendo, mientras descendían ante el jardín de Elseven.

—Lo confieso —contestó ella—, esta historia me emociona mucho. Una joven que dos veces se ha enfrentado a la muerte... ¡Qué valor hace falta! A la vez, siento miedo...

—¿Miedo de qué?

—Que usted no logre su propósito. ¿No le inquieta?

—Querida amiga —respondió—, la sorprendería sin duda infinitamente si le dijera que siento más bien una profunda alegría.

—¿Y eso por qué?

—No lo sé. La historia que, justamente, a usted la emociona, a mí me parece que contiene un trasfondo algo cómico. D'Ormival... Vaubois... Tiene un cierto aroma vetusto y rancio. Créame, querida amiga, y recobre su sangre fría. ¿Me acompaña?

Atravesó la valla central. Estaba flanqueada por dos portillas marcadas. Una a nombre de madame d'Ormival, la otra al de madame Vaubois. Ambas portillas dirigían a senderos que, entre los setos de aucuba y de boj, se establecían a derecha y a izquierda del camino principal.

Este conducía a una vieja mansión, alargada y baja, pintoresca, pero dotada de dos alas carentes de gracia, pesadas, distintas entre sí, a cuyos lados llevaban ambos senderos laterales. A la izquierda, evidentemente vivía madame d'Ormival; a la derecha, madame Vaubois.

Un griterío hizo detenerse a Hortense y a Rénine. Escucharon. Eran dos voces agudas y avasalladoras que discutían, y que fluían por una de las ventanas de la planta baja, que estaba a ras de suelo y que se encontraba toda decorada de viña roja y rosas blancas.

—No podemos seguir —dijo Hortense—, es indiscreto.

—Razón de más —murmuró Rénine—. La indiscreción, en este caso, es un deber, ya que venimos a que nos informen. Mire, siguiendo todo recto, esa gente que discute ni se dará cuenta de que estamos ahí.

De hecho, el ruido de la disputa no remitió, y cuando llegaron cerca de la ventana abierta, junto a la puerta de entrada, tan solo les hizo falta observar y escuchar para ver y oír, tras las rosas y las hojas, a dos viejas damas que chillaban a grito pelado y se me amenazaban con el puño.

Se encontraban al frente de un comedor enorme, donde la mesa seguía puesta y, detrás de la mesa, un joven, sin duda Jean-Louis, fumando su pipa y leyendo un periódico sin aparentar preocupación alguna por las dos arpías.

Una, delgada y alta, iba vestida de seda color ciruela, y llevaba su cabellera ondulada de un rubio exagerado. La otra, más flaca todavía, pero de altura pequeña, se tambaleaba embutida en una bata de percal, y exhibía un rostro enrojecido y maquillado que su ira inflamaba.

—¡Más mala que la tiña, eso es usted! —aullaba ella—. Bruja como ninguna, y ladrona para colmo.

—¿Ladrona, yo? —gritaba la otra.

—Y el asunto de los patos a diez francos por pieza, ¿no es un robo?

—Cállese, ¡insolente! El billete de cincuenta sobre mi tocador, ¿quién será que lo birló? Dios mío, Señor, vivir con una inmundicia así...

La otra se sublevó de indignación y, metiendo en medio al joven, dijo:

—¿Y bien, Jean? ¿Dejas que me insulte tu bellaca d'Ormival?

La más grande continuó, furiosa:

—¡Bellaca! ¿La has oído, Louis? Mira a tu Vaubois con sus aires de pelandusca. ¡Haz que se calle, venga!

Con brusquedad Jean-Louis dio un manotazo sobre la mesa, haciendo saltar los platos, y profirió:

—¡Dejadme en paz las dos, viejas locas!

De golpe, ambas se volvieron en contra de él y lo abatieron a insultos:

—¡Cobarde, hipócrita, mentiroso, mal hijo! ¡Hijo de su madre!

Las ofensas le llovían. Se tapó los oídos y se revolvió ante la mesa como alguien al límite de su paciencia y que se contiene para no abalanzarse sobre un adversario con todas sus fuerzas.

Rénine dijo por lo bajini:

—¿De qué le había advertido? En París, drama. Aquí, comedia. Entremos.

—¿En medio de este desenfreno? —protestó la joven.

—Precisamente...

—Y, no obstante...

—Querida amiga, no hemos venido aquí a espiar, ¡sino a actuar! Sin máscaras, las veremos mejor.

Y, con paso decidido, anduvo hacia la puerta, la abrió y entró en la sala, seguido de Hortense.

Su aparición provocó estupor. Ambas mujeres se interrumpieron, enrojecidas y sacudiéndose de cólera. Jean-Louis se levantó, muy pálido.

Aprovechando la confusión general, Rénine tomó decididamente la palabra:

—Permítanme presentarnos: el príncipe Rénine, madame Daniel... Somos amigos de mademoiselle Geneviève Aymard, y venimos en su nombre. Tome esta nota escrita por ella y que le dirige a usted, monsieur.

Jean-Louis, ya previamente desconcertado por la irrupción de los recién llegados, perdió los estribos ante el nombre de Geneviève. Sin saber demasiado qué estaba diciendo, y para responder a las maneras corteses de Rénine, trató de presentarse a su vez y dejó caer las siguientes y pasmosas palabras:

—Madame d'Ormival, mi madre... Madame Vaubois, mi madre...

Se hizo un silencio bastante largo. Rénine las saludó. Hortense no sabía a quién estrechar la mano primero, si a la madre madame d'Ormival, o a la madre madame Vaubois. Sin embargo, sucedió que madame d'Ormival y madame Vaubois, al mismo tiempo, intentaron agarrar la nota que Rénine le entregaba a Jean-Louis mientras ambas murmuraban:

—¡Mademoiselle Aymard...! ¡Será insolente! ¡Tendrá descaro!

Jean-Louis, entonces, recuperando algo de su calma, agarró a su madre d'Ormival, y la hizo salir por la izquierda. Luego a su madre Vaubois y la hizo salir por la derecha. Volviéndose luego a los dos visitantes, abrió el sobre y leyó a media voz:

—«Jean-Louis, le ruego que reciba al portador de esta nota. Tenga confianza en él. Con amor, Geneviève».

Se trataba de un hombre de aspecto más bien fortachón, de rostro muy moreno, delgado y huesudo que mostraba sin duda esa expresión de melancolía y dolor que el padre de Geneviève había señalado. Verdaderamente, el sufrimiento era visible en cada uno de sus rasgos atormentados, como en sus ojos dolientes e inquietos.

Repitió varias veces el nombre de Geneviève, observando a su alrededor de modo distraído. Parecía buscar una forma de proceder. Parecía estar a punto de dar explicaciones. Pero no encontraba el momento. Esa intervención le había desamparado, como un ataque imprevisto al que no sabía qué respuesta dar.

Rénine sintió que al primer añadido su adversario capitularía. Había luchado tanto desde hacía meses, y había sufrido tanto en su retiro y en el pertinaz silencio en que se había refugiado que ya ni pretendía defenderse. ¿Podría acaso hacerlo, ahora que habían penetrado en la intimidad de su abominable existencia?

Rénine lo atacó con brusquedad.

—Monsieur —le dijo—, desde su ruptura, Geneviève Aymard ha intentado matarse dos veces ya. Le pregunto ahora si su muerte inevitable e inmediata debe ser el desenlace de su amor.

Jean-Louis se desplomó sobre una silla y escondió su rostro entre las manos.

—¡Oh! —exclamó—. Ella ha querido matarse... ¿es eso posible?

Rénine no le dejó tregua. Lo golpeó en el hombro e, inclinándose sobre él, le aconsejó:

—Tenga la convicción, monsieur, que por su bien le interesa confiar en nosotros. Somos los amigos de Geneviève Aymard. Le hemos prometido que la ayudaríamos. No dude, se lo suplico...

El joven alzó la cabeza.

—¿Puedo dudar —dijo él con desaliento—, después de lo que usted me ha revelado? ¿Puedo, después de lo que he escuchado hace solo un rato? Mi existencia... ya la puede imaginar. ¿Qué me queda contar para que usted la conozca entera y le pueda transmitir el secreto a Geneviève? Este secreto ridículo y abrumador que le hará comprender por qué no volví a su lado... Y por qué no tengo derecho a volver.

Rénine miró a Hortense de reojo. Veinticuatro horas tras las declaraciones del padre de Geneviève, obtenía, mediante el mismo procedimiento, las confidencias de Jean-Louis. La aventura entera parecía una confesión de los dos hombres.

Jean-Louis trajo un sillón para Hortense. Rénine y él se sentaron. Sin que hiciera falta rogárselo más, y como si notara algo de solaz en confesar, dijo:

—No se sorprenda en exceso, monsieur, si le cuento mi historia con cierta ironía, ya que en realidad es una historia francamente cómica y que no podrá evitar hacerle reír. El destino se divierte a menudo jugando con giros estúpidos, gigantescas farsas que podrían parecer imaginadas por el cerebro de un loco o por un borracho. Juzgue usted mismo.

»Hace veintisiete años, en la mansión de Elseven, compuesta en la época por un único edificio principal, vivía un viejo médico que, para aumentar sus escasos recursos, alojaba a veces a uno o dos huéspedes. Fue así que madame d'Ormival pasó un verano aquí, y madame Beauvois el verano siguiente. Sin embargo, aquellas dos damas que no se conocían, una de ellas casada con un capitán de altura bretón, y la otra con un viajante de comercio vandeano, perdieron a sendos maridos a la vez y, ambas, estando embarazadas. Y al vivir ellas en el campo, en lugares alejados de cualquier hospital, escribieron al doctor que irían a su casa para dar a luz.

»Él aceptó. Las dos llegaron casi a la vez, en otoño. Dos habitaciones pequeñas, situadas tras esta sala, las esperaban. El doctor hizo venir a una asistenta, que dormía aquí mismo. Todo iba sobre ruedas. Las damas acababan las canastillas para sus bebés, y se entendían a la perfección juntas. Decididas a solo tener hijos varones, escogieron estos nombres: Jean y Louis.

»No obstante, una noche, el doctor, habiendo partido en su descapotable con el criado para visitar a un paciente, anunció que no podría regresar hasta el día siguiente. En ausencia del jefe, la muchacha que servía como criada se reunió con su novio. Numerosas casualidades que el destino aprovechó con malicia diabólica. Hacia la medianoche, madame d'Ormival empezó a sentir los dolores del parto. La enfermera, mademoiselle Boussignol. que era un poco comadrona, no perdió la cabeza. Una hora más tarde, sin embargo, fue el turno de madame Vaubois, y el drama, o mejor dicho tragicomedia, se desarrolló entre gritos y gemidos de las dos pacientes, con la agitación y el miedo de la enfermera, que corría de una a otra, se lamentaba y abría la ventana para llamar al doctor, o se arrodillaba para implorar a la providencia.

»La primera, madame Vaubois, trajo al mundo un niño que mademoiselle Boussignol trasladó a toda prisa a este salón, donde lo cuidó, lavó y lo colocó en una cuna que le había reservado.

»Pero madame d'Ormival seguía con sus gritos de dolor, y la enfermera tuvo que emplearse a fondo con ella también, mientras el recién nacido se desgañitaba como un cordero degollado, y la madre, aterrada y postrada en la cama, se desmayaba.

»Añada a todo ello las miserias del desorden y la oscuridad. Una única lámpara a la que ya no queda petróleo, las velas que se apagan, el aullido del viento, el canto de los búhos, y comprenderá que mademoiselle Boussignol estaba enloquecida de miedo. Finalmente, a las cinco, después de los trágicos incidentes, traía también aquí al pequeño d'Ormival, otro varón, lo cuidó, lo lavó y lo tumbó en su cuna, para luego ir a socorrer a madame Vaubois que, recuperada, vociferaba, y después a madame d'Ormival, que perdía la conciencia.

»Y cuando mademoiselle Boussignol, liberada de ambas madres, pero ebria de cansancio, con el cerebro alborotado, volvió al lado de ellas, se dio cuenta con horror que los había envuelto con pañales parecidos, zapatillas de lana idénticas, y que los había tumbado uno al lado del otro, ¡en la misma cuna! De modo que no se podía saber cuál era Louis d'Ormival y cuál Jean Vaubois.

»Asimismo, al coger en brazos a uno de ellos, pudo constatar que tenía las manos heladas y que había dejado de respirar. Estaba muerto. ¿Cómo se llamaba este? ¿Y el que había sobrevivido?

»Tres horas después, el doctor encontró a las dos mujeres abrumadas y delirando, y la enfermera arrastrándose ante las camas, implorando su perdón. Me ofrecía a las caricias de ambas, a mí, el superviviente. Y por turnos ellas me besaban y me rechazaban. Puesto que, al fin y al cabo, ¿quién era yo? ¿El hijo de la viuda d'Ormival y del fallecido capitán de altura? ¿O el hijo de madame Vaubois y del difunto viajante? Ningún indicio permitía asegurar nada.

»El doctor suplicó a mis dos madres sacrificarse, por lo menos desde el punto de vista legal, para que yo pudiera llamarme Louis d'Ormival o Jean Vaubois. Ellas se negaron enfáticamente.

»"¿Por qué Jean Vaubois, si es un d'Ormival?", protestaba una.

»"¿Por qué Louis d'Ormival, si es un Jean Vaubois?", respondía la otra.

»Me registraron con el nombre de Jean-Louis, hijo de padre y madre desconocidos.

El príncipe Rénine había estado escuchando en silencio. Pero Hortense, a medida que se acercaba la resolución, se iba dejando llevar por una risa que apenas podía reprimir y que el joven no pudo dejar de notar.

—Discúlpeme —dijo atropelladamente ella, con lágrimas en los ojos—, discúlpeme, río a causa de los nervios.

Él respondió tranquilo, sin acritud:

—No se disculpe, madame. Les advertí que mi historia era de aquellas que hacen reír y que soy consciente mejor que nadie de la necedad y lo absurdo de ella. Sí, es grotesco. Pero créame si le digo que, en realidad, no fue divertido. Una situación en apariencia cómica y que, por necesidad, sigue siendo cómica, aunque sea una situación espantosa. Lo entiende, ¿verdad? Las dos madres, ninguna de las cuales estaba segura de ser la madre, pero ninguna de las cuales estaba segura de no serlo en absoluto, se aferraban a Jean-Louis. Tal vez fuera un extraño, pero tal vez sería hijo de su propia carne y de su sangre. Lo amaban en exceso y se lo disputaban con furia. Y, sobre todo, ambas llegaron a experimentar odio mortal por la otra. Diferentes en su carácter y educación, obligadas a vivir una al lado de la otra, ya que ninguna de las dos quería renunciar al beneficio de su maternidad posible, se volvieron enemigas acérrimas.

»Es en este odio en que me crie, es este odio que una y otra me enseñaron. Si mi corazón de niño, ávido de cariño, me llevaba a una de ellas, la otra me insinuaba su desprecio y reprobación. En esta mansión que compraron a la muerte del viejo médico y en torno a la cual construyeron dos pabellones, fui su involuntario verdugo y víctima cada día. Una infancia torturada, una adolescencia espeluznante, no creo que nadie haya sufrido más que yo.

—¡Debería haberlas abandonado! —exclamó Hortense, que ya no se reía.

—No se abandona a la madre de uno —contestó—, y una de ellas es mi madre. Tampoco se abandona a un hijo, y ambas pueden creer que soy su hijo. A los tres nos unía, como a los galeotes, el dolor, la compasión, la duda, y también la esperanza de que la verdad vería la luz un día, tal vez. Y seguimos igual, los tres, injuriándonos y reprochándonos nuestra vida perdida. ¡Ah, qué infierno! ¿Cómo evadirse de ello? En varias ocasiones lo he intentado... En vano. Los vínculos rotos se renovaban. El pasado verano, todavía, llevado por mi amor por Geneviève, me quise liberar, y traté de convencer a las dos mujeres a quienes llamo mamá. Entonces... me enfrenté a sus reproches, a su odio inmediato contra mi pareja... contra la desconocida que les imponía... Cedí. ¿Qué habría hecho Geneviève aquí, entre madame d'Ormival y madame Vaubois? ¿Tenía derecho a sacrificarla?

Jean-Louis, quien se había ido animando por momentos, pronunció aquellas últimas palabras con la voz firme, como si quisiera que atribuyéramos su conducta a motivos de conciencia, y a su sentido del deber. En realidad —y en ello no se equivocaron Rénine ni Hortense— era débil, incapaz de reaccionar frente a una situación absurda que había sufrido desde su infancia y que le había sido impuesta como algo irremediable y definitivo. Soportaba su carga, como una pesada cruz de la que no se podía deshacer, y que al mismo tiempo lo avergonzaba. En presencia de Geneviève había callado por miedo al ridículo y, una vez devuelto a su prisión, permaneció en ella por la fuerza del hábito y la desidia.

Tomó asiento ante un escritorio y, rápidamente, compuso una nota que entregó a Rénine.

—¿Será tan amable de encargarse de llevarle estas pocas líneas a mademoiselle Aymard —dijo—, y suplicarle que me perdone?

Rénine ni pestañeó y, ante la insistencia del otro, cogió el papel y lo rompió en pedazos.

—¿Por qué hace eso?

—Lo hago porque no me quiero encargar de misivas.

—¿Entonces?

—Porque usted nos acompañará...

—¿Yo?

—Mañana estará al lado de mademoiselle Aymard, y le va a pedir matrimonio.

Jean-Louis contempló a Rénine de un modo en que había cierto desprecio, y como si estuviera pensando: «Este caballero de aquí no ha entendido nada de los acontecimientos que le he descrito».

Hortense se acercó a Rénine.

—Dígale que Geneviève se quiso suicidar, que se va a matar inexorablemente....

—Es inútil. Las cosas tendrán lugar como las anuncio yo. Partiremos los tres en una hora o dos. La petición de mano tendrá lugar mañana.

El joven se encogió de hombros y se burló:

—¡Con qué seguridad habla usted!

—Tengo motivos para hablar de esta manera. Por ejemplo, un motivo...

—¿Qué motivo?

—Le voy a decir uno. Uno solo, pero que será suficiente si me quiere ayudar en mis pesquisas.

—¿Pesquisas? ¿Con qué objeto? —dijo Jean-Louis.

—Con el objeto de evidenciar que su historia no es totalmente exacta.

Jean-Louis se rebeló:

—Le ruego que crea, monsieur, que yo no he dicho una sola palabra que no sea la exacta verdad.

—Me he explicado mal —continuó Rénine, con mucho tacto—. Usted no ha dicho una sola palabra que no sea conforme a lo que usted cree ser la exacta verdad. Pero esta verdad no es ni puede ser aquello que usted cree.

El joven se puso de brazos cruzados.

—Lo más probable, en cualquier caso, monsieur, que yo la conozca mejor que usted.

—¿Por qué mejor? Lo que ocurrió en el transcurso de aquella noche trágica usted no lo ha podido conocer más que de segunda mano. Usted no tiene ninguna prueba. Madame d'Ormival y madame Vaubois tampoco.

—¿Ninguna prueba de qué? —clamó Jean-Louis, impaciente.

—Ninguna prueba de la confusión que se produjo.

—¡Cómo! Pero si es una certeza absoluta. Los dos niños fueron colocados en la misma cuna, sin que indicio alguno los distinguiera. La enfermera no lo pudo saber...

—Lo de menos —interrumpió Rénine— es la versión que ella dio.

—¿Qué está diciendo? ¿La versión que ella dio? Pero eso es una acusación contra esa mujer.

—No la acuso.

—Pero sí la está acusando de mentir. Mentir... ¿Y por qué? No tenía ningún interés en ello, y sus lágrimas, su desesperación... Tantos testimonios confirman su buena fe. Puesto que, al fin y al cabo, las dos madres estaban ahí... Ellas vieron llorar a la mujer... La interrogaron... Y, pues, repito, ¿qué interés?

Jean-Louis estaba muy alterado. Cerca de él, madame d'Ormival y madame Vaubois, quienes sin duda habían estado escuchando tras la puerta y que entraron de forma sigilosa, balbucieron, estupefactas:

—¡No, no! Es imposible... Cien veces se lo preguntamos después. ¿Por qué habría mentido?

—Hable, hable, monsieur —le ordenó Jean-Louis—, explíquese. Díganos las razones por las que usted trata de poner en duda una verdad indudable.

—Porque dicha verdad no es admisible —declaró Rénine, levantando la voz y, a la vez, se iba animando hasta puntuar sus frases con golpes sobre la mesa—. No, las cosas no ocurren así. No. El destino no tiene esos refinamientos de crueldad, ¡y el azar no se concatena con tanta extravagancia! Azar inaudito que, la misma noche en que el doctor, su criado y su sirvienta abandonaron la casa, las dos mujeres fueran precisamente poseídas por los dolores del parto y trajeran al mundo a dos hijos a la vez. ¿Y por qué no le añadimos otro acontecimiento excepcional? ¡Ya basta de maleficios, de lámparas que se apagan y de velas que no quieren prender! No, mil veces no. No es admisible que una comadrona se enrede en lo más esencial de su oficio. Por consternada que estuviera por lo imprevisto de la situación, tiene en ella restos de instinto que velan, y cumplen, por que los dos niños estén en su lugar designado y se distingan del otro. Incluso si se encuentran uno al lado del otro, uno está a la derecha, el otro a la izquierda. Aunque los hayan envuelto en pañales parecidos, habrá un pequeño detalle que los separe, una nadería que la memoria registra y que reencuentra inexorablemente sin necesidad de reflexión. ¿Confusión? Lo niego. ¿Imposibilidad de saber? Mentira. En el dominio de la ficción, sí, se pueden imaginar las fantasías que quieran y acumular todas las contradicciones. Pero en la realidad, en el corazón de la realidad, siempre hay un punto fijo, un núcleo sólido alrededor del que los hechos se agrupan por ellos mismos siguiendo un orden lógico. Afirmo, pues, del modo más solemne, que la enfermera Boussignol no pudo confundir a los dos niños.

Lo dijo con tanta precisión como si hubiera sido espectador de los acontecimientos de aquella noche, y su poder de persuasión era tal que, de un golpe, socavó las certezas de aquellos que jamás la habían puesto en duda en un cuarto de siglo.

Las dos mujeres y su hijo se apiñaban a su alrededor, interrogándolo con una angustia jadeante:

—En ese caso, según dice, ¿ella lo sabría? ¿Habría podido revelarlo?

Rectificó:

—Yo no me pronuncio. Solo digo que en esa conducta hubo algo, durante aquellas horas, que no estaba en conformidad con sus palabras ni con la realidad. El enorme e intolerable misterio que ha pesado sobre ustedes tres proviene, no de un minuto de descuido, sino de algo que no podemos discernir y que ella conoce. Es eso lo que pretendo decir.

Jean-Louis tuvo un arrebato de indignación. Quería huir del cerco de aquel hombre.

—Sí, lo que usted pretende —dijo él.

—Eso es lo que pasó —acentuó Rénine con violencia—. Es innecesario asistir a un espectáculo para verlo, ni escuchar palabras para oírlas. La razón y la intuición nos ofrecen pruebas tan rigurosas como los propios hechos. La enfermera Boussignol guarda en el secreto de su conciencia un elemento de verdad que nos resulta desconocido.

Con una voz apagada, Jean-Louis articuló:

—¡Ella está viva! ¡Vive en Carhaix! Podríamos hacerla venir.

Al instante, una de las dos madres exclamó:

—Voy yo. La traeré.

—No —dijo Rénine—. Ustedes no, ninguno de ustedes tres.

Hortense propuso:

—¿Quiere que vaya yo? Voy en automóvil y convenzo a esta señora para que me acompañe. ¿Dónde reside?

—En el centro de Carhaix —respondió Jean-Louis—, en una pequeña mercería. El chófer se lo indicará. A mademoiselle Boussignol todo el mundo la conoce...

—Y, sobre todo, querida amiga —añadió Rénine—, no le advierta de nada. Si siente inquietud, mejor todavía. Pero que no sepa qué buscamos de ella. Es una precaución indispensable si quiere conseguirlo.

Transcurrieron treinta minutos en el más profundo de los silencios. Rénine se paseaba por la sala, en la que sus bellos muebles antiguos, las hermosas tapicerías, las encuadernaciones y los abalorios hacían patente que Jean-Louis albergaba cierta predisposición al arte y el estilo. Esta sala era evidentemente suya. A un lado, a través de las puertas entreabiertas que daban a los habitáculos contiguos, se podía constatar el mal gusto de ambas madres. Rénine se acercó al joven y le murmuró:

—¿Son ricas?

—Sí.

—¿Y usted?

—Ellas han querido que esta mansión, junto con los terrenos circundantes, sean de mi propiedad, para asegurar mi independencia.

—¿Tienen ellas familia?

—Dos hermanas, una y otra.

—¿Con quienes podrían retirarse?

—Sí, y en ocasiones han pensado hacerlo. Pero... monsieur... no sería cuestión de hacer eso, y me temo mucho que su intervención no llegue sino a la derrota. Nuevamente, le afirmo...

El automóvil estaba llegando en esos momentos. Las dos mujeres se levantaron atropelladamente, prontas a hablar.

—Dejen que yo me encargue —las advirtió Rénine— y no se sorprendan de mi proceder. No se trata de formularle preguntas, sino de darle miedo, de aturdirla. Con su desasosiego, hablará.

El coche esquivó el césped y se detuvo ante las ventanas. Hortense saltó y dio la mano a una mujer mayor, que llevaba un gorro de tela plisada y vestía una blusa de terciopelo negro y una pesada falda fruncida.

Entró consternada. Tenía cara de comadreja, puntiaguda, y que terminaba en un hocico armado de dientecillos que sobresalían.

—¿Qué sucede, madame d'Ormival? —preguntó ella penetrando con miedo en aquella habitación de la que el doctor un día la expulsó—. Buenos días, madame Vaubois.

Las dos damas no respondieron. Rénine tomó la iniciativa y dijo con severidad:

—¿Qué sucede, mademoiselle Boussignol? Se lo voy a comunicar. E insisto firmemente ante usted para que sopese bien cada una de mis palabras.

Tenía el aspecto de un juez de instrucción, para quien la culpabilidad de la persona interrogada no admite duda alguna.

Formuló:

—Mademoiselle Boussignol, la policía de París me delega que arroje luz sobre un drama que tuvo lugar aquí hace veintisiete años. De hecho, en aquel drama, tuvo usted un papel considerable. Acabo de obtener la prueba de que usted alteró la verdad y que, a causa de sus falsas declaraciones, el estado civil de uno de los niños nacidos en el transcurso de aquella noche es inexacto. En materia de derecho civil, las falsas declaraciones constituyen delitos castigados por la ley. Me veo forzado a llevarla a París para que se efectúe, en presencia de su abogado, el interrogatorio de rigor.

—¿A París? ¿Mi abogado? —gimió mademoiselle Boussignol.

—Es necesario, mademoiselle, en virtud de una orden de arresto contra usted. A menos que... —insinuó Rénine—. A menos que usted esté dispuesta, desde ahora mismo, a hacer declaraciones susceptibles de reparar las consecuencias de su negligencia.

La solterona temblaba de pies a cabeza. Sus dientes chasqueaban. Era evidentemente incapaz de oponer a Rénine la menor resistencia.

—¿Está usted dispuesta a confesar? —preguntó.

Ella se arriesgó diciendo:

—No tengo nada que confesar, ya que no he hecho nada.

—Entonces, en marcha —ordenó él.

—No, no —imploró ella—. ¡Ay, buen caballero, se lo suplico!

—¿Se ha decidido?

—Sí —contestó ella con un suspiro.

—De inmediato, ¿no es cierto? Tenemos prisa por el horario del tren. A la menor vacilación de su parte, la voy a llevar conmigo. ¿Queda claro?

—Sí.

—Vayamos al grano. Sin subterfugios. Nada de evasivas.

Señaló a Jean-Louis.

—¿De quién es hijo monsieur? ¿De madame d'Ormival?

—No.

—¿De madame Vaubois, por lo tanto?

—No.

Un silencio de estupor fue la reacción a aquella doble respuesta.

—Explíquese —ordenó Rénine, mirando su reloj de pulsera.

Entonces, mademoiselle Boussignol cayó de rodillas y explicó, con una tonalidad tan baja y una voz tan alterada que tuvieron que agacharse para poder apenas distinguir el sentido de sus balbuceos:

—Alguien vino aquella noche... Un señor que traía entre mantas a un niño recién nacido que quería confiar al doctor... Como el doctor no se encontraba allí, se quedó toda la noche esperándolo, y fue él quien lo hizo.

—¿Qué? ¿Qué fue lo que hizo? —exigió Rénine—. ¿Qué sucedió?

Había tomado ambas manos de la anciana y le clavaba una mirada imperiosa. Jean-Louis y las dos madres estaban agazapados cerca de ella, jadeantes y ansiosos. Sus vidas dependían de unas pocas palabras que se iban a pronunciar.

Ella articuló aquellas palabras, juntando las manos, como se hace durante la confesión de un crimen:

—Bien... Sucedió que no fue solo un niño el que murió, sino ambos, el de madame d'Ormival y el de madame Vaubois, entre convulsiones. Entonces, aquel señor, viéndolo, me dijo... Recuerdo todas las frases, el sonido de su voz, todo. Me dijo: «Las circunstancias me indican cuál es mi deber. Debo aprovechar esta ocasión para que él, mi hijo, sea feliz y reciba buenos cuidados. Póngalo en el lugar de uno de los que han muerto».

»Me ofreció una gran suma de dinero, diciéndome que eso le libraría de las manutenciones que debería pagar cada mes por su hijo, y yo lo acepté. Solamente que, ¿en el lugar de quién debía ponerlo? ¿Era necesario que el niño se convirtiera en Louis d'Ormival o Jean Vaubois? Reflexionó un instante y respondió: «Ni lo uno ni lo otro». Y seguidamente me explicó cómo debía proceder y qué debía explicar una vez se hubiera marchado. Así pues, mientras vestía a su hijo con los pañales y las prendas idénticas a las de uno de los pequeños fallecidos, él envolvió al otro con las mantas que había traído, y desapareció en la noche.

Mademoiselle Boussignol bajó la cabeza y lloró. Un momento más tarde, Rénine le dijo, con tonalidad más benévola:

—No le voy a ocultar que su testimonio concuerda con la investigación que he seguido por mi parte. Se lo tendremos en cuenta.

—¿No tendré que ir a París?

—No.

—¿No se me llevará? ¿Puedo retirarme?

—Se puede retirar. Hemos terminado por el momento.

—¿Y no será tema de habladuría en la región?

—¡No! ¡Ah, hay algo más! ¿Conoce el nombre de aquel señor?

—No me lo dijo.

—¿Usted lo ha vuelto a ver?

—Jamás.

—¿Tiene algo más que declarar?

—Nada.

—¿Está usted dispuesta a firmar el escrito de su confesión?

—Sí.

—Está bien. En una o dos semanas, se la llamará a declarar. Hasta aquel momento, no diga una palabra a nadie.

La mujer se levantó y se santiguó, pero sus fuerzas la traicionaron, y tuvo que apoyarse sobre Rénine. Él la condujo afuera y cerró la puerta tras ella.

Cuando volvió, Jean-Louis se encontraba entre las dos damas, y los tres se daban la mano. El vínculo de odio y miseria que los unía se rompió en aquel instante, y era sustituido por una ternura y una paz que ellos no eran conscientes de poseer, pero que los hacía parecer severos e introspectivos.

—Démonos prisa —dijo Rénine a Hortense—. Es el momento decisivo de la batalla. Debemos llevarnos a Jean-Louis.

Hortense parecía distraída. Murmuró:

—¿Por qué ha dejado que esa mujer se fuera? ¿Está usted satisfecho con su declaración?

—No me satisfizo. Reveló lo que sucedió. ¿Qué más quería?

—Nada... No lo sé.

—Ya volveremos a hablarlo, querida amiga. De momento, le repito, tenemos que llevarnos a Jean-Louis, y enseguida. Si no...

Y, dirigiéndose al joven, le comentó:

—Usted se da cuenta como yo de que los acontecimientos les imponen, tanto a madame Vaubois como a madame d'Ormival, una separación que les permitirá a los tres ver con claridad y decidirse con toda libertad de espíritu, ¿verdad? Venga conmigo, monsieur. Lo que es más urgente es salvar a Geneviève Aymard, su prometida.

Jean-Louis seguía consternado. Rénine se volvió hacia las dos mujeres.

—Es también su opinión, sin duda, ¿verdad, señoras?

Ellas movieron afirmativamente la cabeza.

—Como usted verá, monsieur —le dijo a Jean-Louis—, estamos todos de acuerdo. Cuando hay grandes crisis, hace falta dar el paso y separarse... ¡Oh, no por mucho tiempo, tal vez! Algunos días de tregua, después de los que será lícito abandonar a Geneviève Aymard y retomar su existencia. Pero estos pocos días son indispensables. Rápido, monsieur.

Y sin dejarle tiempo a reflexionar, aturdiéndolo con palabras, persuasivo y obstinado, lo empujó a su apartamento. Media hora más tarde, Jean-Louis abandonaba la mansión.

—Y solo volverá aquí casado —dijo Rénine a Hortense. Atravesaban entretanto la estación de Guincamp, donde el automóvil los llevó, mientras Jean-Louis se encargaba de su maleta—. Es para mejor. ¿Está contenta?

—Sí, la pobre Geneviève será feliz —respondió ella con aire distraído.

Una vez instalados en el tren, fueron ambos al vagón restaurante. Al final de la cena, Rénine, que había dirigido a Hortense varias preguntas a las que la joven había respondido con monosílabos, protestó:

—¡Vaya! Pero ¿qué tiene, querida amiga? Su aspecto es de preocupación.

—¿Yo? Para nada.

—Sí, sí. La conozco a usted. Venga, déjese de desganas.

Ella sonrió.

—Bueno, ya que insiste tanto en saber si estoy satisfecha... debo decirlo que, evidentemente, lo estoy por Geneviève Aymard... pero, en otro sentido... Desde el punto de vista de esta aventura... Guardo dentro una especie de malestar...

—Hablando con franqueza, ¿no la habré dejado perpleja esta vez?

—No mucho.

—¿Mi papel le parece secundario? Ya que, bien visto, ¿en qué consiste? Vinimos. Escuchamos los agravios de Jean-Louis. Hicimos comparecer a aquella vieja comadrona. Y ya está, se acabó.

—Precisamente, me pregunto si se acabó, y no estoy muy

segura de ello. En realidad, el resto de nuestras aventuras me dejaron una impresión más... ¿cómo decirlo? Más sincera, más clara...

—Entonces, ¿esta le pareció oscura?

—Oscura, sí. Inacabada.

—Pero ¿en qué sentido?

—No lo sé. Puede tener que ver con la confesión de aquella mujer... Sí, probablemente. ¡Fue tan imprevista y tan breve!

—¡Pardiez! —exclamó Rénine, riendo—. Usted claramente cree que la frené en seco. No hacían falta más explicaciones.

—¿Cómo?

—Sí, si ella hubiera dado explicaciones con demasiado detalle, habríamos terminado desconfiando de lo que contaba.

—¿Desconfiando?

—Señora, esta historia es más bien descabellada. Ese hombre que llega, en medio de la noche, con un niño en una bolsa y que se va con unos cadáveres... Apenas se sostiene. ¿Qué esperaba, querida amiga? No tenía mucho tiempo para apuntar a esa infeliz cuál era su papel.

Hortense lo observaba, anonadada.

—¿Qué quiere decir con eso?

—Sí, esas mujeres del campo, ¿no es cierto? Tienen la cabeza muy dura. Teníamos prisa, ella y yo. Entonces hemos montado deprisa y corriendo un argumento... que ella no ha recitado mal del todo, por cierto. Tenía el tono correcto... El miedo... El temblor... Lágrimas.

—¡Será posible! ¡Será posible! —murmuró Hortense—. ¿Ustedes se habían visto con anterioridad, entonces?

—Convino hacerlo.

—Pero ¿cuándo?

—Pues por la mañana, a nuestra llegada. Mientras usted se estaba refrescando en el hotel de Carhaix, yo fui a buscar información. Como puede suponer, el drama d'Ormival-Vaubois es conocido en la región. Rápidamente me han remitido a la vieja comadrona, mademoiselle Boussignol. Con ella no tardé más que tres minutos en establecer la nueva versión de lo ocurrido, y diez mil francos para que consintiera en repetir ante la gente de la mansión esta nueva versión, más o menos inverosímil.

—¡Inverosímil del todo!

—No tanto, querida amiga, porque usted se lo ha creído y los demás también. Y eso era lo principal. Hacía falta, de golpe, destruir una verdad de veintisiete años. Una sólida verdad, fundada en los hechos mismos. Es por ello que corrí con todas mis fuerzas y la ataqué con elocuencia. ¿La imposibilidad de identificar a los dos niños? La niego. ¿La confusión? Mentira. Ustedes son todos víctimas de algo que ignoro, pero nuestro deber es esclarecerlo. «Fácil», exclama Jean-Louis, en pleno quebranto. «Hagamos venir a mademoiselle Boussignol. Que venga». Tras lo cual llega mademoiselle Boussignol y se despacha en sordina con el discursillo que le dicté. Un golpe de efecto. Estupor. Hacía falta aprovecharlo para llevarme al joven.

Hortense meneó la cabeza.

—Pero ¡los tres volverán en sí! ¡Y se percatarán!

—¡Jamás en la vida! Albergarán dudas, quizá. Pero ¡jamás consentirán disponer de certidumbres! ¡Nunca aceptarán reflexionarlo! ¡Cómo! Esa gente, a quienes he sacado del infierno en el que se debatían desde hacía un cuarto de siglo, ¿querrían volver a sumirse en él? Esa gente, que, por apatía, por un equivocado sentido del deber, jamás había tenido el coraje de huir, ¿no se aferrarán a la libertad que les he dado? ¡Anda ya! Se habrían tragado cuentos chinos incluso más indigestos que con los que vino mademoiselle Boussignol. Al fin y al cabo, mi versión no es más tonta que la realidad. Al revés, ¡se la han tragado de una pieza! Mire, al partir nosotros, he oído a madame d'Ormival y a madame Vaubois hablar acerca de su traslado inmediato. Mostraban ya afecto entre ellas, ante la idea de no verse nunca más.

—Pero ¿Jean-Louis?

—¡Jean-Louis! Pero ¡si estaba hasta el moño de sus dos madres! ¡Albricias! ¡No se tienen dos madres en la vida! ¡Menuda situación para un hombre! ¡Cuando se puede elegir entre tener dos madres o ninguna, pardiez, no hay duda! Además, Jean-Louis ama a Geneviève. Y la ama tanto, quiero creer, ¡para no querer imponerle esas dos suegras! Puede estar usted tranquila, venga. La felicidad de esta joven persona está asegurada, ¿y no es eso lo que usted deseaba? Lo importante es el objetivo que alcanzamos, y no la naturaleza más o menos extraña de los medios que utilizamos para ello. Y si hay aventuras que se desentrañan y misterios que dilucidamos, gracias a nuestras indagaciones y al descubrimiento de colillas, jarras incendiarias y cajas de sombrero que se inflaman, hay otras que requieren de la psicología, y cuya resolución es puramente psicológica.

Hortense calló y, a continuación, contestó:

—Entonces, en verdad, usted está convencido de que Jean-Louis...

Rénine parecía muy consternado.

—Pero ¿todavía piensa en esta vieja historia? ¡Se acabó! Bien, le prometo que ya no me interesa en absoluto el hombre de la doble madre.

Y ello fue pronunciado de un modo tan jocoso, con una sinceridad tan chistosa, que a Hortense le entró la risa.

—Ya era hora —dijo él—, ríase, querida amiga. Vemos las cosas con más claridad a través de la risa que a través de las lágrimas. Además, hay otra razón por la que su deber es reír cada vez que se presente la ocasión.

—¿Qué razón?

—Tiene usted unos dientes preciosos.

6

LA DAMA DEL HACHA

Uno de los acontecimientos más incomprensibles de la época anterior a la guerra fue ciertamente el llamado caso de la Dama del Hacha. No se supo cómo se resolvió, y no se hubiera podido conocer si las circunstancias no hubieran obligado, del modo más cruel, al príncipe Rénine —¿o, debemos decir, a Arsène Lupin?— a ocuparse de él. Ni tampoco hoy, cuando gracias a sus confidencias, podemos presentar el auténtico relato.

Recordemos los hechos. En el transcurso de dieciocho meses, cinco mujeres desaparecieron. Cinco mujeres de diversa condición, de edades comprendidas entre los veinte y los treinta, que vivían en París o en la región parisina.

Estos son sus nombres: *madame Ladoue*, esposa de un doctor; *mademoiselle Ardent*, hija de un banquero; *mademoiselle Covereau*, lavandera en Courbevoie; *mademoiselle Honorine Vernisset*, costurera, y *mademoiselle Grollinger*, artista pintora. Estas cinco mujeres desaparecieron sin que fuera posible recobrar un solo detalle que explicara por qué salieron de sus casas, por qué jamás volvieron a entrar, quién las atrajo afuera o cómo fueron retenidas.

Ocho días después de ausentarse, encontraron a cada una de ellas en lugares anónimos de la periferia oeste de París y, en todos los casos, fue un cadáver lo que encontraron, el cadáver de una mujer atacada con un hachazo en la cabeza. Cada vez, en cada mujer violentamente atacada, el rostro inundado de sangre, el cuerpo enflaquecido por la falta de alimento. Marcas de ruedas, lo que probaba que el cadáver había sido llevado hasta el lugar por un coche.

La similitud de aquellos cinco crímenes era tal que solo se instruyó un caso, englobando las cinco investigaciones, y que precisamente no alcanzó ningún resultado. La desaparición de una mujer, el descubrimiento de su cadáver exactamente ocho días después. Eso era todo.

Los vínculos eran idénticos. También idénticas las marcas dejadas por las ruedas del coche; idénticos los hachazos, todos dirigidos a la parte alta de la frente, en medio de la cabeza, verticales.

¿El móvil? Las cinco mujeres habían sido completamente despojadas de sus joyas, su monedero y sus objetos de valor. Pero también se podía atribuir el robo a merodeadores y transeúntes, ya que los cadáveres yacían en lugares desiertos. ¿Debía presuponerse la ejecución de un plan de venganza, o tal vez de un plan destinado a acabar con una serie de personajes conectados entre ellos, beneficiarios, por ejemplo, de una futura herencia? Nuevamente, la misma oscuridad. Se elaboraban hipótesis que se desmentían sobre el terreno con el análisis de los hechos. Se seguían pistas rápidamente abandonadas.

Y, de repente, un giro inesperado. Una barrendera de las calles recogió de la acera un cuadernillo que hizo llegar a la comisaría más cercana.

Todas las hojas de aquel cuadernillo eran blancas excepto

una, en la que se encontraba una lista de las mujeres asesinadas, un listado establecido según orden cronológico y cuyos nombres iban acompañados por tres cifras. *Ladoue*, 132; *Vernisset*, 118, etc.

Ciertamente no se hubiera dotado de ninguna importancia a aquellas líneas que el primero que pasaba por allí podría haber escrito una vez todo el mundo ya conocía la tétrica lista. Sin embargo, en lugar de cinco nombres, ¡resultaba que había seis! Sí: debajo del nombre *Grollinger*, 128, se leía: *Williamson*, 113. ¿Se encontraban ante un sexto asesinato?

La procedencia evidentemente inglesa de aquel nombre restringía el alcance de las investigaciones. Estas, de hecho, fueron rápidas. Se estableció que, quince días antes, una señorita llamada Herbette Williamson, niñera en una familia de Auteuil, había dejado su puesto para volver a Inglaterra, y que, desde aquel momento, aunque sus hermanas fueron avisadas por carta de su próxima llegada, no tuvieron más noticias de ella.

Nueva investigación. Un agente de Correos encontró el cadáver en los bosques de Meudon. Miss Williamson tenía el cráneo resquebrajado por el centro.

Sería en vano reiterar la emoción del público en esos momentos, y qué escalofrío de horror, al leer aquella lista, escrita sin duda por el asesino, despertó en las masas. ¿Qué podía haber más horrible que aquel recuento, puesto al día como el libro contable de un buen comerciante? «Tal fecha, maté a esta, y, en aquella, maté a la otra...». Y como resultado de la suma, seis cadáveres.

Inesperadamente, los expertos y grafólogos no tuvieron problemas en ponerse de acuerdo y declararon por unanimidad que se trataba de la escritura de una mujer «culta, de gustos artísticos, imaginación y una extrema sensibilidad». La Dama del Hacha, tal y como la designaron los periódicos, sin duda no era la primera persona que pasaba por allí, y miles de artículos escudriñaron el caso, expusieron su psicología y se perdieron en explicaciones barrocas.

Fue, sin embargo, el autor de uno de estos artículos, un joven periodista distinguido por el hallazgo que realizó, quien aportó la única instancia de verdad, y arrojó en aquella oscuridad la única luz que la iba a atravesar. Buscando hallar un sentido a las cifras situadas a la derecha de los nombres, se planteó si aquellos números no serían sencillamente el número de días que mediaba entre los crímenes. Solo hacía falta verificar las fechas. El secuestro de mademoiselle Vernisset tuvo lugar 132 días después del de madame Ladoue; el de Herminie Covereau 118 días después del de mademoiselle Vernisset, etcétera.

Así pues, no hubo lugar a dudas y la justicia no pudo hacer más que aceptar una solución que se adaptaba con tanta exactitud a las circunstancias: las cifras correspondían a los intervalos. La contabilidad de la Dama del Hacha no presentaba ningún fallo.

Cabía, entonces, formular una observación. Miss Williamson, la última víctima, como había sido raptada el 26 de junio anterior, y su nombre iba acompañado de la cifra 114, ¿no era pues necesario aceptar que se produciría otra agresión 114 días después, es decir, el 18 de octubre? ¿No había que creer que la horrenda acción se repetiría según la voluntad secreta del asesino? Entonces, ¿no había que llegar hasta el final del argumento, que atribuía a las cifras, a todas las cifras, tanto a las últimas como al resto, su valor de fechas posibles?

Precisamente aquella polémica se mantuvo y se discutió durante los días que precedieron a aquel 18 de octubre, donde la lógica dictaba que se cumpliera un nuevo acto de abyecto drama. Y, por ello, como es natural, aquella mañana el príncipe Rénine y Hortense, citándose por teléfono aquella misma noche, aludieron a los periódicos que acababan de leer.

—¡Vaya con cuidado! —dijo Rénine, riendo—. Si se encuentra con la Dama del Hacha, cruce a la otra acera.

—Y si me rapta esta buena señora, ¿qué debo hacer? —preguntó Hortense.

—Siembre de piedrecillas blancas su camino, y repítalo hasta el segundo en que reluzca el destello del hacha: «Nada debo temer. Él me salvará». Él soy yo, y le doy un beso en las manos. Nos vemos esta noche, querida amiga.

Por la tarde, Rénine se estuvo encargando de asuntos pendientes. De cuatro a siete, compró las distintas ediciones de los periódicos. Ninguna de ellas hablaba de un secuestro.

A las nueve, se dirigió al teatro Gymnase, donde había reservado un palco.

A las nueve y media, llamó a casa de Hortense, que no había llegado aún, sin ninguna inquietud en mente. La sirvienta le respondió que madame no había regresado a casa.

Poseído por un miedo repentino, Rénine fue corriendo a la vivienda que Hortense ocupaba temporalmente cerca del Parc Monceau, y preguntó a la sirvienta, que él mismo había contratado para ella, y que le era totalmente devota. Esta mujer le explicó que la señora salió a las dos, con una carta franqueada en la mano, diciendo que iba a Correos y que volvería más tarde para arreglarse. No tenía noticias desde entonces.

—¿A quién iba dirigida esa carta?

—A usted. He visto el destinatario: príncipe Rénine.

Este aguardó hasta medianoche. En vano. Hortense no volvió, y tampoco volvió al día siguiente.

—Ni una palabra de esto —ordenó Rénine a la sirvienta—. Diga que su señora está en el campo y que usted irá a verse con ella.

Él no tenía dudas. La desaparición de Hortense se explicaba por la misma fecha del 18 de octubre. Hortense era la séptima víctima de la Dama del Hacha.

«El secuestro —se dijo Rénine— precede al hachazo en ocho días. Tengo, pues, en estos momentos, siete días completos a mi disposición. Digamos que seis, para evitar cualquier sobresalto. Hoy estamos a sábado: Hortense debe ser libre el próximo viernes, al mediodía, y para que conozca su escondrijo, tengo, como máximo, hasta el jueves a las nueve».

Rénine escribió en grandes caracteres «jueves a las nueve» en una pancarta que clavó sobre la chimenea de su despacho. Y aquel sábado, el día siguiente a la desaparición, se encerró en aquel cuarto después de haber ordenado a su criada que no le molestara más que a las horas de la comida o si llegaba correspondencia.

Allí se quedó cuatro días, sin apenas moverse. De inmediato se hizo traer una colección de todos los periódicos importantes que hubieran hablado con detalle de los seis primeros crímenes. Una vez los hubo leído y releído, cerró los postigos y las cortinas y, sin luz, con el cerrojo puesto, meditó, tumbado sobre un diván.

El martes por la noche no había avanzado más que en la primera hora. Las tinieblas seguían siendo opacas. No encontraba el más pequeño hilo conductor ni la menor razón que le permitiera esperar.

A ratos, a pesar de su inmenso poder de autocontrol, y su confianza ilimitada en los recursos de que disponía, a ratos se estremecía de angustia. ¿Llegaría a tiempo? No existía motivo por el que en los últimos días fuera a ver más claro que en los que acababan de transcurrir. Y entonces tendría lugar el asesinato de la joven.

Aquella idea lo tenía torturado. Le unía a Hortense un sentimiento mucho más fuerte y profundo de lo que daba a entender la apariencia de su relación. La curiosidad del principio, el deseo inicial, la necesidad de proteger a la joven, de distraerla y ofrecerle el placer de la existencia se habían convertido sencillamente en amor. Ni él ni ella se daban cuenta, porque no se veían más que en horas de crisis donde eran las aventuras de los demás, y no las propias, lo que les ocupaba. A la primera conmoción por el peligro, Rénine se dio cuenta del lugar que Hortense había tomado en su vida, y le desesperaba saberla cautiva y martirizada, y saberse él incapaz de salvarla.

Pasó una noche de agitación y de fiebre, dando vueltas al asunto en todos los sentidos. La mañana del miércoles fue también terrible para él. Perdía la cabeza. Renunciando a su enclaustramiento, abrió las ventanas, se paseaba sin cesar por su apartamento, salía al bulevar y volvía como si hubiera ido en pos de la idea que lo obsesionaba.

«Hortense está sufriendo… Hortense está en el fondo del abismo… Ve el hacha… Me llama… Me suplica… Y no hay nada que pueda hacer…».

A las cinco de la tarde, examinando la lista de los seis nombres, tuvo aquella pequeña sacudida interior que es como la señal de la verdad que uno busca. Una luz brotó en su mente. Si bien no era la gran iluminación que todo lo revela, le fue suficiente para saber qué dirección debía tomar.

De pronto, tuvo preparada su hoja de ruta. A través de su chófer Clément, mandó a los principales periódicos una pequeña nota que debía aparecer en letra grande entre los anuncios del día posterior. A Clément le ordenó también ir a la lavandería de Courbevoie donde anteriormente había trabajado mademoiselle Covereau, la segunda de las víctimas.

El jueves, Rénine no se movió. Por la tarde, le llegaron cartas como respuesta a su anuncio, como también dos telegramas. Aunque no parecería que aquellas cartas y telegramas respondieran a lo que él esperaba. Finalmente, a las tres, recibió con matasellos del Trocadéro una carta con sello azul que pareció satisfacerlo. Le dio vueltas, estudió su caligrafía, hojeó su colección de periódicos y se dijo, a media voz: «Me parece que debo seguir esta dirección».

Consultó su almanaque de la alta sociedad de París y anotó la siguiente dirección: monsieur de Lourtier-Vaneau, exgobernador de las colonias, avenue Kléber, 47 bis, y se dirigió corriendo a su automóvil.

—Clément, a la avenue Kléber, 47 bis.

Lo hicieron pasar a un gran despacho decorado con magníficos estantes de biblioteca, decoradas con libros antiguos con magníficas encuadernaciones. Monsieur de Lourtier-Vaneau era un hombre aún joven, que llevaba una barba un poco canosa y que, por sus agradables maneras, su distinción verdadera, y su solemnidad sonriente, inducía confianza y simpatía.

—Señor gobernador —le dijo Rénine—, he venido a verlo porque he leído en los periódicos del año pasado que conoció a una de las víctimas de la Dama del Hacha, a Honorine Vernisset.

—¡Que si la conocíamos! —exclamó monsieur de Lourtier—. Era empleada de mi mujer, como modista. ¡Pobre chica!

—Señor gobernador, una dama amiga mía acaba de desaparecer, del mismo modo en que las seis anteriores víctimas desaparecieron.

—¡Cómo! —exclamó monsieur de Lourtier, sobresaltándose—. Pero yo he seguido con atención la prensa. No ocurrió nada el 18 de octubre.

—Sí, una joven a quien amo, madame Daniel, fue secuestrada el 18 de octubre.

—¡Y ya estamos hoy a día 24!

—Exactamente, y pasado mañana será el día en que se cometa el crimen.

—Es horrible. Hace falta impedirlo al precio que sea…

—Tal vez lo consiga con su apoyo, monsieur gobernador.

—Pero ¿usted lo ha denunciado?

—No. Nos encontramos ante misterios, por así decirlo, absolutos, compactos, que no ofrecen ningún resquicio por el que introducir la más afilada de las miradas, y de los que es inútil exigir su revelación a través de los medios habituales, estudio de lugares, investigación, búsqueda de huellas, y demás. Si ninguno de esos procedimientos ha servido en los casos anteriores, sería perder el tiempo probar algo parecido para el séptimo. Un enemigo que muestra tanta pericia y sutileza no deja atrás rastros flagrantes a los que se puedan adherir desde el principio los esfuerzos de un detective profesional.

—Entonces, ¿qué hizo usted?

—Antes de actuar, he estado meditando cuatro días.

Monsieur de Lourtier-Vaneau observó a su interlocutor, y con cierto matiz de ironía, le preguntó:

—¿Y cuál ha sido el resultado de dicha reflexión?

—De entrada —respondió Rénine, sin desarmarse—, he tomado una visión de conjunto de estos casos que nadie ha tenido hasta este punto, permitiéndome descubrir su significado general, alejar la maleza de hipótesis que estorbaban y, ya que no habíamos conseguido ponernos de acuerdo acerca del móvil de este asunto, atribuirlo a la sola categoría de individuos capaces de ejecutarlo.

—¿Esto es…?

—A la categoría de los locos, señor gobernador.

Monsieur de Lourtier-Vaneau se sobresaltó.

—¿Los locos? ¿Qué ideas son esas?

—Señor gobernador, la mujer a quien conocemos como la Dama del Hacha está loca.

—Pero ¡estaría encerrada!

—¿Sabemos si no lo está? ¿Sabe si no forma parte del número de medio locos, inofensivos en apariencia y que son tan poco vigilados que disponen de carta blanca para abandonarse a sus pequeñas manías y pequeños instintos de bestias feroces? Nada más desatinado que esos seres. Nada más escurridizo, más paciente, más pertinaz, más peligroso, más absurdo, a la vez que más lógico, más desordenado y más metódico. Todos estos epítetos, señor gobernador, se pueden aplicar a las acciones de la Dama del Hacha. La obsesión por una idea y la repetición de un acto, he aquí la característica del loco. No conozco todavía la idea que obsesiona a la Dama del Hacha, pero conozco el acto que resulta de ella, y siempre es el mismo. La víctima aparece atada con las cuerdas. Se la mata después de idéntico número de días. Es golpeada de la misma manera, con el mismo instrumento, en la misma zona: en medio de la frente, y con una herida exactamente perpendicular. Un asesino cualquiera va variando. Su mano, que tiembla, se desvía y se equivoca. La Dama del Hacha no tiembla. Parecería que ha tomado precauciones, y el filo de su arma no se desvía ni un milímetro. ¿Debo someterlo a otras demostraciones, examinar con usted el resto de los hechos? No, ¿cierto? Conoce ahora la clave del enigma, y usted piensa como yo que solo un loco ha podido actuar de tal manera, estúpidamente, salvajemente, mecánicamente, del mismo modo que un reloj que suena o una cuchilla que cae…

Monsieur de Lourtier-Vaneau asintió con la cabeza.

—En efecto… En efecto… Se podría contemplar todo este asunto bajo este prisma… y empiezo a creer que deberíamos verlo así. Pero si en el caso de esta loca podemos admitir una lógica matemática, no aprecio correlación entre las víctimas. Ha estado yendo al azar. ¿Por qué una mujer y no en cambio otra?

—¡Ah, monsieur gobernador! —exclamó Rénine—. Usted no se plantea la cuestión que yo me planteé desde el primer minuto, la cuestión que resume el problema en su totalidad y que a mí tanto me ha costado resolver. ¿Por qué Hortense Daniel antes que otra? Entre dos millones de mujeres que se ofrecían, ¿por qué Hortense? ¿Por qué la joven Vernisset? ¿Por qué miss Williamson? Si este caso es tal y como lo imaginaba en su conjunto, es decir, fundado en la lógica ciega y barroca de una desequilibrada, inevitablemente debía haber una elección. Sin embargo, ¿en qué consistía esa elección? ¿Cuál era la cualidad, o la falta de ella, o el signo necesario para que la Dama del Hacha atacara? En resumen, si ella elegía, y ella no podía no elegir, ¿qué motivaba su elección?

—¿Ha encontrado…? —Rénine hizo una pausa y prosiguió—: Sí, señor gobernador. Lo he encontrado, o podría haberlo encontrado desde el primer instante, ya que basta con examinar con atención la lista de las víctimas. Pero estos destellos de verdad no prenden más que en un cerebro sobrecalentado por el esfuerzo y la reflexión. Veinte veces había contemplado la lista sin que este pequeño detalle tomara forma ante mis ojos.

—No lo entiendo —dijo monsieur de Lourtier-Vaneau.

—Señor gobernador, debe decirse que, si varias personas entran a formar parte de un caso, un crimen, un escándalo público, y demás, la forma de designarlas deviene poco a poco casi inamovible. En este caso, los periódicos jamás han usado, para referirse a madame Ladoue, mademoiselle Ardant o mademoiselle Covereau más que sus apellidos. Por el contrario, mademoiselle Vernisset y Miss Williamson han recibido siempre la designación, al mismo tiempo, por sus nombres de pila Honorine y Herbette. De haber sido así con las seis víctimas, no habría habido misterio.

—¿Por qué?

—Porque se sabría desde el inicio la correlación que existía entre las seis desdichadas, como lo he sabido yo, de repente, por la proximidad de esos nombres propios con el de

Hortense Daniel. Esta vez usted lo entiende, ¿verdad? Tiene, como yo, ante los ojos, tres nombres…

Monsieur de Lourtier-Vaneau parecía confundido. Un poco pálido, pronunció:

—¿Qué está diciendo usted? ¿Qué está diciendo usted?

—Digo —continuó Rénine con voz clara— que separando las sílabas entre ellas, digo que tiene ante los ojos tres nombres que, los tres, comienzan por la misma inicial y que, los tres, coincidencia destacable, se componen de un mismo número de letras, tal y como puede comprobar. Si, por otro lado, se informa acerca de la lavandera de Courbevoie, donde era empleada mademoiselle Covereau, sabrá que se llama Hilairie. De nuevo la misma inicial y el mismo número de letras. Es inútil buscarle más explicación. Estamos seguros, ¿no es cierto? ¿De que los nombres de todas las víctimas presentan las mismas particularidades? Y dicha constatación nos ofrece de un modo absolutamente certero la clave del problema que se nos planteó. La decisión de la mujer loca se explica así. Conocemos qué existía en común entre las desdichadas. No hay error posible. Eso es, y no otra cosa. ¡Y vaya confirmación para mi hipótesis resulta esta manera de seleccionarlas! ¡Qué muestra de locura! ¿Por qué matar a todas aquellas mujeres y no a otras? ¿Porque sus nombres empiezan por H y se componen de ocho letras? ¿Me oye bien, señor gobernador? El número de letras es de ocho. La letra número ocho del alfabeto es la H y la palabra «ocho» suena parecida a «hache». Seguimos con la H. Y fue un *hacha* el instrumento del suplicio. ¿No me dirá que la Dama del Hacha no es una loca?

Rénine se interrumpió y se acercó a monsieur de Lourtier-Vaneau.

—¿Qué le ocurre, señor gobernador? Lo veo sufrir.

—No, no… —respondió monsieur de Lourtier, de cuya frente goteaba sudor—. No. Pero ¡toda esta historia es verdaderamente perturbadora! Piense que he conocido a una de las víctimas, de modo que...

Rénine fue a buscar una jarra y un vaso de una mesilla, que rellenó de agua y sirvió a monsieur de Lourtier. Este dio varios sorbos hasta que, recuperándose, prosiguió con una voz que intentaba reafirmar:

—De acuerdo. Aceptemos su suposición. Todavía hace falta que conduzca a resultados tangibles. ¿Qué ha hecho usted para lograrlo?

—He publicado esta mañana en todos los periódicos un anuncio, concebido así: «Excelente cocinera pide un puesto de trabajo. Escribir antes de las cinco a Herminie, bulevar Haussmann...», etcétera. ¿Lo comprende ahora, verdad, señor gobernador? Los nombres que empiezan por H y se componen de ocho letras son extremadamente raros y todos un poco pasados de moda: Herminie, Hilairie, Herbette... Sin embargo, esos nombres, por motivos que desconozco, le son imprescindibles a la loca. Ella no lo puede evitar. Para encontrar mujeres que lleven uno de estos nombres, y solamente con este fin, ella reúne todo lo que le queda de razón, de discernimiento, de reflexión, de inteligencia. Busca, interroga. Está al acecho. Lee periódicos que apenas comprende, excepto donde sus ojos topan con determinados detalles, ciertas mayúsculas. Por consiguiente, no he dudado un segundo que el nombre de Herminie, impreso en grandes caracteres, atraería su mirada y que, desde hoy, caería en la trampa de mi anuncio...

—¿Ha escrito? —preguntó monsieur de Lourtier-Vaneau con ansia.

—Para varias proposiciones a la supuesta Herminie —continuó Rénine—, varias damas han escrito las cartas que son habituales en tales casos. Pero he recibido una carta neumática que me ha parecido de cierto interés.

—¿De quién?

—Lea, señor gobernador.

Monsieur de Lourtier-Vaneau arrancó la hoja de las manos de Rénine y echó un vistazo a la firma. Hizo al instante una mueca de estupefacción, como si esperara otra cosa. Luego, estalló en carcajadas que contenían felicidad y alivio.

—¿Por qué se ríe, señor gobernador? Tiene aspecto de estar contento.

—Contento, no. Pero esta letra lleva la firma de mi mujer.

—¿Y usted temía otra cosa?

—¡Ah, no! Pero dado que se trata de mi mujer…

No acabó su frase y le dijo a Rénine:

—Disculpe, monsieur, pero usted me dijo haber recibido varias respuestas. ¿Por qué, entre tantas contestaciones, pensó que precisamente esta podría ofrecerle algún indicio?

—Porque viene firmada por madame de Lourtier-Vaneau, y ella había empleado como modista a una de las víctimas, Honorine Vernisset.

—¿Y eso quién se lo dijo a usted?

—La prensa del momento.

—¿Y su elección no vino determinada por nada más?

—Nada más. Pero tengo la impresión, desde que estoy aquí, monsieur gobernador, que no voy errado.

—¿Por qué tiene esa impresión?

—No lo sé muy bien… Ciertas señales… Ciertos detalles… ¿Podría verme con madame de Lourtier, monsieur?

—Se lo iba a proponer, caballero —respondió monsieur de Lourtier—. Haga el favor de venir conmigo.

Lo condujo por un pasillo hasta un pequeño salón donde una dama de cabello rubio y un rostro muy hermoso, dichoso y amable, estaba sentada entre tres niños a quienes ordenaba hacer los deberes.

Se levantó. Monsieur de Lourtier los presentó brevemente y dijo a su mujer:

—Suzanne, ¿es tuyo este mensaje neumático?

—¿Dirigido a mademoiselle Herminie, bulevar Haussmann? —preguntó ella—. Sí, es mío. Sabes de sobra que nuestra asistenta se va y que me estoy ocupando de buscar una nueva.

Rénine la interrumpió:

—Discúlpeme, madame. Tan solo un comentario. ¿Dónde consiguió la dirección de esta mujer?

Ella se sonrojó. Su marido insistió:

—Responde, Suzanne. ¿Quién te ha pasado esta dirección?

—Me llamaron por teléfono.

—¿Quién?

Después de cierta vacilación, pronunció estas palabras:

—Tu antigua niñera…

—¿Félicienne?

—Sí.

Monsieur de Lourtier puso fin a la conversación, y, sin permitir a Rénine preguntar nada más, volvió a llevarlo a su despacho.

—Ya ve, monsieur, este neumático tiene una procedencia muy natural. Félicienne, mi antigua niñera, a quien le pago la pensión y que vive cerca de París, ha leído su anuncio y es ella la persona que ha avisado a madame de Lourtier. Porque, en fin —añadió él, esforzándose por reír—, ¿supongo que usted no sospecha de que mi esposa sea la Dama del Hacha?

—No.

—Entonces, el incidente está cerrado. Por mi parte, en cualquier caso. He hecho lo que he podido. He seguido su raciocinio, y lamento fuertemente no haber podido serle útil.

Tenía prisa de echar a aquel visitante indiscreto, e hizo el gesto de mostrarle la puerta, pero sintió una especie de mareo. Bebió un segundo vaso de agua y se volvió a sentar. Su rostro estaba descompuesto.

Rénine lo observó varios segundos, como quien contempla a un adversario desfallecer, a quien solo hace falta rematar y, sentándose muy cerca de él, lo agarró con fuerza del brazo.

—Señor gobernador, si no habla, Hortense Daniel será la séptima víctima.

—¡No tengo nada que decirle, monsieur! ¿Qué quiere que sepa?

—La verdad. Mis explicaciones se la han dado a conocer. Su desasosiego y su miedo para mí son pruebas certeras de ello. He venido en busca de un colaborador. Sin embargo, por un azar inesperado, ha sido un guía a quien he encontrado. No perdamos más tiempo.

—Pero, monsieur, por favor. Si lo supiera, ¿por qué lo callaría?

—Por miedo al escándalo. En su vida, tengo una profunda intuición de ello, hay algo que usted se ve obligado a esconder. La verdad sobre este monstruoso drama, que se le ha aparecido de manera violenta, si esta verdad ve la luz, para usted será el deshonor, la vergüenza… y usted se echa hacia atrás ante el deber.

Monsieur de Lourtier ya no respondía. Rénine se inclinó encima de él y con la mirada fija en sus ojos, le murmuró:

—No habrá ningún escándalo. Yo seré el único en el mundo que sabré lo que ha ocurrido. Y comparto su mismo interés en no llamar la atención, ya que amo a Hortense Daniel, y no quiero que su nombre aparezca entremezclado en esta historia horripilante.

Se observaron mutuamente un par de minutos. El rostro de Rénine se había endurecido. Monsieur de Lourtier sentía que nada lo haría flaquear si no se pronunciaban las palabras necesarias, pero no lo podía evitar:

—Usted se equivoca… Ha creído ver cosas que no existen.

Rénine tuvo la convicción repentina y aterradora que, si

aquel hombre se encerraba en su silencio estúpidamente, Hortense Daniel estaba acabada, y la rabia que le provocaba pensar que la clave del enigma estaba ahí, como algo que tenemos al alcance de la mano, fue el detonante para que agarrara a monsieur de Lourtier del cuello y lo derribase en el suelo.

—¡Basta de mentiras, la vida de una mujer está en juego! Hable, y hágalo ahora mismo. De lo contrario…

Monsieur de Lourtier estaba al límite de sus fuerzas. Toda resistencia era inútil. No porque la agresión de Rénine le diera miedo y que él cediera a un acto de violencia, sino porque se sentía aplastado por aquella voluntad inquebrantable que parecía estar por encima de cualquier obstáculo, y balbució:

—Usted tiene razón. Mi deber es el de contárselo todo, pase lo que pase.

—No pasará nada. Me ocuparé de ello, pero a condición de que usted salve a Hortense Daniel. Un solo titubeo lo puede echar todo a perder. Hable. No quiero detalles, quiero hechos.

Entonces, con los dos codos apoyados sobre el escritorio, y las manos rodeándole la frente, monsieur de Lourtier pronunció, con el tono de una confidencia que él deseaba tan breve como fuera posible:

—Madame de Lourtier no es mi esposa. La única que tiene derecho a llevar mi nombre, con aquella me casé cuando era un joven funcionario en las colonias. Era una mujer bastante extraña, de mente algo frágil, sometida hasta la inverosimilitud a sus manías e impulsos. Tuvimos dos hijos, dos gemelos que ella adoraba y junto a quienes, sin lugar a dudas, encontró el equilibrio y la salud morales, cuando, a causa de un estúpido accidente, un coche que pasaba por allí, ambos fueron arrollados ante sus ojos. La desafortunada se volvió loca… con esta locura silenciosa y discreta que usted evocaba. Más adelante, al ser trasladado a una ciudad de Argelia, la llevé a Francia y la confié a una valiente persona que me había criado. Dos años más tarde, conocí a la mujer que es la felicidad de mi vida. Usted la vio hace un instante. Es la madre de mis hijos y ella pasa por ser mi esposa. ¿Debo sacrificarla? Toda nuestra existencia se sumirá en el horror, ¿hace falta que nuestro nombre se vea asociado a este drama de sangre y locura?

Rénine meditó y le preguntó:

—¿Cómo se llamaba la otra?

—Hermance...

—Hermance... Todas las iniciales, todas las letras.

—Eso es lo que me ha iluminado hace un momento —dijo monsieur de Lourtier—. Cuando relacionaba unos nombres con los otros, yo también pensé que la pobre se llamaba Hermance, que estaba loca... Y todas las pruebas me han venido a la mente.

—Pero si comprendemos la elección de las víctimas, ¿cómo explicar el asesinato? ¿En qué consiste su locura? ¿Está sufriendo?

—Ella ya no sufre tanto últimamente. Pero sufrió el más espantoso de los dolores aquel instante en que sus hijos fueron atropellados ante sus ojos. Tenía ante ella la imagen terrorífica de esa muerte noche y día, sin una sola interrupción, hasta el punto de que no dormía un solo segundo. ¡Imagínese el suplicio! ¡Ver a sus hijos morir durante todas las horas de largos días y todas las horas de noches interminables!

Rénine planteó algunas objeciones:

—Y, sin embargo, ¿no es para ahuyentar esa imagen que ella mata?

—Sí, puede ser... —contestó monsieur de Lourtier, pensativo—, para ahuyentarla por el sueño.

—No lo entiendo.

—Usted no comprende que se trata de una mujer loca,

y que todo lo que tiene lugar en su cerebro trastornado es, forzosamente, incoherente y anormal.

—Evidentemente… pero, aun así, ¿está vinculada su suposición a hechos que la justifiquen?

—Sí… hechos que, por decirlo de algún modo, me habían pasado inadvertidos y que adquieren hoy valor. El primero de ellos se remonta a algunos años atrás, a la mañana en que mi niñera encontró, por primera vez, a Hermance dormida. Ella tenía entre las manos, no obstante, a un perro al que había estrangulado. Y tres veces más, a partir de ese momento, la escena se volvió a producir.

—¿Y ella dormía?

—Sí, dormía, con un sueño que, cada vez, duraba varias noches.

—¿Y cuál es su conclusión?

—Mi conclusión es que la distensión nerviosa que le provoca el asesinato la agota y la predispone al sueño.

Rénine sintió escalofríos.

—¡Eso es! No hay duda. El asesinato, el esfuerzo de matar, la hace dormir. Entonces, lo que le ha funcionado con los animales, lo volvió a reproducir en las mujeres. Toda su locura se unió en torno a este punto: ¡las mata para arrebatarles el sueño! Carecía del sueño. ¡Ella roba el de los demás! Es exactamente así, ¿verdad? Desde hace dos años, ¿puede dormir?

—Desde hace dos años, puede dormir —balbució monsieur de Lourtier.

Rénine lo cogió por el hombro.

—¿Y usted no pensó que su locura podría extenderse y que nada la detendría para conquistar el beneficio del sueño? Démonos prisa, monsieur, ¡esto es algo espeluznante!

Los dos se dirigieron a la puerta, cuando monsieur de Lourtier empezó a dudar. El timbre del teléfono retumbaba.

—Viene de ahí —dijo.

—¿De ahí?

—Sí, cada día, a esta misma hora, mi vieja niñera me cuenta qué hay de nuevo.

Descolgó los auriculares del teléfono y le ofreció uno a Rénine, quien le susurraba las preguntas que debía hacer.

—¿Eres tú, Félicienne? ¿Cómo está ella?

—No está mal, monsieur.

—¿Está durmiendo bien?

—Algo menos desde hace algunos días. La noche pasada, de hecho, no pudo pegar ojo. Se la ve también muy taciturna.

—¿Qué está haciendo ahora mismo?

—Está en su cuarto.

—Ve con ella, Félicienne. No la dejes sola.

—No es posible. Se ha encerrado.

—Lo necesita, Félicienne. Echa la puerta abajo. Ya vengo. *Aló… Aló…* ¡Ah, pardiez! Se ha cortado.

Sin mediar palabra, ambos salieron del apartamento y corrieron en dirección de la avenida. Rénine empujó a monsieur de Lourtier al automóvil.

—¿Cuál es la dirección?

—Ville-d'Avray.

—¡Pardiez! En el epicentro de sus operaciones… Como una araña en la tela que ha tejido. ¡Qué ignominia!

Estaba abrumado. Todo aquel enredo se le mostraba, al fin, en su realidad monstruosa.

—Sí, ella las mata para arrebatarles el sueño, como lo hacía con los animales. Es la misma idea obsesiva, pero que se ha complicado con todo un sinfín de prácticas y supersticiones absolutamente incomprensibles. Le parece, evidentemente, que la analogía de los nombres con el suyo es indispensable, y que no va a descansar a menos que su víctima sea una Hortense o una Honorine. Un razonamiento de loca, del que la lógica nos elude y del que desconocemos el origen, pero al que le resulta imposible sustraerse. ¡Le hace falta buscar y le hace falta encontrarlo! Y cuando lo encuentra, y se lleva a su presa, la cuida y la contempla durante un número fatídico de días, hasta el momento en que, de forma necia, por aquel orificio que ella abre de un hachazo en su cráneo, le absorbe el sueño que la embriaga y le regala el olvido durante un período determinado. Y entonces, ¡cosa absurda y loca! ¿Por qué una víctima debe asegurarle ciento veinte días de sueño y otra ciento veinticinco? ¡Qué demencia! Un cálculo misterioso y realmente idiota. Siempre resulta que ciento veinte o ciento veinticinco días después, una nueva víctima es sacrificada. Ha habido seis ya, y la séptima espera su turno. ¡Ah, monsieur, qué responsabilidad, la suya! ¡Un monstruo parecido! No lo pierda de vista…

Monsieur de Lourtier-Vaneau no protestó. Su abatimiento, su palidez, sus manos que temblaban, todo demostraba sus remordimientos y su desespero.

—Ella me engañó… —murmuraba él—. Ella era tan tranquila en apariencia, ¡tan dócil! Y ahora, al fin y al cabo, vive en un sanatorio.

—Entonces, ¿cómo se puede…?

—Este sanatorio —contó monsieur de Lourtier— se compone de pabellones diseminados en medio de un gran jardín. El pabellón donde vive Hermance se encuentra, de hecho, apartado. En primer lugar, está la estancia que ocupa Félicienne, y luego el cuarto de Hermance, además de dos habitaciones aisladas, la última de las cuales tiene ventanas que dan al campo. Supongo que ese es el lugar donde encierra a sus víctimas.

—¿Y ese coche que transporta los cadáveres?

—Las caballerizas del sanatorio están cerca de su pabellón. Hay un caballo y un coche de carreras. Hermance, sin duda, se levanta por las noches, ata a los cadáveres y los desliza ventana abajo.

—¿Y su niñera, que la vigila?

—Félicienne está un poco sorda. Es muy vieja.

—Pero, de día, cuando ve a su señora ir y volver, actuar… ¿No deberíamos admitir que existe cierta complicidad?

—¡Jamás! Félicienne también ha sido víctima de la mala fe de Hermance.

—No obstante, es ella quien, la primera vez, llamó por teléfono a madame de Lourtier a causa de aquel anuncio…

—Naturalmente. Hermance, que a veces habla, que razona, que se sumerge en la lectura de periódicos que no comprende, como usted dice, pero que ella revisa con absoluta atención, habrá visto aquel anuncio, y a sabiendas de que yo buscaba una criada, habrá rogado a Félicienne que la llamara.

—Sí, sí… Es exactamente lo que yo había intuido —pronunció despacio Rénine—. Ella prepara las víctimas. Ella sabía que, una vez muerta Hortense y su cantidad de sueño consumida, sabía dónde encontrar a una octava víctima… Pero ¿cómo las atraía, a esas desdichadas mujeres? ¿Con qué procedimiento atrajo a Hortense Daniel?

El coche avanzaba no muy rápido, a pesar del deseo de Rénine, que regañaba al chófer.

—Corre, Clément… Vamos con retraso, amigo mío.

De repente, el miedo de llegar demasiado tarde lo torturaba. La lógica de los locos depende de un cambio brusco de humor, de alguna idea peligrosa y sangrienta que les atraviesa la mente. La loca podía equivocarse de día y adelantar el desenlace, como un péndulo averiado que suena una hora antes.

Por otro lado, si su sueño estaba de nuevo alterado, ¿no estaría tentada a actuar sin aguardar al momento fijado? ¿No era exactamente por ese motivo que vivía encerrada en su cuarto? ¡Dios mío, por qué agonía debía pasar la cautiva, qué temblores de horror al menor gesto del verdugo!

—Deprisa, Clément, o cojo yo el volante. ¡Más rápido, pardiez!

Finalmente llegaban a Ville-d'Avray. Una carretera a la derecha, de cuesta abrupta… Muros que interrumpía una reja…

—Rodea la propiedad, Clément. ¿Verdad, señor gobernador, que no debemos dar la alarma? ¿Dónde se encuentra el pabellón?

—Justo en el lado opuesto —declaró monsieur de Lourtier-Vaneau.

Descendieron un poco más lejos. Rénine se puso a correr sobre el terraplén que rodeaba un camino hundido y descuidado. Casi era de noche.

—Aquí… —le indicó Monsieur de Lourtier—. Este edificio apartado. Mire, esta ventana, en la planta baja. Este es uno de los dos cuartos aislados… y es por ahí evidentemente por donde sale.

—Pero se diría —observó Rénine— que hay barrotes.

—Sí, es cierto. Y es porque nadie la temía, pero ella debe haber abierto un pasaje.

La planta inferior estaba construida sobre unas altas cuevas. Rénine escaló enérgicamente y colocó el pie sobre un saliente de piedra.

En efecto, faltaba uno de los barrotes.

Acercó la cabeza al vidrio y miró adentro.

El interior del cuarto estaba a oscuras. No obstante, distinguió al fondo a una mujer sentada junto a otra, tendida en un colchón. La mujer que estaba sentada se apretaba la frente con las manos y contemplaba a la que estaba tumbada.

—Es ella —susurró monsieur de Lourtier, que acababa de subir el muro—. La otra está atada.

Rénine se sacó del bolsillo un diamante de vidriero y cortó uno de los paneles de cristal sin que el ruido despertara la atención de la loca.

Deslizó al instante su mano derecha hasta el pasador y lo giró con cuidado, mientras que con la mano izquierda apuntó con un revólver.

—¡No irá a disparar! —suplicó monsieur de Lourtier-Vaneau.

—Si es necesario, sí.

Empujó la ventana suavemente. Había un obstáculo, sin embargo, que Rénine no había advertido: una silla que osciló y cayó.

De un salto, se lanzó al interior y arrojó el arma para agarrar a la loca. Ella no lo esperaba en absoluto. De manera precipitada, abrió la puerta y se marchó, lanzando un agudo graznido.

Monsieur de Lourtier intentó perseguirla.

—¿Para qué? —dijo Rénine, arrodillándose—: Salvemos primero a la víctima.

Se sintió al instante aliviado. Hortense estaba viva.

La primera medida fue cortarle las cuerdas y quitarle la mordaza que la asfixiaba. Atraída por los ruidos, la vieja niñera acudió con una lámpara que Rénine le cogió de las manos y con la que proyectó luz sobre Hortense.

Se sintió estupefacto. Estaba lívida, extenuada, con el rostro muy flaco, los ojos brillantes de fiebre. Hortense Daniel, a pesar de todo, trataba de sonreír.

—Lo estaba esperando —murmuró ella—. No he perdido la esperanza ni un minuto. Estaba segura de que vendría.

Se desmayó.

Una hora más tarde, después de inútiles búsquedas alrededor del pabellón, encontraron a la loca encerrada en un enorme armario del desván. Se había ahorcado.

Hortense no quiso permanecer allí ni una hora más. Además, era preferible que el pabellón se encontrara vacío cuando la niñera anunciara el suicidio de la loca. Rénine explicó minuciosamente a Félicienne cómo debía actuar, y, con la ayuda del chófer y de monsieur de Lourtier, llevó a la joven hasta el automóvil, donde la situó junto a él.

La convalecencia fue rápida. Dos días más tarde, Rénine preguntaba a Hortense con mucha cautela sobre cómo había conocido a la loca.

—Muy simple —respondió ella—. Mi marido que como ya le he explicado, no está del todo en sus cabales, recibe tratamiento en Ville-d'Avray, y algunas veces he ido a visitarlo, sin que nadie más lo sepa. Lo reconozco. De este modo, hablé una vez con aquella loca infeliz, que el otro día me hizo una señal para que fuera a verla. Estábamos a solas. Entré en el pabellón. Ella se abalanzó sobre mí y me redujo, sin que yo pudiera pedir socorro. Creí que era una broma… y de hecho fue algo así, ¿no es cierto? La broma de una demente. Fue muy dulce conmigo… De todos modos, me estaba dejando morir de hambre.

—¿Y no le daba miedo?

—¿A morir de hambre? No, además, me daba de comer, de vez en cuando, a su antojo… ¡También estaba segura de que vendría!

—Sí, pero había algo más… Aquella otra amenaza…

—¿Qué amenaza? ¿Cuál? —preguntó ella con ingenuidad.

Rénine se estremeció. Comprendió de repente que Hortense —cosa extraña en un primer momento, pero de hecho muy natural— no había sospechado ni un instante, y que ella seguía sin sospechar, el terrible peligro que había corrido. En su mente no se gestó ningún vínculo entre los crímenes de la Dama del Hacha y su propia aventura.

Pensó que él tenía todo el tiempo del mundo para desengañarla. Unos días más tarde, para descansar y aislarse, como le había recomendado el médico, Hortense viajó hasta la casa de uno de sus familiares que vivía cerca de la aldea de Bassicourt, en el centro de Francia.

7

PASOS EN LA NIEVE

En La Roncière, cerca de Bassicourt,
14 de noviembre,
príncipe Rénine, bulevar Haussmann, París

«Querido amigo:
Debe pensar que soy una ingrata. Llevo tres semanas aquí, ¡y ni una carta! ¡Ni un agradecimiento! ¡Y, sin embargo, he llegado a comprender de qué horrible muerte usted me ha librado, y he comprendido el secreto de esta historia espantosa! Pero ¿qué quería? Abandoné todo aquello en un estado de abatimiento. ¡Necesitaba tanto reposar y estar sola! ¿Quedarme en París? ¿Proseguir con usted nuestras expediciones? No, ¡mil veces no! ¡Basta de aventura! Las del prójimo son muy interesantes. Pero aquellas en las que una misma es la víctima y una casi se muere... ¡Ah, mi querido amigo, qué horror! ¿Cómo podré olvidarla algún día?
Así pues, aquí, en La Roncière, reina la calma. Mi prima mayor, Ermelin, me mima y me consiente como si estuvie-

ra enferma. Recupero el color, y todo está yendo bien. Todo va tan bien que ya no pienso en interesarme por los asuntos de los demás, para nada en absoluto. Así, pues, imagínese... (Todo esto se lo cuento porque usted, en cambio, es incorregible, más fisgón que una portera, y siempre dispuesto a ocuparse de lo que no es de su incumbencia). Imagínese que ayer asistí a un encuentro bastante curioso. Antoinette me llevó a la hospedería de Bassicourt, donde tomamos el té en el gran salón, entre los campesinos —era día de mercado— hasta que la llegada de tres personas, dos hombres y una mujer, puso un repentino fin a las conversaciones.

Uno de los hombres era un fornido granjero que llevaba una camisa larga, con un rostro rubicundo y alegre, encuadrado entre patillas blancas. El otro, más joven, vestido de pana, tenía un rostro amarillento, seco y arisco. Ambos llevaban en bandolera un rifle de caza. Entre ellos, había una joven pequeña, flaca, envuelta en un manto de color marrón, y con un sombrero de piel, cuyo rostro exageradamente pálido y delgado sorprendía por su distinción y su delicadeza.

—El padre, el hijo y la nuera —murmuró mi prima Ermelin.

—¿Cómo? ¿Esta adorable criatura es la mujer de aquel palurdo?

—Y la nuera del barón de Gorne.

—¿Es un barón, el señor viejo que está ahí?

—Descendiente de una muy noble familia que vivía en el castillo en otros tiempos. Siempre ha vivido en el campo... Es un gran cazador, gran bebedor, gran bromista, siempre a punto de ser juzgado, más o menos arruinado. El hijo, Mathias, más ambicioso, con menos apego a la tierra, estudió derecho y se embarcó hacia América. Más tarde, de vuelta en el pueblo por falta de dinero, se enamoró de una joven de la ciudad de al lado. La infeliz, sin saber muy bien por qué, consintió a casarse con él... y ya van cinco años que ella vive como una reclusa, o más bien como una prisionera, en una pequeña mansión cercana, la Manoir-au-Puits.[4]

—¿Entre el padre y el hijo? —pregunté.

—No, el padre vive al final del pueblo, en una granja incomunicada.

—¿Y es celoso monsieur Mathias?

—Como un tigre.

—¿Sin motivo?

—Sin motivo, ya que no es culpa de Natalie de Gorne, la más honesta de las mujeres, si, desde hace varios meses, un bello caballero ronda la mansión. Entretanto, los de Gorne, no se tranquilizan.

—¿Cómo? ¿Tampoco el padre?

—Aquel hermoso caballero es el último descendiente de quienes compraron antaño el castillo. De ahí el odio del viejo de Gorne. Jérôme Vignal, a quien conozco y tengo en mucho aprecio, es un chico apuesto, muy rico, y que ha jurado, o eso explica el viejo cuando ha bebido demasiado, llevarse con él a Natalie de Gorne. Por cierto, escucha...

En medio de un grupo que se divertía haciéndole beber y lo apremiaba con preguntas, el viejo, ya achispado, daba gritos con entonación indignada y una sonrisa burlona, algo cuyo contraste resultaba verdaderamente cómico.

—Lo puede seguir intentando, ya os lo digo, ¡ese guaperas! Por mucho que se dedique a merodear por nuestra casa y a echarle el ojo a la niña... ¡Terreno vedado! Si se acerca demasiado, tiro de fusil. ¿Verdad, Mathias?

Agarró a su nuera de la mano.

—Además, la niña también se sabe defender. —Se bur-

4. La «mansión —o señorío— del pozo», en francés (*N. del T.*).

ló—. ¡Ey, Natalie! A los pretendientes no los quieres ni ver, ¿verdad?

Confundida al ser increpada, la joven se ruborizó, mientras que su marido refunfuñaba:

—Padre, haría mejor teniendo la boca cerrada. Hay cosas que no se van diciendo tan alto.

—Lo que tiene que ver con el honor, se arregla en público —respondió el viejo—. Para mí, el honor de los Gorne es lo primero. Y ese vanidoso que se cree de París no se...

Se detuvo en seco. Ante él, alguien que acababa de entrar parecía ansiar oír cómo acababa la frase. Era un tipo grandullón, con ropa de montar y el látigo en la mano, y cuya enérgica fisonomía, un tanto dura, contrastaba con un par de hermosos ojos que sonreían de ironía.

—Jérôme Vignal —susurró mi prima.

El joven no parecía para nada incómodo. Al ver a Natalie, la saludó respetuosamente y, cuando Mathias de Gorne avanzó hacia él, lo examinó de arriba abajo, como diciéndole:

—Muy bien, ¿qué pasa?

Su actitud era tan insolente que los de Gorne sacaron sus fusiles y los empuñaron a dos manos, como cazadores al acecho. El hijo tenía una mirada feroz.

Jérôme permaneció impasible ante la amenaza. Al cabo de algunos segundos se dirigió al mesonero y le dijo:

—Mire, he venido a ver al padre Vasseur, pero su tienda está cerrada. ¿Podría darle la funda de mi revólver, que está descosida, por favor?

Le entregó la funda al mesonero y añadió, entre risas:

—El revólver me lo quedo, por si me hiciera falta. ¡Nunca se sabe!

Todavía impasible, seleccionó un cigarrillo de un estuche de plata, lo encendió con la llama de su mechero, y salió.

Por la ventana, vieron cómo de un brinco montaba en su caballo, y cómo se alejaba al trote.

—¡Por la sangre de Cristo! —juró el viejo de Gorne, bebiéndose de un trago su vaso de coñac.

Su hijo le tapó la boca con la mano y lo obligó a sentarse. A su lado, Natalie de Gorne lloraba...

He aquí, querido amigo, mi historia. Como puede ver, no es trepidante, y no merece su atención. No hay nada de misterio en ella. No tiene aquí ningún papel asignado. E insisto en ello, en particular, para que no trate de encontrar pretextos para intervenir, algo que sería totalmente inoportuno. Como es evidente, me gustaría mucho que esta dama infeliz, y que según parece es una auténtica mártir, recibiera protección. Pero, se lo repito, dejemos que los demás se las apañen, y dejémonos de pequeños experimentos...».

Rénine terminó de leer la carta. La releyó y concluyó:

—Vaya. Todo va como la seda. No quiere continuar con nuestros pequeños experimentos porque ya vamos por el séptimo, y le asusta el octavo, que, siguiendo nuestro pacto, contiene un significado particular. No quiere... a la vez sí quiere... sin dar la impresión que sí lo quiere.

Se frotó las manos. La carta le había proporcionado un testimonio precioso de la influencia que, poco a poco, con dulzura y paciencia, había logrado ejercer sobre la joven. Era un sentimiento bastante complejo, en el que se mezclaban la admiración, una confianza sin límites, inquietud, a veces, miedo e incluso horror, pero también el amor. Estaba convencido de ello. Compañera de aventuras en las que participaba con una camaradería que excluía toda incomodidad entre ellos, mostraba ahora miedo de repente, y una especie de pudor imbuido de coquetería que la impelía a salir con evasivas.

Aquella misma noche, un anochecer de domingo, Rénine cogió un tren.

De madrugada, después de haber recorrido en diligencia por un camino blanco de nieve las dos leguas que separaban la pequeña ciudad de Pompignat, donde se había apeado, y el pueblo de Bassicourt, descubrió que el viaje podría acabar teniendo alguna utilidad. Aquella noche, había escuchado tres disparos en dirección a la Manoir-au-Puits.

«El dios del amor y el azar está de mi lado —se dijo—. Si ha habido conflicto entre el marido y la mujer, llegaré a tiempo».

—Tres disparos, agente. Los he escuchado como si fuera aquí mismo —declaraba un campesino, interrogado por los gendarmes en el salón de la hospedería donde Rénine había entrado.

—Yo también —dijo el joven mesonero—. Tres disparos… Era, quizá, medianoche. La nieve que caía desde hacía nueve horas ya había cesado. Y en la llanura retumbó justo entonces: «¡Bang, bang, bang!».

Cinco campesinos más dieron su testimonio. El cabo de brigada y sus hombres no habían oído nada, ya que la gendarmería daba la espalda a la llanura. Pero llegaron un mozo de labranza y una mujer, que decían formar parte del servicio de Mathias de Gorne, de día libre desde la víspera anterior, al ser domingo, que se acercaron a la mansión, donde no pudieron entrar.

—La puerta del cercado estaba cerrada, señor gendarme —manifestó uno de ellos—. Es la primera vez. Cada día, monsieur Mathias abre él mismo al sonar las seis, sea invierno o sea verano. Sin embargo, eran pasadas las ocho. Llamé. No había nadie. Fue entonces que acudimos a ustedes.

—Podrían haber ido a indagar en casa de monsieur de Gorne padre —les dijo el cabo—. Vive cerca del camino.

—Pues claro, sin duda, pero no se nos pasó por la cabeza.

—Vamos —decidió el agente.

Dos de sus hombres lo acompañaron, junto con los campesinos y un cerrajero a quien hicieron venir. Rénine se unió al grupo.

Pronto, hacia el final de la aldea, pasaron ante el patio del viejo de Gorne, y Rénine lo reconoció según la descripción que de él había hecho Hortense.

El hombrecillo estaba atando el caballo a su carro. Al ponerlo al corriente de aquel asunto, se descosió de la risa.

—¿Tres disparos? ¿Bang, bang, bang? Pero, estimado agente, el fusil de Mathias no dispara más que dos veces.

—¿Y esta puerta cerrada?

—Ahí está el bueno de mi hijito, que duerme. Anoche se pasó por aquí para acabarse una botella conmigo, tal vez dos… o tres, incluso… Y esta mañana está durmiendo la mona con Natalie.

Saltó sobre el asiento de su vehículo, una vieja carretilla con cubierta, cosida de remiendos, y atizó su látigo.

—Hasta luego, a todo el mundo. Esos tres disparos que me cuentan no me impedirán acudir al mercado de Pompignat, como cada lunes. Tengo dos terneras bajo la cubierta del carro que esperan ir al matadero. Les deseo un buen día, camaradas.

Se volvieron a poner en marcha.

Rénine se acercó al cabo de brigada y pronunció su nombre:

—Soy amigo de mademoiselle Ermelin, del pueblecito de La Roncière y, como es demasiado temprano para presentarme en su casa, le quería pedir permiso para dar con ustedes la vuelta a la mansión. Mademoiselle Ermelin es amiga de madame de Gorne, y me haría feliz tranquilizarla, ya que espero que no haya sucedido nada en el edificio, ¿le parece bien?

—Si ha sucedido algo —respondió el agente—, será tan meridiano como si estuviéramos leyendo un mapa, teniendo en cuenta la nieve.

Era un joven simpático, que parecía inteligente y espabilado. Desde el principio, había seguido con mucha clarividencia las huellas de los pasos que Mathias había dejado, la noche anterior, volviendo a su casa. Huellas que se mezclarían pronto con las que, en todos los sentidos, dejaron el criado y la campesina. Llegaron de este modo ante los muros de una vivienda, donde el cerrajero abrió fácilmente la puerta.

Desde aquel punto, un solo trazado era visible sobre la nieve inmaculada, el de Mathias, y era fácil suponer que el hijo debió compartir copiosamente las libaciones de su padre, presentando como lo hacía la línea de los pasos, curvas repentinas que se desviaban hasta los árboles del camino.

Doscientos metros más lejos se levantaban los edificios agrietados y deteriorados de la Manoir-au-Puits. Su puerta principal se encontraba abierta.

—Entremos —dijo el cabo de brigada.

Y, desde el umbral que había traspasado, murmuró:

—¡Vaya, vaya! El viejo de Gorne debió haber venido. Aquí ha habido forcejeo.

El gran salón se encontraba en desorden. Dos sillas caídas, la mesa girada del revés, esquirlas de porcelana y de cristal atestiguaban la violencia de la lucha. El gran reloj que yacía en el suelo marcaba las once y media.

Subieron rápidamente hasta el primer piso, guiados por la sirvienta de la granja. Ni Mathias ni su esposa se encontraban allí, si bien la puerta de su cuarto había sido derribada con un martillo que descubrieron sobre la cama.

Rénine y el brigada volvieron a bajar. El salón comunicaba a través de un pasillo con la cocina, situada en la parte de atrás, y que tenía una salida directa a un corral cercado dentro del huerto. En el fondo del corral, había un pozo, cerca del cual necesariamente se tenía que pasar.

Sin embargo, del umbral de la cocina hasta el pozo, la nieve, que no era muy espesa, había sido barrida de manera irregular, como si se hubiera arrastrado un cuerpo. Y, alrededor del pozo, el rastro de varias pisadas que se enmarañaban, mostrando que el forcejeo debió de haber vuelto a comenzar en aquel lugar. El policía volvió a encontrar las huellas de Mathias, y otras, las más recientes, más elegantes y finas. Estas se dirigían directas hacia el huerto. Solamente estas. Y, treinta metros más allá, cerca de ellas, encontraron una pistola Browning, que uno de los campesinos reconoció parecida a la que, la otra noche, Jérôme Vignal había exhibido en la hospedería.

El agente examinó el cargador: tres de las siete balas habían sido disparadas.

De este modo, el drama se reconstruyó poco a poco, a grandes rasgos, y el brigada, que había ordenado que todo el mundo se mantuviera al margen y que el emplazamiento de los objetos fuera respetado, se dirigió al pozo, se agachó, hizo varias preguntas a la doncella de la granja y murmuró, acercándose a Rénine:

—Todo esto me parece bastante claro.

Rénine lo agarró del brazo.

—Hablemos sin rodeos, agente. Entiendo suficientemente este caso, teniendo, como le dije, buenas relaciones con mademoiselle Ermelin, amiga de Jérôme Vignal y que conoce también a madame de Gorne. ¿Qué supone usted?

—No quiero suponer nada. Sencillamente constato que alguien vino anoche aquí…

—¿Por dónde? Las únicas huellas de una persona que viene hacia la mansión son las de monsieur de Gorne.

—La otra persona, cuyas huellas revelan botines más elegantes, llegó antes de que cayera la nieve. Es decir, antes de las nueve.

—Ella se escondería en una esquina del salón, donde habría contemplado el retorno de monsieur de Gorne, entonces, que habría llegado después de la nieve...

—Precisamente. Al entrar Mathias, aquel individuo se le abalanzó encima. Hubo forcejeo. Mathias se salvó por la cocina. El individuo lo persiguió hasta la cercanía de los pozos y disparó tres tiros de revólver.

—¿Y el cadáver?

—En el pozo.

Rénine protestó:

—¡Oh, pero qué atrevimiento!

—Veamos, monsieur. La nieve está ahí, explicándonos esta historia. Y la nieve nos lo dice con mucha claridad: después del combate, después de los tres disparos, un solo hombre se alejó y abandonó la granja. Uno solo, y las huellas de sus pasos no son las de Mathias de Gorne. Entonces, ¿dónde se encuentra Mathias de Gorne?

—Pero ese pozo... ¿Podremos indagar en su interior?

—No, es un pozo sin fondo accesible. Es conocido en la región, es el que da nombre a esta mansión.

—¿Lo cree usted realmente?

—Se lo repito. Después de la nevada, una sola persona llegó: Mathias. Una sola partió: el desconocido.

—¿Y madame de Gorne? ¿También asesinada, y arrojada dentro como su marido?

—No. Secuestrada.

—¿Secuestrada?

—Recuerde la puerta de su cuarto, derribada a martillazos.

—Vayamos por partes, agente. Usted mismo afirma que solo hubo una partida: la del desconocido.

—Agáchese. Examine los pasos de este hombre. Observe cómo se hunden en la nieve, hasta el punto que penetran en ella hasta la tierra. Son los pasos de un hombre que carga con un fuerte peso. El desconocido llevaba a madame de Gorne sobre sus hombros.

—¿Hay salida, pues, en esta dirección?

—Sí, una pequeña puerta de cuya llave no se desprendía jamás Mathias de Gorne. Se la habrán quitado.

—¿Es una salida que lleva al campo?

—Sí, un camino que confluye a unos doscientos metros con la carretera del departamento. ¿Sabe usted en qué lugar?

—En la misma esquina del castillo.

—¡El castillo de Jérôme Vignal!

Rénine masculló entre dientes:

—¡Caracoles! Este asunto se vuelve grave. Si las huellas se dirigían hasta el castillo, podemos estar en lo cierto.

Las huellas llegaban hasta el castillo; pudieron darse cuenta después de seguirlas a través de campos ondulantes, donde la nieve se había amontonado en algunos rincones. Los accesos a la gran verja habían sido barridos de nieve, pero constataron que otras huellas, las que formaban las ruedas de un coche, se dirigían en otro sentido, opuesto al del pueblo.

El agente llamó. El conserje que había despejado también el camino principal llegó con una escoba en las manos. Cuando lo interrogaron, aquel hombre respondió que Jérôme Vignal había partido por la mañana, antes de que se levantara nadie más, y después de haber atado él mismo el caballo al carro.

—En ese caso —dijo Rénine, cuando se hubieron alejado— solo hace falta seguir el rastro de las ruedas.

—Es inútil —declaró el brigada—. Se marcharon con el ferrocarril.

—¿En la estación de Pompignat, de donde yo vine? Pero entonces ellos habrían pasado por el pueblo...

—Por eso mismo habrán elegido la dirección contraria, porque conduce a la localidad donde se detiene el tren rápido. Ahí es donde se encuentra el Ministerio Fiscal. Voy a llamar por teléfono. Dado que ningún tren sale de esa localidad antes de las once, solo tendremos que vigilar la estación.

—Creo que usted está bien encaminado, agente —manifestó Rénine—, y le felicito por el modo en que usted ha conducido esta investigación.

Se separaron.

Rénine estuvo a punto de ir a encontrarse con Hortense Daniel en la aldea de La Roncière, pero, tras pensarlo bien, prefirió no verla antes de que las cosas no tomaran un cariz más favorable. Así pues, volviendo a la hospedería del pueblo, hizo que le mandaran unas pocas líneas:

> Mi muy querida amiga:
>
> He creído comprender, al leer su carta, estando usted conmovida como siempre por todo lo que se refiere al corazón, que desea proteger los amores de Jérôme y Natalie. Sin embargo, todo permite suponer que este caballero y esta dama, sin pedir consejo a su acompañante, se dieron a la fuga tras arrojar a Mathias de Gorne al fondo de un pozo.
>
> Discúlpeme por no visitarla. Este asunto es endiabladamente oscuro, y a su lado no dispondría de la libertad mental para meditarlo.

Eran las dos y media. Rénine fue a pasear por el campo, con las manos a la espalda, sin contemplar el bello espectáculo de las llanuras blancas. Entró a almorzar, pensativo todavía, indiferente al parloteo de los clientes de la hospedería, que a su alrededor comentaban sobre los acontecimientos.

Subió acto seguido a su cuarto, y se durmió al cabo de poco rato, cuando, de repente, le despertaron unos golpes en la puerta. Abrió.

—¡Usted! ¡Usted! —murmuró.

Hortense y él se contemplaron varios segundos en silencio, estrechándose las manos, como si nada, como si ningún pensamiento extraño y ninguna palabra pudiera introducirse en la felicidad de su reencuentro. Finalmente, él dijo:

—¿Hice bien en venir?

—Sí —contestó ella, delicadamente—. Sí, lo estaba esperando.

—Tal vez habría sido preferible si usted me hubiera hecho venir en lugar de esperar… Los acontecimientos, por contra, no se han hecho esperar, y yo no sé exactamente qué va a pasar con Jérôme Vignal y Natalie de Gorne.

—Pero ¿cómo? ¿No está al corriente? —exclamó ella de un modo muy vivaz.

—¿Al corriente de qué?

—Los arrestaron. Estaban cogiendo el tren rápido.

Rénine protestó:

—No… No los arrestaron. No se arresta, así como así, a alguien. Habrá que interrogarlos, de entrada.

—Es lo que están haciendo ahora mismo. La justicia está efectuando registros.

—¿Dónde?

—En el castillo. Y ya que son inocentes… Porque son inocentes, ¿no es cierto? ¿A usted no le cabrá en la cabeza que son culpables?

Él respondió:

—Yo no supongo nada y no quiero suponer, querida amiga. Sin embargo, le debo decir que todo está en su contra… Excepto un hecho: que todo está demasiado en su contra. No es normal que se hayan acumulado tantas pruebas, ni que una persona que ha matado narre su historia con un candor similar. Aparte de todo eso, no hay más que tinieblas y contradicciones.

—¿Entonces?

—Entonces… Estoy muy avergonzado.

—Pero ¿tiene usted algún plan?

—Ninguno hasta el momento. ¡Ay, si lo pudiera ver a él, a Jérôme Vignal, verla a ella, a Natalie de Gorne, y escucharlos y saber qué dicen en su defensa! Pero comprenderá que no me permitirán ni que les haga preguntas, ni asistir a su interrogatorio. Además, ya debe haber terminado.

—Terminó en el castillo —contestó ella—, pero proseguirá en la mansión.

—¿Los llevan a la mansión? —preguntó él con curiosidad.

—Sí… por lo menos según lo que dijo uno de los conductores que estaban al mando de los automóviles del Ministerio Judicial.

—¡Ah! En ese caso —exclamó Rénine—, todo se puede arreglar. ¡La mansión! Pero ocuparemos la primera fila. Lo veremos y lo escucharemos todo. Solo me hace falta una palabra, una entonación, un parpadeo, para descubrir aquel pequeño indicio que necesito. Podemos tener cierta esperanza. Vayamos, querida amiga.

La llevó por la ruta directa que había seguido aquella mañana y que terminaba en la puerta que el cerrajero abrió. Los gendarmes que estaban haciendo guardia ante la mansión habían examinado los pasos en la nieve, tanto las huellas como alrededor del edificio. La suerte permitió a Hortense y a Rénine acercarse sin ser vistos y penetrar por una ventana lateral hasta un pasillo donde comenzaba una escalera de servicio. Varios escalones más arriba se encontraba un pequeño cuarto que no daba a ningún lugar, excepto a un salón de la planta baja, a través de una especie de ojo de buey. Rénine se había fijado en aquel ojo de buey durante su visita matinal al lugar, recubierto en su interior por un pedazo de tela. Quitó de en medio la tela y llevó a cabo un corte sobre uno de los paneles de cristal.

Algunos minutos más tarde, un barullo de voces se empezó a elevar del otro lado del edificio, sin duda cerca del pozo. El ruido comenzó a distinguirse mejor. Varias personas invadieron la mansión. Algunas de ellas fueron hacia el primer piso, mientras que el brigada llegó con un joven de quien no vieron más que su alta silueta.

—¡Jérôme Vignal! —exclamó Hortense.

—Sí —afirmó Rénine—. Interrogan primero a madame de Gorne, ahí arriba, en su habitación.

Transcurrió un cuarto de hora. Entonces, las personas del primer piso bajaron y entraron en la sala. Se trataba del sustituto del procurador, su secretario, un comisario de policía y dos agentes.

Introdujeron en la sala a madame de Gorne y el sustituto rogó a Jérôme Vignal que avanzara.

El rostro de Jérôme era exactamente el del hombre enérgico que Hortense había retratado en su carta. No mostraba inquietud alguna, sino más bien decisión y una firme determinación. Natalie, bajita y menuda de apariencia, con los ojos febriles, ofrecía sin embargo una impresión calmada y llena de seguridad en sí misma.

El sustituto, que examinaba los muebles desordenados y las huellas del combate, la hizo sentar y le dijo a Jérôme:

—Monsieur, le he hecho hasta este punto muchas preguntas, con la intención ante todo, en el curso de la investigación sumaria que he llevado a cabo en su presencia y que va a retomar el juez de instrucción, de mostrarle los motivos muy graves por los que le he pedido que interrumpiera su viaje y que regresara junto con madame de Gorne. Usted puede refutar las acusaciones realmente perturbadoras que se alzan contra usted. Le pido, por lo tanto, que me diga la verdad exacta.

—Señor suplente —respondió Jérôme—, los cargos, que me abruman, no me conmueven demasiado. La verdad que me reclama tendrá más fuerza que todas las mentiras acumuladas en mi contra por el azar.

—Estamos aquí para esclarecerla, monsieur.

—Aquí la tienen.

Se recogió un instante y explicó, con voz clara y franca:

—Amo profundamente a madame de Gorne. Desde el momento en que la conocí, concebí por ella un amor que no tiene límites, pero a pesar de lo grande y violento que es, siempre ha estado dominado por mi única preocupación, por su honor. La amo, pero la respeto todavía más. Ella debe habérselo dicho. Yo se lo vuelvo a decir: madame de Gorne y yo nos hemos dirigido la palabra por primera vez esta noche.

Continuó con una voz más sorda:

—En particular, la respeto aún más por su mayor infelicidad. A sabiendas de todo el mundo, su vida es un suplicio a cada minuto. Su marido la perseguía con odio feroz y celos desesperantes. Pregunte al servicio. Le contarán el calvario de Natalie de Gorne, los golpes que recibía, y las ofensas que tuvo que soportar. A ese calvario quise poner fin utilizando el deber de socorro, que posee cualquier persona cuando halla un exceso de infortunio y de injusticia. Tres veces advertí al viejo de Gorne, rogándole que interviniera, pero encontré en él, dirigido a su nuera, un odio casi igual al que sienten muchos seres por todo lo que es bello y noble. Fue entonces que me decidí a actuar directamente, intentando anoche, junto a Mathias de Gorne, un procedimiento algo… inusual, pero que podía, que debía resultar, teniendo en cuenta al personaje. Le juro, señor suplente, que no tenía ninguna otra intención que conversar con Mathias de Gorne. Conociendo ciertos detalles de su vida que me permitían influir sobre él de una manera eficaz, quise aprovechar mi ventaja para conseguir mi objetivo. No soy totalmente responsable de que las cosas hayan tomado otro rumbo. Llegué, entonces, un poco antes de las nueve. Los criados, como sabía, estaban ausentes. Me abrió él mismo. Estaba solo.

—Monsieur —lo interrumpió el sustituto—, usted afirma, del mismo modo que madame de Gorne hizo hace un momento, algo que es manifiestamente contrario a la verdad. Mathias de Gorne no llegó ayer hasta las once de la noche. Tenemos dos pruebas específicas de ello: el testimonio de su padre, y las huellas de sus pasos en la nieve, que cayó desde las nueve y cuarto hasta las once.

—Señor suplente —declaró Jérôme Vignal, sin reparar en la mala impresión que producía su insistencia—, cuento los hechos tal y como sucedieron, y no como se puedan interpretar. Prosigo. Este reloj marcaba las nueve menos diez exactamente, cuando yo entré en este mismo salón. Creyendo que lo atacaban, monsieur de Gorne agarró su fusil. Coloqué mi revólver sobre la mesa, más allá de mi alcance, y me senté.

»—Tengo que hablar con usted, monsieur —le dije—. Haga el favor de escucharme.

»No se movió y no articuló una sola sílaba. Entonces, hablé yo. Y directamente, sin rodeos, sin ninguna explicación previa que atenuara lo brutal de mi propuesta, pronuncié unas pocas frases que tenía preparadas:

»—Desde hace meses, monsieur, he realizado investigaciones detalladas acerca de su situación financiera. Todas sus tierras están hipotecadas. Firmó deudas cuyos pagos vencen pronto, y que es materialmente imposible que pueda cumplir. De parte de su padre, nada se puede esperar, ya que él mismo está bastante mal. Está usted perdido, por lo tanto. Vengo a salvarlo.

»Él me observó, en aquel momento, taciturno, y se sentó. Lo que significaba, al parecer, que mi planteamiento no le parecía mal del todo. Entonces saqué de mi bolsillo un fajo de billetes bancarios que deposité frente a él, y continué:

»—Aquí tiene sesenta mil francos, monsieur. Le compro Manoir-au-Puits y las tierras que dependen de ella, hipotecas a mi cargo. Es exactamente el doble de su valor.

»Vi sus ojos brillar.

»Murmuró:

»—¿Cuáles son las condiciones?

»—Solo una. Que parta hacia América.

»Señor suplente, los dos discutimos un par de horas. No porque mi oferta le pareciera indignante. No me habría arriesgado si no hubiera conocido a mi adversario, pero él quería más, y lo negociaba arduamente, evitando pronunciar el nombre de madame de Gorne, a quien yo mismo no había hecho la menor alusión. Teníamos el aspecto de dos sujetos que, con motivo de un litigio anodino, buscan una transacción, un terreno donde puedan entenderse, ya que se trataba del propio destino y felicidad de una mujer. Finalmente, cansado de luchar, acepté un compromiso, y los dos llegamos a un acuerdo que quería convertir en definitivo. Nos intercambiamos dos cartas, una por la que él me cedía Manoir-au-Puits por la suma que le había pagado. La otra, que él se embolsó de inmediato, por la que yo debía enviarle a América una suma idéntica el día en que el divorcio se hubiera dictaminado.

»El asunto, pues, estaba concluido. Estoy seguro de que en ese momento él aceptó de buena fe. Me consideraba menos un enemigo o un rival que un caballero que le ofrecía un servicio. Entonces, para que pudiera volver a mi casa directamente, estaba a punto de darme incluso la llave de la puerta que daba al campo. Desgraciadamente, mientras cogía mi gorro y mi abrigo, cometí el error de dejar encima de la mesa la carta de venta firmada por él. En un segundo, Mathias de Gorne vio el partido que podía sacar de mi olvido. Conservar su propiedad, conservar a su esposa... y conservar el dinero. Rápidamente se libró de la carta, me asestó en la cabeza un golpe de culata, arrojó su fusil y me oprimió la garganta con la fuerza de sus dos manos. Error de cálculo... Al tener yo más fuerza que él, después de una lucha bastante tenaz y que duró bien poco, lo dominé y lo sujeté usando una cuerda que había en un rincón del suelo.

»Señor suplente, si la decisión de mi adversario había sido brusca, la mía no fue menos rápida. Ya que, al fin y al cabo, había aceptado el trato, lo obligué a respetar sus compromisos, por lo menos en la medida en que me interesaba a mí. De un par de brincos, subí al primer piso.

»No dudaba en absoluto de la presencia de madame de Gorne y que hubiera escuchado el ruido de nuestras discusiones. A la luz de una linterna, visité tres habitaciones. La cuarta estaba cerrada con llave. Llamé. No obtuve respuesta. Yo me encontraba, sin embargo, en uno de aquellos instantes en que nada le detiene a uno. En una de las habitaciones había reparado en un martillo. Lo fui a buscar y tiré la puerta abajo.

»Natalie de Gorne estaba allí, en efecto, tumbada sobre el suelo, desmayada. La cogí en mis brazos, bajé de nuevo y pasé por la cocina. Fuera, viendo la nieve, imaginé que le sería fácil seguir mis pasos, pero ¿qué importaba? ¿Debía despistar a Mathias de Gorne? Para nada. En su poder estaban los sesenta mil francos; el papel en el que prometía hacerle entrega de una cantidad idéntica el día del divorcio; sus dominios; se iría, dejándome a Natalie de Gorne. Nada había cambiado entre nosotros, excepto una cosa: en lugar de esperar a su conveniencia, ya me había hecho con la preciosa prenda que yo codiciaba. No era entonces el agresivo retorno de Mathias de Gorne lo que yo temía, sino más bien los reproches y la indignación de Natalie de Gorne. ¿Qué diría ella una vez se viera cautiva?

»Los motivos por los que no obtuve ningún reproche, señor suplente, yo creo que madame de Gorne tuvo la franqueza de decírselo. El amor llama al amor. En mi casa, aquella noche, quebrantada por la emoción, ella me confesó sus sentimientos. Ella me amaba como yo la amaba. Nuestros destinos se fusionaban. Ella y yo partimos aquella mañana a las cinco, sin contemplar por un instante que la justicia pudiera pedirnos cuentas.

El relato de Jérôme Vignal llegó a su fin. Lo despachó de un tirón, como una narración aprendida de memoria y de la que nada se puede modificar.

Hubo un instante de tregua.

Desde el tugurio en el que se escondían, Hortense y Rénine no se habían perdido una sola de las palabras pronunciadas. La joven murmuró:

—Todo eso es posible. Y, en cualquier caso, bastante lógico.

—Faltan las alegaciones —puntualizó Rénine—. Escúchelas. Son abrumadoras. Hay una en particular, que…

A esa alegación hizo referencia desde el principio del sustituto del procurador:

—¿Y monsieur de Gorne, a todo esto…?

—¿Mathias de Gorne? —preguntó Jérôme.

—Sí. Usted me ha contado, con gran énfasis en su sinceridad, una serie de acontecimientos que estoy dispuesto a admitir. Desgraciadamente, usted olvida un punto de importancia capital. ¿Qué pasó con Mathias de Gorne? Usted lo atacó en aquella habitación. Sin embargo, esta mañana, él no estaba ahí, en esa estancia.

—Naturalmente, señor suplente. Mathias de Gorne, aceptando a fin de cuentas nuestro trato, se fue.

—¿Por dónde?

—Sin duda a través del camino que lleva a la casa de su padre.

—¿Dónde están las huellas de sus pasos? Este manto de nieve que nos rodea es un testigo imparcial. Después de su duelo contra él, podemos ver por la nieve que usted se alejó de ahí. ¿Por qué no lo vemos a él? No hay rastro. O, mejor dicho...

El sustituto bajó la voz:

—O, mejor dicho, sí hay algunas huellas en el camino al pozo, y alrededor de este. Algunas huellas que prueban que el combate final se produjo en ese lugar. Y después nada de nada.

Jérôme se encogió de hombros.

—Usted ya me habló de todo eso, señor suplente. Y se trata de una acusación de asesinato contra mí. No pienso responder en absoluto.

—¿Piensa responderme acerca del hecho de que su revólver fuera encontrado a veinte metros del pozo?

—Tampoco.

—¿Y acerca de la extraña coincidencia de esos tres disparos que se oyeron en medio de la noche, y de las tres balas que faltaban en su revólver?

—No, señor suplente. No tuvo lugar, como usted cree, ningún combate final junto al pozo, ya que dejé a monsieur de Gorne atado en aquella misma habitación donde yo deposité mi revólver. Y, por otro lado, si alguien pudo escuchar varios tiros, no fui yo quien disparó.

—¿Coincidencias fortuitas, entonces?

—Es la justicia quien las debe explicar. Mi único deber es decir la verdad, y usted no tiene derecho a pedirme más que eso.

—¿Y si esa verdad fuera contraria a los hechos observados?

—Será que los hechos son erróneos, señor suplente.

—De acuerdo. Pero hasta el día en que la justicia los pueda contrastar con sus afirmaciones, comprenderá mi obligación de ponerlo a disposición del Ministerio Judicial.

—¿Y madame de Gorne? —preguntó Jérôme, ansioso.

El sustituto no respondió. Habló con el comisario y luego con uno de los agentes a quien dio la orden de traer uno de los automóviles. Entonces, se dirigió a Natalie:

—Madame, usted ha oído la declaración de monsieur Vignal. Concuerda en todo con la de usted. En particular, monsieur Vignal afirma que usted se había desmayado cuando se la llevó. Esa pérdida de conocimiento, empero, ¿se mantuvo durante el trayecto?

Se habría dicho que la sangre fría de Jérôme había reforzado la confianza de la joven. Esta replicó:

—No recuperé el conocimiento hasta llegar al castillo, monsieur.

—Es realmente extraordinario. ¿No escucharon ustedes las tres detonaciones que casi todo el pueblo sí escuchó?

—Yo no las escuché.

—¿Y usted no vio nada de lo que pasó junto al pozo?

—No pasó nada, ya que así lo afirma Jérôme Vignal.

—Entonces, ¿qué le sucedió a su marido?

—Lo ignoro.

—Veamos, madame, debería ayudar a la justicia y exponernos, por lo menos, sus suposiciones. ¿Cree usted que hubo algún accidente, y que monsieur de Gorne, que había visto a su padre y que iba más bebido que de costumbre, puede haber perdido el equilibrio y haber caído en el interior del pozo?

—Cuando mi marido volvió de la casa de su padre no estaba de ningún modo en estado de embriaguez.

—Su padre declaró que sí, no obstante. Su padre y él habían bebido dos o tres botellas de vino.

—Su padre se equivoca.

—Pero la nieve no se equivoca, madame —dijo el sustituto, bastante irritado—. Todas las huellas de sus pasos son serpenteantes.

—Mi marido volvió a las ocho y media, antes de que empezara a nevar.

El sustituto dio un puñetazo sobre la mesa.

—¡Madame, por favor, usted está hablando en contra de las pruebas! ¡Este manto de nieve es imparcial! Que usted se contradiga en cosas que no se pueden controlar, lo acepto. Pero hablamos de pasos en la nieve. En la nieve…

Él se contuvo.

El automóvil llegó frente a las ventanas. Tomando una decisión repentina, le dijo a Natalie:

—Haga el favor de permanecer a disposición de la justicia, madame, y esperar en esta mansión.

Hizo una señal al cabo de brigada para que se llevara a Jérôme Vignal al interior del automóvil.

Los dos amantes habían perdido la partida. Apenas reunidos, debían separarse y batirse, lejos los dos, contra las acusaciones más alarmantes.

Jérôme dio un paso en dirección a Natalie. Intercambiaron una larga mirada de dolor. Luego, él hizo una reverencia ante ella y se dirigió a la salida, tras el brigada de la gendarmería.

—¡Alto! —exclamó una voz—. ¡Dé media vuelta, agente! Jérôme Vignal, ¡no se mueva!

Desconcertado, el sustituto levantó la cabeza, del mismo modo que el resto de los allí presentes. La voz procedía de lo alto de la sala. El ojo de buey se había abierto y, Rénine, sacando la cabeza, gesticulaba.

—¡Deseo ser escuchado! ¡Tengo varios comentarios pendientes! Especialmente uno acerca de aquellos pasos serpenteantes. Ahí está todo. Mathias no había bebido. Mathias no había bebido.

Se dio la vuelta y pasó ambas piernas a través del orificio. Mientras Hortense, estupefacta, intentaba retenerlo, le dijo a ella:

—No se mueva, querida amiga… No hay razón alguna por la que nos vengan a molestar.

Y, soltando las manos, se desplomó en la sala.

El sustituto estaba aturdido.

—Pero, monsieur, ¿de dónde sale usted? ¿Quién es usted?

Rénine se cepilló el traje, manchado de polvo, y respondió:

—Discúlpeme, señor suplente. Podría haber hecho lo mismo que todo el mundo. Pero tenía prisa. Por añadidura, si hubiera entrado por la puerta en lugar de caer del techo, mis palabras no habrían producido el mismo efecto.

El sustituto se le acercó, furioso.

—¿Quién es usted?

—El príncipe Rénine. He seguido la investigación del cabo de brigada esta mañana. ¿No es cierto, agente? Desde entonces, investigo, me informo. Y es así como, deseoso de asistir a este interrogatorio, me he refugiado en un habitáculo aislado…

—¡Ahí estaba usted! ¡Ha tenido la osadía de…!

—Hacen falta todas las osadías cuando se trata de la verdad. Si no hubiera estado ahí, no habría podido recopilar precisamente la pequeña indicación que me faltaba. No habría sabido que Mathias de Gorne no estaba borracho para nada. Sin embargo, he aquí la clave del enigma. Cuando se sepa esto, se conocerá la verdad.

El sustituto se encontraba en una tesitura bastante ridícula. No habiendo tomado suficientes precauciones para que el secreto de su investigación fuera respetado, le resultaba difícil actuar contra aquel intruso. Dijo, enfurruñado:

—Acabemos con esto. ¿Qué pide usted?

—Unos pocos minutos de atención.

—¿Y por qué motivo?

—Para establecer la inocencia de monsieur Vignal y madame de Gorne.

Rénine tenía aquel aspecto sereno, aquella especie de indolencia que era particular a su persona minutos antes de entrar en acción, cuando el desenlace del drama dependía de él únicamente. Hortense tembló, llena de una fe inmediata.

«Están a salvo —pensó ella, emocionada—. Le he rogado que protegiera a esa mujer y que la salvara de la cárcel, de la desesperación».

Jérôme y Natalie debieron experimentar aquella misma impresión de repentina esperanza, ya que se acercaron el uno al lado del otro, como si aquel desconocido, caído del cielo, les hubiera otorgado el derecho de unir sus manos.

El sustituto se encogió de hombros.

—La propia instrucción dispondrá de todos los medios para establecer esa inocencia, cuando llegue el momento. Se le convocará a usted.

—Sería preferible establecerla de inmediato. Un retraso podría tener consecuencias que lamentaríamos.

—Mire, tengo prisa por…

—Dos o tres minutos serán suficientes.

—¡Dos o tres minutos para explicar un caso como este!

—No necesito más.

—¿Lo conoce bien, entonces?

—Ahora sí. Desde esta mañana, he meditado muchísimo.

El sustituto comprendió que aquel caballero era de los que no dejan a uno en paz y que no podía hacer más que resignarse. De un modo algo burlón, le dijo:

—¿Sus reflexiones le permiten situar el lugar donde se encuentra monsieur Mathias de Gorne en este momento?

—En París, señor suplente.

—¿En París? ¿Vivo?

—Vivo, sí, y además goza de excelente salud.

—Me complace que así sea. Pero, entonces, ¿qué significan esos pasos alrededor del pozo, y la presencia de aquel revólver, y los tres disparos?

—Su puesta en escena, ni más ni menos.

—¡Ah, vaya! ¿Una puesta en escena concebida por quién?

—Por el propio Mathias de Gorne.

—Qué peculiar. ¿Y con qué objetivo?

—Con el objetivo de hacerse pasar por muerto y de combinar sus cartas de manera que, inevitablemente, monsieur Vignal sea acusado de su muerte, de su asesinato.

—La hipótesis es ingeniosa —aprobó el sustituto, con la misma ironía—. ¿Qué le parece, monsieur Vignal?

Jérôme respondió:

—Es una hipótesis que me había planteado yo mismo, señor suplente. Es más que admisible que, después de nuestro forcejeo y tras mi partida, Mathias de Gorne haya ideado un nuevo plan en el que, esta vez, el odio encontraba su recompensa. Amaba y odiaba a su esposa. Él me aborrecía. Quería venganza.

—Una venganza que le costaría cara, ya que, según sus declaraciones, Mathias de Gorne debía recibir de usted una nueva suma de sesenta mil francos.

—Aquella cantidad, señor suplente, él la podía conseguir de otra manera. El examen de la situación financiera de la familia de Gorne me reveló, en efecto, que el padre y el hijo tenían contratado un seguro de vida en mutuo beneficio. Con el hijo muerto, o pasándose por muerto, el padre recuperaría el seguro y con él indemnizaría a su hijo.

—De manera que… —comentó el suplente, sonriendo—en toda esta puesta en escena, monsieur de Gorne padre sería cómplice de su hijo.

Fue Rénine quien respondió:

—Precisamente, señor suplente. El padre y el hijo estaban de acuerdo.

—¿Encontraremos al hijo, entonces, en casa de su padre?

—Lo hubieran encontrado anoche.

—¿Qué pasó?

—Cogió el tren en Pompignat.

—¡Todo esto no son más que suposiciones!

—Certezas.

—Certezas morales, pero sin la menor prueba, confiese que…

El sustituto no esperó a que se respondiera aquella pregunta. Juzgando que había sido testigo de una excesiva buena voluntad y que la paciencia tiene unos límites, puso fin a la declaración.

—Sin la menor prueba —repitió este, cogiendo su sombrero—, y, sobre todo… nada en sus palabras que pueda contradecir, por pocas que sean, las afirmaciones de este implacable testigo: la nieve. Para ir a casa de su padre, era necesario que Mathias de Gorne saliera de ahí. ¿Por dónde?

—Por Dios, monsieur Vignal lo ha dicho ya: por el camino que va de ahí a la casa de su padre.

—No hay ningún rastro en la nieve.

—Sí.

—Pero estos lo muestran yendo hacia la mansión, no yéndose de ella.

—Es lo mismo.

—Y eso, ¿cómo es?

—Es cierto. Hay más de una manera de caminar. No se avanza siempre caminando hacia delante.

—¿De qué otra forma de puede avanzar?

—*Yendo hacia atrás*, señor suplente.

El uso de aquellas palabras, simples, pero pronunciadas con claridad, separando las sílabas, provocaron un gran silencio. La primera vez, los allí presentes entendieron su significado profundo y, adaptándolo a la realidad, se les apareció el fulgor de aquella verdad impenetrable que parecía repentinamente lo más natural del mundo.

Rénine insistió y, caminando hacia atrás en dirección a la ventana, afirmó:

—Si quiero acercarme a esa ventana, evidentemente puedo caminar recto hacia ella. Pero también puedo darme la vuelta y caminar hacia atrás. En ambos casos, consigo mi objetivo.

Y, de repente, prosiguió con fuerza:

—Permítanme resumir. A las ocho y media, antes de que cayera la noche, monsieur de Gorne regresaba de la casa de su padre. Así pues, ningún rastro, ya que no había empezado a nevar todavía. A las nueve menos diez, monsieur Vignal se presenta, sin dejar tampoco el menor rastro de su llegada. Altercado entre ambos hombres. Conclusión del trato. Se enfrentan. Mathias de Gorne es vencido. Tres horas pasan de este modo. Y es entonces cuando, habiéndose llevado monsieur Vignal a madame de Gorne, Mathias de Gorne concibe la ingeniosa idea de utilizar contra su enemigo aquella nieve cuyo testimonio hace un momento se invocaba, y que ha cubierto el suelo durante las tres horas transcurridas. Organiza entonces su propio asesinato, o mejor dicho la apariencia de su asesinato, y de su caída al fondo del pozo, y se aleja de espaldas, paso a paso, inscribiendo sobre la blanca página su llegada al lugar de partida. Me explico con claridad, ¿no es cierto, señor suplente? «Inscribiendo sobre la blanca página su llegada al lugar de partida».

El sustituto dejó de burlarse. Aquel inoportuno, extravagante, le parecía de repente un personaje digno de atención y de quien no era conveniente reírse.

Le preguntó:

—¿Y cómo abandonaría luego la casa de su padre?

—En coche, sencillamente.

—¿Quién era el conductor?

—Su padre.

—¿Cómo lo sabe usted?

—Esta mañana, el cabo de brigada y yo vimos el coche, y hablamos con el padre cuando este se dirigía, como de costumbre, al mercado. El hijo estaba tumbado en el interior del toldo. En Pompignat, cogió el tren. Está en París.

Las explicaciones de Rénine, según había prometido, se alargaron apenas cinco minutos. No se había basado sino en la lógica y la verosimilitud. A su vez, no quedaba nada de aquel misterio angustiante que habían estado analizando. Las tinieblas habían desaparecido. La verdad aparecía. Madame de Gorne lloraba de alegría. Jérôme Vignal daba gracias efusivamente al buen genio que, con su varita mágica, cambiaba el curso de los acontecimientos.

—Observemos en conjunto estas huellas, ¿le parece, señor suplente? —continuó Rénine—. El error que hemos cometido esta mañana el cabo de brigada y yo ha sido el de solamente ocuparnos de las huellas del supuesto asesino y descuidar las de Mathias de Gorne. ¿Por qué deberían haber llamado nuestra atención? Sin embargo, precisamente el quid de este caso se encontraba ahí.

Salieron al huerto y se acercaron a las huellas. No fue necesario un largo examen para constatar que muchas de esas pisadas eran torpes, vacilantes, demasiado hundidas en el talón o en la punta del pie, diferentes entre sí por la apertura de los pies.

—Una torpeza inevitable —manifestó Rénine—. Le habría hecho falta a Mathias de Gorne un auténtico aprendizaje para seguir hacia atrás su recorrido hacia delante, y tanto su padre como él lo debieron notar, por lo menos en cuanto a los zigzags que son visibles, por lo que el padre de Gorne se preocupó en decirle al agente que su hijo había bebido demasiado.

Rénine añadió:

—Es propiamente la revelación de esa mentira lo que me ha iluminado de repente. Cuando madame de Gorne certificó que su marido no estaba borracho, pensé en las huellas y lo adiviné.

El sustituto se tomó con franqueza su parte de aquel embrollo, y se puso a reír.

—No queda más que mandar agentes a cazar al seudomuerto.

—¿Y para qué, señor suplente? —preguntó Rénine—. Mathias de Gorne no ha cometido delito alguno. Pisotear alrededor de un pozo, deshacerse de un revólver que no le pertenece, disparar tres veces, caminar de espaldas hacia la casa de su padre… No hay nada reprensible en ello. ¿Qué se le puede reclamar? ¿Sesenta mil francos? ¿Imagino que no es la intención de monsieur Vignal y que no lo denunciará?

—Desde luego que no —declaró Jérôme.

—Entonces, ¿qué? ¿El seguro en beneficio del superviviente? No habría delito si el padre reclamara su pago. Y que lo hiciera me sorprendería bastante. Mire, en cualquier caso, aquí está nuestro buen hombre. Nos dará la razón al instante.

El viejo de Gorne llegó efectivamente haciendo gestos. Su rostro bonachón se fruncía para expresar el dolor y la cólera:

—¿Mi hijo? Parece que lo han matado… ¡Mi pobre Mathias, muerto! ¡Ese bandido de Vignal!

Amenazó a Jérôme con el puño.

El sustituto le dijo abruptamente:

—Oiga, monsieur de Gorne, ¿tiene la intención acaso de cobrar su derecho a cierto seguro?

—Pues —contestó el viejo—, a pesar de que él...

—Su hijo no está muerto. Incluso dicen que, cómplice de sus pequeñas intrigas, embutió a su hijo en el interior del coche y lo condujo a la estación.

El hombre escupió en el suelo, extendió la mano como si fuera a pronunciar un solemne juramento, permaneció inmóvil un segundo, y luego, de repente, cambiando de idea, haciendo un giro con ingenuo cinismo, el semblante relajado y una actitud conciliadora, estalló en carcajadas.

—¡Menudo granuja es ese Mathias! ¿Quería hacerse pasar por muerto? ¡Vaya diablillo! ¿Y contaba conmigo para poder cobrar el seguro y que se lo mandara? ¡Como si yo fuera capaz de una porquería semejante! Hijo mío, no me conoces...

Y, sin preguntar nada más, alterado por su risa de *bon vivant*, a quien divertía una historia graciosa, se alejó, con cuidado de pisar con sus enormes botas de clavos sobre las huellas acusadoras dejadas por su hijo.

Más tarde, cuando Rénine volvió a la mansión para liberar a Hortense de su escondite, la joven ya había desaparecido.

Se presentó en casa de su prima Ermelin. Hortense le hizo responder que ella se excusaba, pero que, estando un poco cansada, se tomaría un necesario descanso.

«Perfecto, todo va sobre ruedas —pensó Rénine—. Ella me rehúye. Por lo tanto, me ama. Se acerca el desenlace».

8

«AL DIOS MERCURIO»

A Madame Daniel, en La Roncière,
cerca de Bassicourt, 30 de noviembre.

«Muy querida amiga:

Dos semanas más sin una carta suya. No espero recibir ninguna más antes de la penosa fecha del 5 de diciembre, en que señalamos el fin de nuestra colaboración, y estoy impaciente de que llegue, ya que usted quedará entonces liberada de un contrato que parece no ser más de su agrado. Para mí, las siete batallas que hemos librado juntos, y que hemos ganado, han sido un tiempo de alegría infinita y de exaltación. A su lado estaba vivo. Sentía el bien que le producía a usted aquella existencia, más activa y más emocionante. Mi felicidad era tan grande que no osaba hablaros de ella y no dejaba que viera de mis sentimientos secretos algo que no fuera mi deseo de complacerla y entrega absoluta. A día de hoy, querida amiga, no me acepta más como su compañero de armas. ¡Que se cumpla su voluntad!

Pero si yo me inclino en obediencia a su decreto, ¿me permite recordarle en qué siempre pensé que consistiría nuestra última aventura, y qué objetivo se propondría nuestro esfuerzo supremo? ¿Me permite repetir sus palabras, de las que ni una sola desde entonces se me ha borrado de la memoria?

—Exijo —usted me dijo— que me consiga un antiquísimo broche de vestido, compuesto de cornalina engarzada en una montura de filigrana. Procedía de mi madre, que la heredó de su madre, y todo el mundo sabía que atraía la felicidad para ellas, y que en mí también lo hacía. Desde que desapareció del joyero donde lo guardaba he sido infeliz. Consígamelo, bondadoso genio.

Y, cuando le pregunté acerca de la época en que aquel broche desapareció, usted me replicó entre risas:

—Hace seis o siete años... ocho tal vez... o nueve, no le sabría decir... Y no sé dónde... No sé cómo... No sé nada.

Aquello fue más bien, en verdad, un desafío que usted me lanzó, y a modo de condición que fuera imposible satisfacer. Sin embargo, lo prometí y desearía mantener mi promesa. Todos mis esfuerzos para que viera la vida en una luz más favorable me parecerían en vano, si faltara a su confianza el talismán al que concede tan alto valor. No hay que reírse de tales pequeñas supersticiones: se encuentran a menudo en el inicio de nuestros mejores actos.

Querida amiga, si me hubiera ayudado, una vez más obtendríamos la victoria. Solo y apremiado por la proximidad de la fecha, he fracasado. No, sin embargo, sin haber dejado todo en tal estado nuestro propósito, que si desea que lo persigamos juntos, a su lado existen grandes oportunidades de alcanzarlo.

Y usted así lo desea, ¿no es verdad? Nos comprometimos con nosotros mismos a algo que debemos honrar. En un espacio de tiempo determinado, debemos inscribir en el libro de nuestra existencia ocho bellas historias, en las que habremos invertido energías, nuestra lógica, perseverancia, alguna sutileza, y en ocasiones algo de heroísmo. He aquí la octava. Le toca a usted actuar para que ella tenga lugar el 5 de diciembre antes de que marque la octava hora de la tarde en la esfera del reloj.

Y aquel día, actuará del modo en que le dije.

En primer lugar y, sobre todo, amiga mía, no tache mis instrucciones de descabelladas. Todas ellas son condición indispensable para nuestro éxito. Antes que nada, cortará en el jardín de su prima —donde he visto que tenía algunas— tres hebras de junco muy finas, que entretejerá y unirá por los dos extremos, de modo que forme un látigo rudimentario, como si fuera un lazo infantil.

En París, comprará un collar de bolas de azabache, facetadas, y lo acortará de manera que se componga de setenta y cinco cuentas, más o menos iguales.

Bajo su abrigo de invierno, llevará un vestido de lana azul. A modo de sombrero, un tocado decorado con follaje rojo. Sobre el cuello, una boa de plumas de gallo. Nada de guantes, nada de sortijas.

Por la tarde, se hará conducir por la orilla izquierda hasta la iglesia de Saint-Étienne-du-Mont. A las cuatro, habrá, ante la pila del templo, una señora mayor vestida de negro, a punto de rezar un rosario de plata. Le ofrecerá agua bendita. Usted le dará su collar, del que contará las cuentas y que le devolverá. A continuación, la seguirá, atravesará un brazo del Sena, y la conducirá hasta una calle desierta de la Île Saint-Louis, frente a una casa a la que usted entrará sola.

En la planta baja de dicho edificio, encontrará a un hombre todavía joven, de tez muy morena, a quién le dirá, después de haberse quitado el abrigo:

—Vengo a buscar mi broche de vestido.

No se sorprenda de su turbación ni de su miedo. Mantenga la calma en su presencia. Si le hace preguntas, si quiere saber por qué motivo se dirige a él, qué le lleva a usted a hacerle esa pregunta, no le dé ninguna explicación. Todas sus respuestas deberían resumirse en estas simples fórmulas: "Vengo a buscar lo que me pertenece. No le conozco, ignoro su nombre, pero me es imposible no realizar este paso con usted. Es necesario que vuelva a tomar posesión de mi broche de vestido. Es necesario".

Creo con sinceridad que, si usted muestra la firmeza necesaria para no ser despojada de dicha actitud, sea cual sea la comedia que interprete aquel hombre, creo con sinceridad que tendrá éxito rotundo. Pero su pugna debe ser breve, y el resultado depende únicamente de su confianza en sí misma y la certeza de su éxito. Es una especie de partido donde tendrá que abatir a su contrincante en la primera ronda. Impasible, usted prevalecerá. Insegura y nerviosa, nada podrá contra él. Se le escapará, se sobrepondrá después de un primer momento de dificultad, y habrá perdido la partida tras unos pocos minutos. No hay término medio: victoria inmediata o derrota.

De darse este último caso, usted necesitaría, y me disculpo por ello, aceptar mi colaboración. Se la ofrezco de entrada, amiga mía, sin condición alguna, y especificando claramente que nada de lo que he podido hacer por usted, como de todo lo que haré, me otorga más derecho que el de mostrarle agradecimiento y dedicarme aún más a quien es mi mayor felicidad y mi vida».

Tras leer aquella carta, Hortense la arrojó al fondo de un cajón, diciendo con resolución.

—No pienso ir.

De entrada, si en algún momento había otorgado importancia a aquella joya, que le parecía poseer el valor de un amuleto, no le interesaba demasiado que el período de aquellas experiencias pareciera tocar a su fin. Más tarde, no podía olvidar el número ocho, que correspondía a la nueva aventura. Lanzarse a ella sería retomar la cadena interrumpida, acercarse a Rénine y darle una señal que con su trato insinuante sabría utilizar perfectamente.

La víspera anterior al día marcado la halló de una disposición parecida. La víspera por la mañana, también. Pero, de repente, cuando ni siquiera tenía tergiversaciones previas contra las que luchar, corrió al jardín, cortó tres hebras de junco que trenzó como lo solía hacer en su época de infancia, y hacia mediodía hizo que la llevaran al tren. Una ardiente curiosidad la arrebataba. No podía resistirse a todo aquello que la aventura ofrecida por Rénine le prometía en forma de gratas y nuevas sensaciones. Era verdaderamente demasiado tentador. El collar de azabache, el tocado de hojas de otoño, la vieja con el rosario de plata… ¿Cómo resistirse a aquellas llamadas del misterio, y cómo rechazar aquella ocasión de mostrar a Rénine de lo que era capaz?

«Entonces, ¿qué? —se dijo ella riendo—. Me convocan en París. No obstante, la octava hora solo es peligrosa para mí a cien leguas de París, en el interior del viejo castillo abandonado de Halingre. El único reloj que podría dar la hora amenazadora está allí, encerrado, ¡cautivo!».

Ya tarde se apeó en París. La mañana del 5 de diciembre compró un collar de azabache que redujo a setenta y cinco cuentas. Lució un vestido azul y un tocado de hojarasca roja. Y a las cuatro exactamente, entró en la iglesia de Saint-Étienne-du-Mont.

El corazón le latía con violencia. Esta vez ella se encontraba sola, ¡y de qué modo sentía ahora la fuerza de aquel apoyo al que, por miedo irreflexivo más que por razón, había renunciado! Ella buscó a su alrededor, casi esperando verlo a él. Pero no había nadie… Nadie excepto una señora mayor de negro, en pie junto a la pila de agua bendita.

Hortense se dirigió hacia ella. La anciana, que sostenía entre sus dedos un rosario de cuentas de plata, le ofreció agua bendita, y luego se puso a contar una por una las bolas del collar que Hortense le había entregado.

Murmuró:

—Setenta y cinco. Bien. Venga.

Sin mediar más palabra, la anciana trotó bajo la luz de los faroles, cruzó el puente de las Tournelles, se metió en la Île Saint-Louis, y siguió una calle desierta que la conducía a un cruce donde ella se detuvo ante un antiguo edificio con balcones de hierro forjado.

—Entre —ordenó la mujer.

Y la anciana se marchó.

Hortense vio entonces una tienda de hermoso aspecto que ocupaba casi la totalidad de los bajos, con vidrieras de resplandeciente luz eléctrica que permitían divisar un montón desordenado de objetos y muebles antiguos. El cartel contenía estas palabras: «Al dios Mercurio», y el nombre de la propiedad, «Pancardi». Más alto, sobre un saliente que decoraba la base del primer piso, un pequeño nicho albergaba un Mercurio de cerámica posado sobre una pierna, con alas en los pies, sujetando el caduceo y que, como observó Hortense, estaba un poco inclinado hacia delante, impulsado por su carrera, debió perder el equilibrio y zambullirse de cabeza en la calle.

«Vamos», se dijo ella, a media voz.

Sujetó el pomo de la puerta y entró.

A pesar del timbre de campanillas y cascabeles que acompañó a la puerta, nadie fue a su encuentro. La tienda parecía vacía. Pero, al fondo, había una trastienda, y otra a continuación. Ambas llenas de cachivaches y muebles, muchos de los cuales debían tener un gran valor. Hortense siguió un pasillo estrecho que serpenteaba entre dos paredes compuestas por armarios, consolas y cómodas. Subió dos pisos y se encontró en la última estancia.

Había un hombre sentado ante un escritorio, donde compulsaba registros. Sin darse la vuelta, comentó:

—Soy todo suyo. Madame, puede visitar…

Aquella estancia solo contenía objetos de un tipo especial que la hacían similar a una especie de laboratorio alquímico de la Edad Media. Lechuzas disecadas, esqueletos, calaveras, alambiques de cobre, astrolabios y, por todas partes, colgando de los muros, amuletos de todas las procedencias en los que predominaban las manos de marfil y las manos de coral, con los dos dedos levantados que conjuran los hechizos malignos.

—¿Desea algo en particular, madame? —preguntó finalmente el señor Pancardi, que cerró su despacho y se puso en pie.

«Tiene que ser él», se dijo Hortense.

Presentaba, en efecto, un rostro extraordinariamente trigueño. Una barba entrecana de dos puntas le alargaba el rostro, coronado por una frente calva y triste, bajo la que brillaban a flor de piel dos ojitos inquietos y huidizos.

Hortense, que no se había quitado el velo del sombrero ni el abrigo, respondió:

—Busco un broche de vestido.

—Aquí, en esta vitrina —respondió él, conduciéndola a una sala intermedia.

Tras un vistazo en el escaparate, ella sentenció:

—No, no… No es lo que yo quiero. Lo que quiero no es este o aquel broche, sino un broche que desapareció hace tiempo de una caja de joyas y que vengo a buscar aquí.

Ella se quedó atónita al ver el cambio de sus facciones. Sus ojos enloquecieron.

—¿Aquí? No creo que haya ninguna posibilidad... ¿Cómo era?

—De cornalina, engarzada en una filigrana de oro, de la época de 1830...

—No lo entiendo... —balbució el hombre—. ¿Por qué me está pidiendo eso?

Hortense se quitó el velo y se despojó del abrigo.

Él retrocedió, como si estuviera ante un espectáculo que le diera miedo y murmuró:

—El vestido azul... el tocado... ¡Ah! ¿Cómo es posible? ¡El collar de azabache!

Tal vez fue la visión del látigo hecho de varas de junco lo que le produjo la conmoción más violenta. Acercó un dedo hacia ella, se puso a dudar de sí mismo, y al fin, agitando el aire con los brazos como un bañista que se ahoga, se desplomó sobre una silla, desvanecido.

Hortense no se movía. «Sea cual sea la comedia que interprete», escribió Rénine, «debe tener la valentía de permanecer impasible». Aunque tal vez no estuviera haciendo comedia, ella se obligó a mantener calma e indiferencia.

La escena se prolongó dos o tres minutos, tras los cuales el señor Pancardi salió de su letargo, se secó el sudor que le bañaba la frente y, tratando de controlarse, repitió con una voz temblorosa:

—¿Por qué se ha dirigido a mí?

—Porque este broche se encuentra en su posesión.

—¿Quién se lo ha dicho? —preguntó él sin sortear la acusación—. ¿Cómo lo sabe?

—Lo sé porque así es. Nadie me ha dicho una palabra. He venido con la certeza de encontrar aquí mi broche, y con la implacable voluntad de llevármelo.

—¿Acaso me conoce usted? ¿Sabe mi nombre?

—No lo conozco. Ignoraba su nombre antes de verlo en la tienda. Para mí, usted simplemente es alguien que me devolverá lo que me pertenece.

Hortense sintió que ella lo estaba dominando y, aprovechándose de su aflicción, le ordenó abruptamente, con un tono amenazador:

—¿Dónde se encuentra este objeto? Debe entregármelo. Se lo exijo.

Pancardi pasó por un instante de desazón. Juntó las manos y murmuró palabras de súplica. Luego, derrotado, resignado de repente, pronunció:

—¿Me lo está exigiendo?

—Sí, lo quiero. Debe ser…

—Sí, sí… Debe ser… Consiento.

—¡Hable! —le ordenó ella, con más dureza todavía.

—Hablar, no, sino escribir… Voy a escribir mi secreto… y todo acabará para mí.

Se dirigió a su escritorio y trazó febrilmente varias líneas en una hoja de papel que selló.

—Tenga —dijo él—. He aquí mi secreto… Ha sido toda una vida…

Y al mismo tiempo, se llevó con decisión contra la sien un revólver que recogió de entre una pila de papeles, y lo disparó.

Con un rápido gesto, Hortense le golpeó el brazo. La bala perforó el cristal de un espejo basculante. Pero Pancardi se hundió y se puso a gemir como si estuviera herido.

Hortense hizo un gran esfuerzo para no perder su sangre fría.

«Rénine me avisó», pensaba. «Es como un actor. Ha guardado el sobre. Ha guardado su revólver. No seré tan incauta».

Entretanto, ella se dio cuenta de que, si permanecía aparentemente en calma, aquel intento de suicidio y aquella detonación la habían desmoralizado. Todas sus fuerzas estaban desunidas como un manojo desatado, y tenía la dolorosa impresión de que aquel hombre, que se arrastraba a sus pies, en realidad estaba retomando poco a poco ventaja sobre ella. Se sentó, exhausta. Del mismo modo que Rénine había predicho, el duelo no duró más que algunos minutos, pero era ella quien había sucumbido, a causa de sus nervios femeninos, y en el mismo instante en que ella podía creer en su victoria.

El señor Pancardi no iba errado y, sin tomarse la molestia de aparentar una transición, se dejó de aspavientos, se puso en pie de golpe, y bosquejó frente a Hortense una especie de salto trenzado, mostrando su verdadera agilidad. Exclamó con un tono burlón:

—Por la pequeña conversación que vamos a tener, me parece una molestia tener que estar a la merced del primer cliente que pasa, ¿no le parece?

Corrió hasta la puerta de entrada y, después de abrirla, abatió la persiana de hierro con que tapiaba la tienda. Luego, brincando todavía, volvió con Hortense.

—¡Uf! Pensé de verdad que me había llegado la hora. Un esfuerzo más, madame, y habría ganado la partida. Pero también yo soy un ingenuo. Me ha parecido llegar desde lo más profundo del pasado, como un emisario de la providencia, para pedir que rindiera cuentas, y tontamente lo iba a hacer. Ah, mademoiselle Hortense, permítame llamarla así, es el nombre con que la conocía. Mademoiselle Hortense, le faltan agallas, como se suele decir.

Se sentó junta a ella y, con un rostro impío, brutalmente, le dijo:

—Ahora, en cambio, se trata de que sea sincera. ¿Quién ha maquinado este asunto? Usted no, ¿eh? No es su estilo.

Entonces, ¿quién? En mi vida, siempre he sido honesto. Escrupulosamente honesto. Excepto una vez... Este broche. Y cuando creía que el asunto estaba enterrado y era historia, vuelve a la superficie. ¿Cómo? Quiero saberlo.

Hortense ya no intentaba zafarse de él. Ejercía contra ella toda su fuerza de hombre, todo su rencor, todo su miedo, toda la amenaza que expresaba en sus gestos furiosos y a través de su fisonomía a la vez ridícula y malvada.

—¡Hable! Lo quiero saber. Si tengo un enemigo secreto, ¡me quiero poder defender! ¿Quién es ese enemigo? ¿Quién la ha empujado a usted? ¿Quién la ha hecho actuar? ¿Es un rival enfurecido por mi fortuna y que además quiere aprovechar para llevarse el broche? Pero hable de una vez, por todos los diablos, ¡o le juro en nombre de Dios que...!

Ella imaginó que hacía un gesto de recuperar su revólver, y volvió para atrás extendiendo los brazos, con la esperanza de huir.

Batallaron así entre los dos y, Hortense, que cada vez sentía más miedo, no tanto por un probable ataque sino a causa del rostro convulsionado de su agresor, empezó a gritar, cuando el señor Pancardi permaneció repentinamente inmóvil, avanzando los brazos, separando los dedos y fijando la mirada por encima de la cabeza de Hortense.

—¿Quién anda ahí? ¿Cómo ha conseguido entrar? —preguntó con un nudo en la garganta.

A Hortense no le hizo falta apenas darse la vuelta para saber que Rénine acudía a socorrerla, y que era la aparición inexplicable de aquel intruso lo que había asustado tanto al anticuario. De hecho, una fina silueta se deslizaba de un amasijo de sillones, y Rénine avanzó con paso tranquilo.

—¿Quién es usted? —repitió Pancardi—. ¿De dónde sale?

—De ahí arriba —contestó él, con amabilidad y señalando el techo.

—¿De ahí arriba?

—Sí, del primer piso. Soy el inquilino, desde hace tres meses, de la planta superior. De repente, escuché ruidos. Alguien pedía socorro. Entonces, he venido.

—Pero ¿cómo ha entrado usted aquí?

—Por la escalera.

—¿Qué escalera?

—La escalera de hierro que se encuentra al fondo de la tienda. Su predecesor era también inquilino de mi planta, y la conectó directamente a través de aquella escalera interior. Usted tapió la puerta. Yo la he abierto.

—¿Con qué derecho, monsieur? Es allanamiento de morada.

—El allanamiento se permite cuando se trata de socorrer a un semejante.

—De nuevo. ¿Quién es usted?

—El príncipe Rénine. Soy amigo de madame… —respondió Rénine haciendo una reverencia ante Hortense y besando su mano.

Pancardi parecía sofocarse. Murmuró:

—¡Ah, ya lo entiendo! Usted es quien ha instigado este complot. Es usted quien ha enviado a madame…

—El mismo, monsieur Pancardi. El mismo.

—¿Y cuáles son sus intenciones?

—Mis intenciones son muy puras. Nada de violencia. Sencillamente una pequeña charla tras la que entregará lo que a la vez he venido a buscar.

—¿Qué?

—El broche de vestido.

—Jamás —dijo el anticuario con violencia.

—¡No diga eso! La suerte está de nuestro lado.

—¿Quiere que llamemos a su esposa? Madame Pancardi comprenderá tal vez mejor que usted esta situación.

La idea de no seguir solo, en presencia de aquel inesperado adversario, parecía gustar a Pancardi. Cerca tenía un timbre. Lo hizo sonar tres veces.

—¡Perfecto! —exclamó Rénine—. ¿Lo ve, querida amiga? Monsieur Pancardi es al fin y al cabo un hombre razonable. Nada queda del diablo desatado que intentaba darle miedo hace un rato. No… Basta con que monsieur Pancardi se encuentre ante un hombre para que recupere sus cualidades de cortesía y amabilidad. ¡Un auténtico borrego! Eso no quiere decir que todo vaya a salir bien. No hay nada más testarudo que un borrego.

Al fondo de la tienda, entre el despacho del anticuario y la escalera de caracol, se levantó un tapiz, dando paso a una mujer que agarraba la madera de una puerta. Tenía, tal vez, una treintena de años. Vestida de manera muy sencilla, parecía, con su delantal, más una cocinera que una patrona. Pero su rostro era simpático y tenía aspecto cordial.

Hortense, que había seguido a Rénine, se sintió sorprendida al reconocer en ella a una sirvienta que había estado a su servicio, cuando era jovencita.

—¡Cómo! ¿Es usted, Lucienne? ¿Usted es madame Pancardi?

La recién llegada la contempló, la reconoció también y pareció avergonzada.

—Su marido y yo la necesitamos, madame Pancardi —le dijo Rénine—, para acabar con una cuestión bastante complicada… Un asunto en el que usted jugó un papel importante…

Ella caminó hacia ellos, sin mediar palabra, visiblemente inquieta, y le dijo a su marido, que no le quitaba los ojos de encima:

—¿Qué está pasando? ¿Qué quieren de mí? ¿Qué es este asunto?

En voz baja, Pancardi articuló unas pocas palabras:

—El broche… El broche de vestido…

No hizo falta decir nada más para que madame Pancardi comprendiera la situación en toda su gravedad. Así pues, no intentó fingir buena cara, ni oponer resistencia en vano. Se derrumbó sobre una silla, suspirando, y dijo:

—Ah, ¡ya veo! Eso lo explica todo… Mademoiselle Hortense ha encontrado la pista. ¡Estamos perdidos!

Durante un momento se sintió cierta paz. Apenas si había empezado el combate entre aquellos adversarios, que el marido y la esposa decayeron con el aire de vencidos que solo esperan la clemencia del vencedor. Inmóvil y con la mirada fija, se puso a llorar. Recostado hacia ella, Rénine pronunció:

—Aclaremos las cosas. ¿Qué le parece, madame? Nosotros podremos ver con más claridad, y estoy seguro de que nuestra conversación encontrará respuesta de manera natural. Veamos, hace nueve años, cuando se encontraba en provincias como sirvienta del hogar de mademoiselle Hortense, conoció al señor Pancardi, que pronto se convirtió en su amante. Ustedes dos son corsos, es decir, de un lugar donde las supersticiones son violentas, donde la cuestión de la fortuna y el infortunio, el mal de ojo, la mala suerte, influyen profundamente en la vida de todo el mundo. Sin embargo, estaba comprobado que el broche de vestido que pertenecía a su patrona traía suerte a quien lo poseía. Es el motivo por el que, en un momento de debilidad, estimulada por el señor Pancardi, robó aquella joya. Seis meses más tarde, abandonó su puesto para convertirse en madame Pancardi. He aquí, resumida en unas pocas frases, su aventura, ¿cierto? Las andanzas de dos personajes que hubieran seguido siendo gente honesta si hubieran podido resistir aquella tentación pasajera.

»No hace falta contarles cómo ustedes dos lograron el éxito, ni cómo, dueños del talismán, creyendo en su poder y con su confianza en ustedes mismos, alcanzaron el rango de chatarreros de primer orden. Hoy en día, ricos, propietarios de la tienda Al dios Mercurio, atribuyen el éxito de sus negocios a aquel broche de vestido. Perderlo, para ustedes, sería la ruina y la miseria. Toda su vida se concentra en él. Es su fetiche. Es el pequeño dios doméstico que protege y aconseja. Está ahí, en alguna parte, escondido en medio del desorden, y evidentemente nadie hubiera sospechado jamás, porque, lo repito, salvo por aquel error, ustedes son buena gente, si el azar no me hubiera interpuesto a ocuparme de sus asuntos.

Rénine hizo una pausa y luego prosiguió:

—Ya hace dos meses. Dos meses de investigaciones minuciosas, que me resultaron sencillas, ya que una vez encontrada la pista, alquilé el entresuelo y pude utilizar aquella escalera… En cualquier caso, dos meses perdidos hasta cierto punto, ya que todavía no lo he conseguido. ¡Y solo Dios sabe cómo he revuelto esta tienda! No hay mueble que no haya inspeccionado. Ni lámina de parqué que no haya examinado. Con nulo resultado. Lo que, sin embargo, sí hallé fue un descubrimiento accesorio. En un estante secreto de su despacho, Pancardi, he desempolvado un pequeño registro en el que usted explica sus remordimientos, sus inquietudes, su miedo al castigo, su terror a la cólera divina.

»Enorme temeridad, Pancardi. ¿Quién escribe tales confesiones? Y, sobre todo, ¿cómo se es tan descuidado? En cualquier caso, las he leído, y de ahí he extraído una frase cuya importancia no me elude, y que me ha servido para preparar mi plan de ataque:

»"Que ella venga a mí, aquella a quien desposeí, que ella venga a mí como la veía en su jardín, mientras Lucienne robaba su joya. ¡Que se me aparezca, con su vestido azul, con el tocado de hojarasca roja, con el collar de azabache y el látigo de tres hebras de junco trenzadas que llevaba aquel día! Que se me aparezca y me diga: 'Vengo a reclamar aquello que me pertenece". Entonces, comprenderé que es Dios quien le inspira este acto, y que debo obedecer a las órdenes de la providencia".

»Eso es lo que hay escrito en su registro, Pancardi, y lo que explica los actos de aquella a quien usted llama mademoiselle Hortense. Ella, siguiendo mis instrucciones, y conforme a la pequeña escenografía que usted mismo imaginó, vino hacia usted, desde lo más profundo del pasado, en su propia expresión. Algo más de sangre fría, y usted sabe que ella habría ganado la partida. Por desgracia, usted es un fantástico comediante, su intento de suicidio la ha desorientado, y usted ha podido comprender que no había en absoluto una orden de la providencia, sino sencillamente un contraataque de su víctima pasada. No tenía más que intervenir. Aquí estoy, y ahora, terminemos:

»Pancardi. ¿El broche?

—¡No! —gritó el anticuario, a quien la idea de devolver el broche despojaba de toda energía.

—¿Y usted, madame Pancardi?

—No sé dónde está —afirmó la mujer.

—De acuerdo. Entonces, pasemos a la acción. Madame Pancardi, usted tiene un hijo de siete años, y que ama de todo corazón. Hoy, jueves, como todos los jueves, este hijo volverá solo de casa de su tía. Dos amigos míos se encuentran en su camino y, a menos que les indique lo contrario, se lo llevarán cuando pase por allí.

Al instante, madame Pancardi se alarmó:

—¡Mi hijo! ¡Oh, se lo ruego!… No, eso no… Le juro que no sé nada. Mi marido no siempre ha querido confiar en mí.

Rénine continuó:

—Segundo punto. Desde hoy mismo, impondremos una denuncia a la fiscalía. Como prueba, las confesiones del registro. Las consecuencias: acción judicial, un registro, etcétera.

Pancardi callaba. Daba la impresión de que todas aquellas

amenazas no le afectaban en lo más mínimo y que, protegido por su fetiche, se creía invulnerable. Su mujer, sin embargo, se echó a los pies de Rénine, tartamudeando:

—No, no… Se lo suplico… Sería la cárcel, y no quiero… Además, mi hijo. ¡Se lo suplico!

Hortense, compasiva, hizo un aparte con Rénine:

—¡Esa pobre mujer! —intercedió por ella.

—Tranquilícese —dijo él, riendo—. No le sucederá nada a su hijo.

—¿Y sus amigos estacionados en su camino?

—Pura invención.

—¿Y la denuncia a fiscalía?

—Simple amenaza.

—¿Qué intenta usted, entonces?

—Darles miedo, provocar que se salgan de sus casillas, con la esperanza de que suelten alguna palabra, alguna pista que me haga averiguarlo. Hemos probado todos los medios. Solo nos queda este, y es un medio que me funciona casi siempre. Acuérdese de nuestras aventuras.

—¿Y si esa palabra que usted aguarda no se pronuncia?

—Hace falta que así sea —respondió Rénine en voz baja—. Hay que acabar con esto. Se acerca la hora.

Sus ojos se reencontraron con los de la joven y ella se ruborizó pensando que la hora a la que hacía alusión era la octava, y que no había más objetivo que terminar antes de que sonara aquella octava hora.

—Entonces, por un lado, eso es a lo que ustedes se arriesgan —comentó Rénine al matrimonio Pancardi—. La desaparición de su hijo y la cárcel. La prisión es una certidumbre, ya que tenemos sus confesiones registradas. Por otro lado, ahora, he aquí mi oferta. A cambio de la restitución inmediata, instantánea, del broche, veinte mil francos. No vale ni un maravedí.

No hubo respuesta. Madame Pancardi estaba llorando.

Rénine prosiguió, añadiendo espacio entre sus propuestas:

—Lo doblo… Triplico… Pardiez, qué exigente es usted, Pancardi. Entonces, ¿qué? ¿Necesita usted una cifra redonda? De acuerdo. Cien mil.

Alargó la mano como si no hubiera duda de que le daría la joya.

Entonces, fue madame Pancardi la primera en flaquear, y lo hizo con furia repentina contra su marido:

—¡Confiesa de una vez! ¡Habla! ¿Dónde lo escondiste? En fin, no me digas que te vas a obstinar. Será la ruina, la miseria… Y luego, ¡nuestro hijo! Venga, habla…

Hortense murmuró:

—Rénine, es una locura. Aquella joya no tiene valor alguno.

—Nada que temer —respondió Rénine—. No lo aceptará. Pero ¡mire en qué estado de agitación se encuentra! Eso es exactamente lo que buscaba. Ah, esto es apasionante, ¿no lo ve? ¡Hacer que pierdan la cabeza! ¡Quitarles el control sobre lo que piensan y dicen! Y, en esa confusión, en el interior de la tempestad que los azota, percibir la chispa que subyace en algún lugar. ¡Mírelo, mírelo! Cien mil francos por un pedrusco sin valor, o de lo contrario la cárcel. ¡Es para perder la cabeza!

De hecho, el hombre estaba lívido. Sus labios temblaban y goteaban un poco de saliva. Se apreciaba la efervescencia y el tumulto de todo su ser, azotado por sentimientos contradictorios, miedos y concupiscencias que entrechocaban. Estalló de repente y en realidad era fácil darse cuenta de que sus palabras manaban al azar, y sin que tuviera conciencia de lo que decía:

—¡Cien mil! ¡Doscientos mil! ¡Un millón! Me trae sin cuidado. ¿Millones? ¿A quién le sirven los millones? Se pueden perder. Desaparecen. Los roban. No hay otra cosa que cuente.

La suerte está con usted o contra usted. Y la suerte ha estado conmigo desde hace nueve años. Jamás me ha traicionado, ¿y usted quiere que la traicione? ¿Por qué? ¿Por miedo? ¿La cárcel? ¿Mi hijo? ¡Tonterías! Nada malo me va a suceder mientras obligue a la suerte a trabajar para mí. Es mi sirvienta, amigo mío… Está aferrada al broche. ¿Cómo? ¿Si yo lo supiera? Es la cornalina, sin duda… Hay piedras milagrosas que contienen la felicidad, como otras contienen fuego, azufre u oro…

Rénine no apartaba los ojos de él, atento a la más ínfima de sus palabras y entonaciones. El anticuario reía con carcajadas nerviosas, retomando el aplomo de un hombre seguro de sí mismo, y caminaba hacia Rénine, entre espasmos, que daban a entender una creciente resolución.

—¿Millones? Yo no querría nada de eso, monsieur. Ese pequeño fragmento de piedra que poseo vale más que todo eso. La prueba es el gran esfuerzo que a usted le requiere quitármelo de encima. ¡Ah, después de meses de pesquisas, usted mismo lo confiesa! Meses durante los que lo ha revuelto todo, mientras que yo, sin suponer nada, ¡ni siquiera necesité defenderme! ¿Para qué me defendería? Esta cosa tan pequeña se defiende sola… No quiere ser descubierta y no lo será. Se encuentra aquí. Preside buenos y honestos negocios que la satisfacen. ¿La suerte de Pancardi? Es conocida en todo este barrio, entre todos los anticuarios. Se lo grito a los cuatro vientos: «La suerte es mía». Incluso tuve la insolencia de adoptar como patrón al dios de la fortuna… ¡Mercurio! Él también me protege. Vea, he colocado figuras de Mercurio por todas partes en mi tienda. Observe aquellas de arriba, sobre aquel tablón, esa serie de estatuillas, como la del rótulo, firmadas por un gran escultor, arruinado y que me las vendió. ¿Quiere una, mi estimado monsieur? Le traerá la suerte a usted también. ¡Elija! Un regalo de Pancardi para compensarlo por su fracaso. ¿Qué le parece?

Apoyó un escabel contra la pared, agarró el tablón, cogió una estatuilla que bajó y colocó entre los brazos de Rénine. Y, riendo cada vez más, de pura sobreexcitación al ver la perplejidad en el rostro de su enemigo, que se echaba atrás ante su fogoso ataque, exclamó:

—¡Bravo, acepta! Y si acepta, todo el mundo está de acuerdo. Madame Pancardi, no se haga mala sangre. ¡Su hijo volverá, y no habrá cárcel! Adiós, mademoiselle Hortense... Hasta pronto, monsieur. Cuando quieran saludarme, den tres golpes en el techo. Hasta la vista, llévense su regalo, y que Mercurio les sea favorable. Nos vemos, querido príncipe. Hasta pronto, mademoiselle Hortense.

Los dirigió hasta la escalera metálica, agarrándolos del brazo, y los llevó hasta la puerta baja disimulada en lo alto de aquella escalera.

Y lo más extraño fue que Rénine no protestó más. No hizo un solo movimiento de resistencia. Se dejó llevar, como un niño al que se castiga y al que llevan hasta la puerta.

Entre el instante en que hizo su oferta a Pancardi y cuando este, triunfal, lo arrojó a la puerta con una estatuilla bajo el brazo, no pasaron ni cinco minutos.

El comedor y el salón del entresuelo que Rénine había alquilado daban a la calle. En el comedor, había dos cubiertos listos sobre la mesa.

—Excúseme estos preparativos —dijo Rénine a Hortense, abriendo la puerta del salón—. Pensé que, en cualquier caso, los acontecimientos permitirían recibirla al final de la jornada y que podríamos cenar juntos. No me niegue este favor, que será el último de nuestra aventura final.

Hortense no lo rechazó. El modo en que terminaba la batalla, tan contrario a todo lo que ella había visto hasta aquel punto, la desconcertaba. ¿Por qué, además, habría rechazado aun si las condiciones del pacto no se habían cumplido?

Rénine se retiró para dar órdenes a su criado. Luego, dos minutos más tarde, fue a buscar a Hortense y la invitó a pasar al salón. En ese momento, eran las siete pasadas.

Había flores sobre la mesa. En medio se alzaba la estatuilla de Mercurio, el regalo de monsieur Pancardi.

—¡Que el dios de la suerte presida nuestra cena! —profirió Rénine.

Parecía muy alegre, y le dijo que sentía una enorme felicidad de encontrarse ante ella.

—¡Ah! —exclamó él—. ¡Mire que tuvo mala voluntad! Madame me cerró su puerta... Madame no me escribía más... Realmente, querida amiga, ha sido usted cruel, y lo he sufrido profundamente. He tenido que emplear también grandes recursos para atraerla con el señuelo de las más fabulosas iniciativas. ¡Confiese que mi carta era maravillosamente astuta! Las tres hebras de junco, el vestido azul... ¿Cómo resistirse a todo aquello? Por añadidura, he añadido de mi cosecha unos cuantos enigmas más: las setenta y cinco cuentas del collar, la anciana con el rosario de plata... En fin, para crear una tentación irresistible. No me guarde rencor. La quería ver, y deseaba que fuera hoy. Ha venido. Gracias.

Le explicó entonces cómo había encontrado la pista de la joya robada:

—Usted esperaría, por supuesto, que, imponiéndome esta condición, yo no sería capaz de cumplir con ella, ¿verdad? Error, querida amiga. La prueba, por lo menos, al principio, era fácil, ya que se basaba en algo seguro: el carácter de talismán atribuido al broche. Solo hacía falta investigar si, en su entorno, entre sus criados, había alguien sobre quien ese carácter podía ejercer cierta atracción. Al instante, en la lista de personas que logré construir, me fijé en el nombre de mademoiselle Lucienne, originaria de Córcega. Ese fue mi punto de partida. Después, todo se sucedió de manera fluida.

Hortense lo observaba con sorpresa. ¿Cómo lo hacía para aceptar su derrota con tal aire de indolencia, y para hablar incluso en un tono triunfal, mientras que, en realidad, había sido claramente vencido por el anticuario, y en cierta manera lo habían dejado en ridículo?

Ella no podía impedir hacérselo sentir, y el tono que utilizó iba envuelto de una cierta decepción, una cierta humillación:

—Todo se sucedió de manera fluida, de acuerdo. Pero esa fluidez se perdió, ya que, al fin y al cabo, si bien conocía la identidad del ladrón, no consiguió tener en sus manos el objeto robado.

Su reproche era evidente. Rénine no la había acostumbrado al fracaso. Peor incluso, le irritaba constar con qué despreocupación se resignaba a una derrota que, en suma, tenía como consecuencia la ruina de las esperanzas que él hubiera podido albergar.

No respondió a Hortense. Llenó dos copas de champán, y vació una lentamente, con los ojos fijos en la estatuilla del dios Mercurio. La hizo girar sobre su pedestal, con el regocijo de un viajero.

—¡Qué cosa tan admirable es una línea armoniosa! El color me exalta menos que la línea, la proporción, la simetría y todo lo que tiene de maravilloso la forma. Del mismo modo, amiga mía, amo el color azul de sus ojos, el color de su cabello rojizo. Pero lo que me encandila es su rostro ovalado, la curva de su nuca y sus hombros. Contemple esta estatuilla. Pancardi tiene razón: es la obra de un gran artista. Las piernas son a la vez esbeltas y de sólidos músculos, toda su silueta ofrece la impresión de energía y rapidez. Está muy bien hecha. Hay un solo fallo, nimio, y que seguramente usted no debe haber notado.

—De hecho, sí —afirmó Hortense—. Me saltó a la vista desde el momento en que vi el rótulo de la tienda, afuera. ¿Se refiere usted, no es cierto, a esa especie de desequilibrio? El dios está demasiado inclinado sobre la pierna que lo impulsa. Podría parecer que está a punto de salir disparado.

—La felicito —dijo Rénine—. Ese fallo es imperceptible y hace falta tener un ojo ejercitado para percibirlo. Pero, en efecto, lógicamente, el peso del cuerpo debería arrastrarlo y, lógicamente, según las leyes de la materia, el pequeño dios se estaría arrojando cabeza abajo. —Y, tras un silencio, continuó—: Me di cuenta de ese defecto desde el primer día. ¿Cómo no extraería conclusiones en aquel momento? Estaba extrañado porque se había pecado contra una ley de la estética, cuando debería haberlo estado porque se contradecía una ley de la física. ¡Como si el arte y la naturaleza no se confundieran! Y como si las leyes de la gravedad pudieran ser importunadas sin que hubiera una razón primordial…

—¿Qué quiere decir con eso? —preguntó Hortense, intrigada por aquellas consideraciones que parecían tan ajenas a sus pensamientos secretos—. ¿Qué está intentando decir?

—¡Oh, nada! —respondió él—. Solamente estoy sorprendido de no haber comprendido antes por qué este Mercurio se arrojaba de cabeza, como debería.

—¿Y cuál es el motivo?

—¿El motivo? Yo imagino que Pancardi, al manosear la estatuilla para adaptarla a sus designios, debe haber manipulado su equilibrio, pero ese equilibrio se recobró gracias a algo que retenía al dios hacia atrás y que compensa esa pose tan arriesgada.

—¿Algo?

—Sí, en este caso, la estatuilla podría haber sido sellada. Pero no lo está y yo ya lo sabía, habiendo reparado en que Pancardi, desde lo alto de una escalera de mano, la levantaba de su sitio y la limpiaba cada dos o tres días. Solo queda, entonces, mi única tesis: un contrapeso.

Hortense se estremeció. Un poco de luz la iluminó a su vez. Murmuró:

—¡Un contrapeso! ¿Y supone que estaría… en el pedestal?

—¿Por qué no?

—¿Es eso posible? Pero si es así, ¿cómo es que Pancardi le habrá dado aquella estatuilla?

—No me dio *aquella* estatuilla —declaró Rénine—. Esta de aquí se la he quitado yo.

—Pero ¿dónde? ¿Cuándo?

—Hace un momento, cuando usted estaba en el salón. He franqueado esa ventana, la que está situada encima del cartel y junto al nicho del pequeño dios. Y he efectuado el cambiazo. Es decir, he cogido la estatua situada afuera y que me interesaba, y he colocado aquella que me había entregado Pancardi y que no tenía interés alguno.

—¿Aquella no estaba inclinada hacia delante?

—No, no más que las que están expuestas en su tienda. Pero Pancardi no es un artista. Un defecto de verticalidad se le escapa, no se dará cuenta de nada, y seguirá creyéndose favorecido por la fortuna, lo que viene a decir que la fortuna seguirá favoreciéndolo. Entretanto, he aquí la estatuilla, la del rótulo de la tienda. ¿Debería desmantelar el pedestal y extraer su broche del estuche de plomo soldado tras el pedestal, y que asegura el equilibrio del dios Mercurio?

—¡No, no! Sería en vano —respondió enérgica Hortense, en voz baja.

La intuición, la sutileza de Rénine, la habilidad con la que había llevado todo aquel asunto, para ella, todo quedaba en segundo plano en aquel momento. Ella pensaba en aquel instante que la octava aventura había acabado, que este desafío había sucumbido a su favor, y que no habían llegado al límite del tiempo establecido para la última de estas pruebas.

Él tuvo, además, la crueldad de comentarlo:

—Son las ocho menos cuarto —afirmó.

Un pesado silencio se hizo entre los dos, ambos sufriendo la incomodidad hasta el punto de que dudaban en realizar el más mínimo movimiento. Para romper el hielo, Rénine bromeó:

—¡El bueno de monsieur Pancardi tuvo la amabilidad de instruirme! Sabía bien, por lo demás, que la exasperación terminaría por obtener de entre sus palabras la pequeña indicación que me faltaba. Es exactamente como si alguien colocara a otro en las manos y le ordenara que lo utilizase. Al final, una chispa termina por producirse. La chispa, en mi caso, lo que la produjo fue la relación inconsciente, pero inevitable que estableció entre el broche de cornalina, esencia de la suerte, y Mercurio, dios de la suerte. Con ello bastaba. Entendí que aquella asociación de ideas provenía de que, en realidad, había asociado las dos formas de suerte, incorporando una en el interior de la otra. Es decir, para ser claros, ocultando la joya en el propio bloque de la estatuilla. Instantáneamente me acordé del Mercurio emplazado en el exterior y de su falta de equilibrio…

En realidad, ella ni siquiera lo escuchaba. La joven apoyaba la mano contra su frente, velando de aquel modo sus ojos, permaneciendo inmóvil, lejana. El desenlace de aquella aventura en particular y el modo en que Rénine se había comportado en aquella ocasión no le importaban ya. En lo que pensaba, era en el conjunto de las aventuras que había vivido desde hacía tres meses, y en el comportamiento prodigioso del hombre que le había ofrecido su devoción. Vio, como en un tablero mágico, los fabulosos actos acometidos por él, cuánto bien había hecho, las vidas salvadas, las aflicciones que había apaciguado, los crímenes castigados, el orden restablecido allí donde había querido ejercer su voluntad. Nada le era imposible. Aquello que se proponía lo llevaba a cabo. Todos y cada uno de los objetivos hacia los que se dirigía los alcanzaba. Y todo ello sin excesivo esfuerzo, con la calma de aquel que conoce su poder, y que sabe que nada se le va a resistir.

Entonces, ¿qué podía hacer ella contra él? ¿Para qué y cómo defenderse? Si exigía que ella se entregara a él, no sabría contradecirlo, y aquella aventura suprema ¿sería para él más difícil que el resto? Suponiendo que ella se escapara, ¿habría en algún lugar del inmenso universo un lugar donde estaría a salvo? Desde el primer instante de su primer encuentro, el desenlace ya estaba claro, porque Rénine había decretado que sería así.

Sin embargo, ella seguía buscando armas, protección, y se dijo que, si había cumplido las ocho condiciones, y si él le había conseguido el broche de vestido antes de que sonaran las ocho, en cualquier caso estaba protegida por el hecho de que la octava hora debía sonar en el reloj del castillo de Halingre, y no en otro lugar. Había sido un pacto formal. Rénine había dicho, aquel día, al contemplar los labios que él codiciaba: «El viejo péndulo de cobre retomará su movimiento, y cuando a la fecha fijada, tocará de nuevo ocho campanadas, entonces...».

Irguió la cabeza. Él tampoco se movía; grave, apacible en su espera.

Ella estuvo a punto decirle unas frases que había llegado a preparar:

«Sabe usted... nuestro pacto era que sería el reloj de Halingre. Se cumplieron todas las condiciones. Pero esa no. Entonces, soy libre, ¿verdad? Tengo derecho a no mantener mi promesa, que de hecho yo no hice, pero que, en cualquier caso, cae por su propio peso... Y yo soy libre... ¿Estoy liberada de cualquier cargo de conciencia?».

No tuvo tiempo de hablar. Aquel segundo exactamente,

detrás de ella, algo se puso en marcha, como el sonido de un reloj que está a punto de sonar.

Retumbó una primera campanada. Luego, una segunda. Luego, una tercera.

Hortense gimió. Había reconocido el timbre exacto del viejo reloj de Halingre, que tres meses antes, rompiendo el silencio del castillo abandonado de manera sobrenatural, los había impulsado a los dos en su camino de aventuras.

Contó. Sonaron las ocho campanadas del reloj.

—¡Ah! —murmuró ella, desfalleciendo, escondiendo el rostro entre las manos—. Ese reloj… El reloj que tiene aquí. Aquel reloj… Reconozco el sonido.

No dijo nada más. Adivinó que Rénine la miraba fijamente a los ojos, y que aquella mirada le arrebataba todas sus fuerzas. Las habría podido recobrar, pero no habría sido más valiente, y ella, que no buscaba ofrecer la menor resistencia, por ese motivo no se quiso resistir. Las aventuras habían terminado, pero quedaba una por correr, cuya espera borraba el recuerdo de las demás. Era la aventura del amor: la más fascinante, la más perturbadora, la más tierna de todas. Ella aceptó la orden del destino, feliz por todo lo que estaba por venir, porque ella sentía amor. Sonrió, a su pesar, pensando que la alegría volvía a su vida en el instante mismo en que su amado le había devuelto el broche de cornalina.

Por segunda vez, retumbó el sonido del reloj.

Hortense dirigió sus ojos hacia Rénine. Durante algunos segundos se siguió resistiendo. Pero ella era, como un pájaro fascinado, incapaz de un gesto de rebeldía y, al sonar la octava campanada, se abandonó contra él, ofreciéndole sus labios...

ÍNDICE

SI TE HA GUSTADO ESTE LIBRO, NO TE PIERDAS LAS NUEVAS ENTREGAS DE ARSÈNE LUPIN

MAURICE LEBLANC nació en Ruan en 1864. Tras estudiar Derecho, antes de llegar a los treinta, decidió instalarse en París e iniciar su carrera literaria. Pese a publicar algunas novelas, su éxito no llegó hasta 1904, cuando el director de la revista *Je sais tout*, Pierre Lafitte, le encargó el relato que lo cambió todo: «El arresto de Arsène Lupin».

El que había sido concebido como personaje de una única aventura acabó siendo, por clamor popular y por petición del editor, el protagonista de veinte novelas. Nacía así uno de los mejores y más queridos héroes de la literatura policiaca.

La popularidad que alcanzó el personaje de Lupin en Francia ha sido comparada con la del detective británico Sherlock Holmes en los países anglosajones. Y, al igual que el protagonista de las novelas de Sir Arthur Conan Doyle, el ladrón de guante blanco también ha pasado a la gran pantalla en numerosas ocasiones. Netflix nos sorprendió en 2021 con la versión más reciente: la serie *Lupin*, todo un éxito de audiencia para la plataforma.

Esta nueva edición de *Arsène Lupin. Las ocho campanadas del reloj*
de Maurice Leblanc se terminó de imprimir
en Grafica Veneta S.p.A. (Italia) en noviembre de 2022.

Duomo ediciones es una empresa comprometida con el medio
ambiente. El papel utilizado para la impresión de este libro
procede de bosques gestionados sosteniblemente.

PEFC/18-31-226

Este libro está impreso con el sol. La energía que ha hecho posible
su impresión procede exclusivamente de paneles solares.
Grafica Veneta es la primera imprenta en
el mundo que no utiliza carbón.